천 개의
아침

천 개의 아침

ⓒ 이경자, 2007

초판 1쇄 발행일 | 2007년 2월 5일
초판 2쇄 인쇄일 | 2007년 6월 22일

지은이 | 이경자
펴낸이 | 김현주
펴낸곳 | 이룸

디자인 | 길하나

제 작 | 김동영 · 조명구

출판등록 | 1997년 10월 30일 제10-1502호
주소 | 121-840 서울시 마포구 서교동 395-172 상록빌딩 2층
전화 | 편집부 (02)324-2347, 영업부 (02)2648-7224
팩스 | 편집부 (02)324-2348, 영업부 (02)2654-7696
e-mail | erum9@hanmail.net
Home page | http://www.erumbook.com

ISBN 978-89-5707-331-5   (03810)

값 9,700원

● 잘못된 책은 교환해 드립니다.
● 저자와의 협의하에 인지는 생략합니다

이 책은 한국문화예술위원회가 선정한 우수문학도서로 국무총리복권위원회의
복권기금을 지원받아 무료로 제공합니다.

천 개의 아침

이경자 장편소설

이룸

청춘의 상처를 내려놓을 수 없는 당신께 바친다

| 차 례 |

지구 반대편에서

수영은 등기우편으로 온 책을 경비실에서 받았다.

"바다 건너서 왔네요."

수령장에 사인을 한 수영에게 경비가 알은체했다. 그는 위염으로 고생하는 아내에게 약을 지어 준 수영을 각별히 반겼다. 수영은 빙긋 웃어 보이고 돌아섰다. 102동 앞으로 걸어가며 무심히 봉투를 들여다보았다. 발신자 주소가 영문이었다. 수영은 다시 빙그레 미소 지었다. 경비가 말한 바다 건너는 뉴질랜드의 Auckland였다. 그리고 Park Jung Hwan.

뉴질랜드 박 정 환.

오클랜드 박 정 환.

수영은 현관에서 승강기를 타고도 가로세로 맞추기를 해 봤다. 곧

장 떠오르는 인물이 없는데 이름자에서 눈을 뗄 수가 없었다. 뉴질
랜드. 박정환. 오클랜드. 박정환. 승강기의 숫자는 붉은빛의 14를 가
리켰다. 그 순간이었다. 수영은 머릿속에서 화끈한 것이 솟구치는
걸 느꼈다. 아찔했다. 승강기 문이 막 닫히려 할 때 소스라쳐 바깥으
로 튕겨 나왔다. 승강기는 수영의 등뒤에서 문이 닫히고 아래로 내
려가기 시작했다. 하지만 수영은 두 발 앞에 보이는 1401호 표시가
붙은 문을 넋 놓고 바라만 보았다.

짧은 진공 상태가 지나갔다. 수영은 깊은숨을 들이쉬고 내쉬었다.

설마.

수영은 설마, 하면서 책을 가슴에 품었다. 갓난아기를 안는 초산
(初産)의 어머니 같은 결연하고 충만되고 당황스런 표정이 엇갈렸다.
다시 마른침을 삼키고 손가락을 초인종 버튼에 댔다. 그것에 힘을
주는 수영의 맘이 다른 날 같지 않았다. 수영 자신조차 느끼지 못하
는 온 몸의 떨림이 가시지 않았다.

수영은 문을 열어 준 어머니에게 아무렇지 않게 배고파 엄마, 하
고 말했다. 어머니는 딸이 자신의 눈길을 피하려 한 걸 눈치 채지 못
했다.

수영은 가방을 책상 위에 던져 놓고 그 옆에 책 봉투를 놓았다. 주
소와 이름이 보이지 않게 일부러 뒤집었다. 옷을 갈아입고 화장을
지우고 세수를 했다. 수건으로 얼굴을 닦다가 거울에 비친 자신을
새삼 바라보았다. 저 여자, 낯이 익은데 누구지? 엉뚱하게도 이런 생

각을 했다. 거울 속의 여자는 한 마디로 설명하기 어려운 복잡한 표정이었다. 바로 그 여자가, 언젠가 시간을 내서 어머니와 함께 한가한 여행을 하고 싶던 그곳, 오클랜드와 뉴질랜드에 사로잡힌 것이었다. 하지만 수영의 머릿속에 그려진 건 오클랜드 항이 아니라 동해항이었다. Park Jung Hwan이 아닌, 스물아홉 살의 박정환이었다. 미칠 것만 같았다.

수영은 도망치듯 방으로 돌아왔다. 책상 위의 봉투를 재빨리 바라보고 또 재빨리 피했다. 얼굴에 로션을 발랐다. 평소보다 세 배나 시간이 걸렸지만 마음은 얼굴에 있지 않았다. 어머니와 마주 앉아 저녁을 먹으면서 무슨 말을 했는지 금방 잊었다. 수영의 머릿속에 자꾸만 설마, 설마 이런 말이 둥둥 떴다. 어머니는 보조 약사의 혼사에 관심을 보였지만 수영은 잘 안 되나 봐요, 재혼이라는 게 쉽지 않은가 봐요, 건성 말하고 일어섰다. 어머니가 보조 약사의 재혼에 관심을 보이는 건 그 끝에 수영의 혼인을 보채 보려는 뜻이었다. 수영도 모르지 않았다.

사실 수영은 '그해 그 일' 이후 어머니의 말을 어긴 적이 거의 없었다. 어머니가 원하는 대로 뒤늦은 대학생이 되었다. 미친 듯이 공부해서 어려운 약대에 붙었고 대학원도 마쳤다. 서울로 이사 온 것이 공부하는 데 한몫했다. 대여섯 살이나 어린 학생들과 공부하면서 단한 학기도 최상위권에서 밀리지 않았다. 공부에 미쳐 지내는 동안 상처, 추억, 미련, 그런 것들은 저절로 깊게 매장되었다. 처음엔 교수의 길로 갈까, 생각했지만 하숙 치기로 허리가 휘는 어머니를 생각해서 연구소를 그만두고 아파트 단지에 '희망약국'이란 간판을 달았다. 한동안 어머니도 약국에서 잔일을 돕고 이웃들과 친분을 쌓았다. 어머니가 사람을 그렇게 좋아하는지 수영은 그때서야 알았다.

수영은 대학원에서 한 번, 연구소에서 한 번 각별한 감정을 가지고 만난 남자가 있었다. 맞선도 꽤 보았다. 그러나 끝내 결혼에는 이르지 못했다. 남자를 받아들여야 할 때 반드시 열어야 할 문이 있다면 수영은 언제나 마지막 문 앞에서 주저앉곤 했다. 자신도 이해할 수 없었다. 어떤 남자와 교감이 시작되면 슬그머니 두려워졌다. 마음 밑에 완강한 바닥이 있고 그 바닥 아래엔 끝이 없는 허방이 느껴졌다. 어머니는 그런 수영이 밉고 야속해서 '아직도 그놈'이냐고 울컥 화를 내곤 했다.

"엄마, 언젯적 일인데 그래."

수영은 늘 아무렇지 않게 남의 말 하듯 했다.

방으로 들어온 수영은 망설이듯 책 봉투를 집어 들었다. 쓰레기통에 버려야지, 생각했다. 하지만 수영은 책 봉투를 책꽂이 위에 얹고 눈으로는 꽂혀 있는 책들의 세로 글씨들을 더듬기 시작했다.

기초한의학. 동의보감. 신약. 오운육기. 동양의학. 의방류취. 침과 뜸.

요즘 부쩍 관심을 기울이는 한의학 서적들이었다. 그러나 어느덧 수영의 시선은 책꽂이에 놓인 봉투 위에 고정되어 '박정환의 주소'

를 보고 또 보았다.

　Auckland. 물론 항구 도시였다. 그해, 어머니와 함께 동해항을 도망쳐 나온 이후로 수영은 바다엔 갔어도 항구엔 가지 못했다. 20년이 넘었다. 수영은 숨을 깊이 들이쉬고 길게 내쉬었다. 또 들이쉬고 또 내쉬었다. 부엌에서 설거지하는 소리가 났다. 수영은 그쪽으로 고개를 돌렸다. 아, 엄마가 있지! 수영은 문득, 혼자가 아닌 게 반갑고 마음이 놓였다.

　수영은 봉투에 손을 댔다. 조금씩 마음이 움직였다. 어떻게 살아 있었지? 왜 살아 있어? 수영의 맘속에서 이런 말들이 꼬물거렸다. 박정환이 죽기를 바란 적은 단 한 번도 없었다. 그렇지만 이렇게 행방을 알리는 건, 왠지 화가 났다.

　수영은 봉투를 집어 들었다. 트집 잡으려는 듯이 이리저리 살펴보았다. 참, 내가 왜 이러지? 박정환이 세상에 한 사람인가? 이 박정환이 그 박정환인지 어떻게 알아? 수영은 자신을 비웃고도 봉투를 열지는 못했다.

　그러나 다른 박정환은 떠오르지 않았다. 학부에 복학생이었던 방정환이 있었다. 성이 방씨라고 그를 '소파'라 놀렸던 기억이 났다. 정환은 결코 희귀한 이름이 아닌데도 수영은 그런 이름과 인연이 닿지 않았다.

　수영이 이런저런 핑계를 찾는 동안 오한은 좀 가셨고 두근거림도 약해졌다. 수영은 천천히 봉투의 접착 부분을 손톱으로 들췄다. 접착은 쉽게 뜯겼다. 책을 꺼냈다. 짙은 청색의 바다에 흰 파도가 툭툭 찍힌 유화를 넣은 양장본 책 표지에는 '시간의 박제'란 제목이 씌어 있었다. 수영은 책 제목을 한동안 바라보았다.

시간의 박제. 수영은 막연하고 무책임하게 느껴져서 비웃고 싶었다. 수영이 겉장을 아무렇지 않게 넘겼던 건, 그래서였다. 표지 날개 위에 살이 붙은 중년 남자의 얼굴 사진이 훅 나타났다. 누구지? 길에서 만났다면 모르고 그냥 지나쳤을 아저씨. 정말 모르는 박정환이었다. 자신이 알고 있는 박정환이 맞다면 이건 술수(術數)라고 생각했다. 그는, 얼굴이 창백하고 맑은 눈빛이었으며 자기 생에 대해 무언가 극단적인 결정을 해 버릴 것 같은, 아슬아슬한 절망과 슬픔에 절어 든 청년이어야 했다. 그래서 이 사진은 그 남자가 아니었다. 수영은 그렇게 믿었다. 적어도 저자의 프로필을 몇 번이나 읽고 또 읽기 전까진 그랬다.

국가보안법 위반 혐의로 3년간 복역.

출옥 후 건설 현장 노동자로 일했음.

대학에서 법학을 전공.

건설회사 경영.

현재 뉴질랜드에서 가족과 살고 있음.

수영은 몇 번이나 생각 없이 그냥 읽어 내렸던 '가족과 살고 있음'

에서 눈을 떼지 않았다. 그래서 구태여 눈길을 옮길 필요도 없는 다음 페이지의 글자를 금방 읽지 못했다.

　　최수영 선생님.

　　박정환 드림.

　　오른쪽 페이지의 저자 사인은 세련된 필체였다. 그리고 낯이 익었다.

　　그때, 한동안 연락을 끊고 있던 정환이 나타나서 허둥대며, 그러나 비장하게 자기 이름을 써서 보여 주었었다. 수영은 그때 그 글씨체를 보면서 느꼈던 단정하고 결연한 느낌을 기억했다.

　　"나중에 내 필체를 보게 되면, 그때 나라고 믿어요. 살다 보면 무슨 일이 있을지 모르니까요."

　　이랬던가? 수영은 생각했다. 그랬던 거 같았다.

　　그날 수영은 정환이 무슨 사건에 연루되었을 거란 의심이나 상상은 하지 못했다. 수영은 이미 한 남자의 생에 자신을 모두 던지고 포개서 녹여 넣었으므로, 거리를 두고 바라보는 것은 불가능했다. 그를 나쁘게 보거나 비천하게 만들면 자신도 그렇게 됐다. 그 남자는 수영의 풋내 나던 청춘의 꿈이고 희망이며, 세상에 대한 복수를 예감하게 하는 통쾌한 힘이었다. 수영에겐 늘상 산다는 게 왠지 부끄럽고, 열등감에 짓눌려 희망을 품는 게 죄처럼 두려웠다. 생선 장

수 과부 어머니의 누추한 희망은 어깨를 짓눌렀고 그 꿈이 미워서 대학 진학도 포기한 채 작은 선물 가게를 내고 살 때였다. 이웃에서 술집을 하던 고교 선배 언니가 부러워 그곳에 들락거리며 자주 타락을 꿈꾼 적도 있었다. 수영의 청춘은 이랬다.

수영은 책을 덮었다. 한숨을 내쉬었다. 책을 책꽂이 선반에 눕혀 놓았다. 지나간 일이야. 자신에게 냉혹하게 말했다. 과거는 뉴질랜드와 한반도의 거리보다 더 멀며 돌아갈 수 없는 시간이라고 윽박질러 보기도 했다. 그러고도 한동안 책꽂이 앞에 서서 꼼짝을 못했다. 무얼 해야 할지 막막했다. 순간 바보가 되는 것 같은 불길함도 느꼈다.

수영은 습관처럼 컴퓨터 의자에 앉아 전원 단추를 눌렀다. 실행 화면이 뜨는 동안 지루하고 불안했다. 그러나 아무것도 하지 못하고 컴퓨터를 껐다. 다시 책꽂이 앞에 섰다. 책을 내렸다.

수영은 책의 겉장을 넘기고 저자 사인이 된 장도 그냥 넘겼다. 다음 페이지엔 판권, 오른쪽엔 하얀 종이 한 장에 단 한 줄의 헌사(獻辭)가 박혀 있었다.

이 책을 존경하고 사랑하는 아내에게 바친다.

수영의 망막이 그 문장에 걸려서 움직이지 않았다. 가슴에서 무언가 툭 떨어져 내리는 느낌이 있었다. 그것은 마음 밑바닥 구들장 같은 덮개를 뚫고 아래로 곤두박였다. 아주 찰나였다.

수영은 자신이 그의 아내가 아니라는 사실을 놀라워하진 않았다. 그러나 그에게 아내가 있다는 사실에 먹먹했다. 머리가 뒷골에서부터 급하게 굳어지는 걸 느꼈다. 무언가가 엉키기 시작했다. 진실과 허위, 사랑과 고통, 용기와 비굴, 정직과 비열 같은 것이 등가(等價)를 이루는 기이한 현상이었다. 수영은 다시 한 번 읽었다. 이 책을 존경하고 사랑하는 아내에게 바친다. 글자는 바뀌지 않았다.

수영은 책을 덮었다. 다 지나간 일이라고 자신에게 말했다. 아마 이런 게 인생이고 이런 게 인연이며 연애라고, 오래전에 이미 정리해 둔 문구였다. 그런데 그 문구를 확인하는 바로 이 순간 수영은 자신의 밑바닥에 숨어 있던, 해결하지 않은 슬픔이 뜨겁게 목을 타고 솟구쳐 오르는 걸 감지했다. 목구멍이 폭발할 것 같았다. 수영은 허겁지겁 손으로 입을 막았다. 심호흡을 여러 번 했다.

수영은 거동이 불편한 환자처럼 느리게 일어섰다. 방바닥에 떨어진 종이쪽지를 보았다. 낯설고 섬뜩했다. 그것이 책갈피에서 떨어졌는지, 알지도 못한 채 망설였다. 결국 조심스럽게 종이를 집어 들었다. 질감이 얇지 않게 느껴지는 손바닥만한 흰 종이는 반으로 접혀 있었다. 수영은 종이를 펴는 게 무서웠다. 그래서 연두색깔의 글자들이 오들오들 떠오르는 걸 보게 된 건 잠시 더 머뭇거린 뒤였다.

수영 씨.
놀라실까 걱정됩니다.

우연히 소식을 듣고, 주소를 알았습니다.

한동안 망설이다 여행을 하면서 쓴 조촐한 책을 인사로 보냅니다.

이것 또한 수영 씨께 옳은 일인지, 생각해 봐야 했습니다.

나 자신을 이해하고 용서하는 게 쉽지 않았다는 말이 변명처럼 들릴까 염려됩니다.

남다른 우여곡절 끝에 여기까지 살아오게 한 운명 또한 놀랍고 신기합니다.

지구 반대편에서 수영 씨의 평화와 행운을 빌겠습니다.

부디 행복하십시오.

– 정환

수영은 짧은 편지를 오래도록 읽었다. 어느 순간 시간들이 섬광처럼 튀어 읽기를 방해하기도 했다. 하지만 수영은 글자에서 눈을 떼지 않았다. 글을 그림으로 이해하는 아이처럼, 혹은 눈이 나쁜 노인처럼, 들여다보고 읽어 보고 의미를 따져 보고 느껴 보고 심지어 종이의 앞뒤를 매만지고 쓰다듬었다.

그사이, 마침내 나이를 먹지 않은 한 남자가 좁은 방 안에 가득 차는 걸 느꼈다. 수영은 허둥지둥 사방을 둘러보았다. 아무것도 눈에 보이지 않았다. 만져지는 건 더더욱 없었다. 그러나 너무도 확연히 박정환이 느껴졌다. 수영은 먹먹했다. 눈앞이 흐려졌다.

수영은 고개를 끄덕였다. 끄덕이고 또 끄덕였다. 눈물이 후드득 떨어졌다.

괜찮아요.

수영은 속으로 말했다.

다 괜찮아요.

마흔두 살의 수영이 스물아홉 살의 정환에게 떨리는 목소리로 말했다. 부드럽고 따뜻하게 말해 주고 싶었다.

함께 살길 바란 적은 없었어요.

그러니 부디,

잘 가요.

마흔두 살의 수영이 스물아홉 살의 정환에게 손을 흔들었다.

수영은 울었다. 눈물이 하염없이 흘러내렸다.

울면서 수영은 '시간의 박제'를 생각했다. 그의 박제된 시간들도 생각했다. 수영의 시간도 있었다.

아무리 세월이 흘러도, 아무리 앞만 보고 살아가도 어느 순간 비릿한 냄새로 되살아나는 그해, 1985년.

어쩌면, 동해항에서의 박정환은 너무도 생생하고 확연해서 바로 지금 이 순간 같았다.

그 남자 정환

저녁이었다. 항구의 남쪽 산등성이를 허물어 새로 난 언덕길을 따라 택시 한 대가 달려왔다. 택시는 항구가 내려다보이는 비탈길 아래턱에 멎었다. 일 미터 팔십이 조금 넘는 키에 몸이 굵지 않은 젊은 남자 정환이 택시에서 내렸다. 검정색 야구 모자를 깊이 눌러썼다. 그는 깎인 산등성이에서 흙더미째 흘러내린 잔솔을 흘깃 바라보았다. 대충 포장을 해 둔 길로 흘러내린 건 작은 나무만은 아니었다. 꽃을 피운 풀포기도 흘러내려서 사람의 발에 밟히거나 시들어 갔다. 택시는 신경질적으로 부르릉, 소리 내며 몸을 틀어 오던 길로 돌아갔고 정환은 하릴없이 서서 우묵하게 늘어선 항구의 안팎을 훑었다. 바다로 난 산기슭에 별이 하나 둘 까물까물 돋기 시작했다. 어두워지면 사람들은 전등불을 켰다. 멀리서 보면 영락없이 산에 돋는 별이었다. 언제부턴가 사람들의 집은 자꾸만 산등성이로 올라붙어서 이젠 산이 올망졸망한 집들로 뒤덮였다. 날이 어두워지면 하늘엔 샛별이 먼저, 땅에선 그곳에 먼저 전등불이 돋았다.

정환은 먼 바다로 눈길을 돌렸다. 바다는 어두운 색깔로 누워 있고, 부두에 닿아 있는 배의 정박등 불빛은 안개 속에서 조는 듯, 지친 듯 힘겨워 보였다. 더 멀리 등대는 졸지 않겠다고 한사코 번쩍번쩍 눈을 부라리곤 하였다. 어느새 해안 경비 탐조등이 어두운 바다를 핥고 있었다.

정환은 심드렁하게 멀리 나간 눈길을 안으로 잡아당겼다. 바로 아래쪽 항구, 높은 창고 건물 옆으로 작업복 차림의 사람이 나타났다 사라졌다. 정환의 눈길에 스치고 멈추는 모든 사물은 그에게 익숙했다. 창고처럼 지어 놓은 건물들, 화물을 쟁여 놓은 천막 막사, 수선 중이거나 해체를 기다리는 크고 작은 배들. 눈을 감고도 그려지는 그림이었다.

냉동차 한 대가 언덕 위에서 내려왔다. 냉동차는 비탈길 아래 소나무 숲길로 들어갔다. 숲에 크고 작은 가건물들이 있었다. 잡다한 어묵이나 젓갈과 건어물 포를 만드는 작은 공장들이었다.

정환은 천천히 아래로 내려가 냉동차 앞으로 인부 두셋이 나와 상자를 져 나르는 것까지 구경하다가 불현듯 손목시계를 보았다. 그는 급하게 주머니를 뒤져 담배 한 개비를 꺼내 입에 물고 불을 붙였다.

연기를 한 번 내뿜고 나서 이미 묵직하게 내려덮인 항구의 어둠 속으로 발걸음을 성큼성큼 내딛기 시작했다. 후문 몇 발짝 앞에서 반쯤 태운 담배를 아무렇게나 내던졌다. 풀과 눅눅한 흙바닥 사이에 떨어진 담배는 흰 연기를 피워 올리다가 깜물 숨이 끊기듯 차가워질 것이었다.

정환이 외항선원 김씨와 미리 약속해 둔 이 시간, 항구의 후문은 닫힌 듯이 열려 있었다. 정환은 몸을 옆으로 돌려서 후문의 좁은 틈으로 미끄럽게 스며들었다. 눈동자만 굴려 불 켜진 경비실 쪽을 훔쳐보았다. 낡은 형광등은 조는 듯 서너 평 안을 밝히고 두서너 사람이 앉거나 서서 움직였다. 그들 중 하나가 창문 밖으로 얼굴을 내밀고 방금 후문을 미끄럽게 통과한 정환을 흘깃 보았지만 그만이었다. 낯선 사람의 출입은 엄격히 통제되지만 정환은 이미 낯설지 않은 존재였다.

음산한 바닷바람이 거칠고 서툴게 사방으로 불어 댔다. 고르지 않은 시멘트 바닥으론 드문드문 기름이 검번드르하게 흘렀고 검정과 허연 색깔의 비닐들이 바닥을 핥거나 문지르며 휙휙 날아다녔다. 정환의 모자챙이 자꾸만 뒤로 들썩거렸다. 그는 모자를 벗어 바지 뒷주머니에 찔러 넣었다. 앞머리가 날려서 이마를 덮었다. 그는 이미 정해진 길로 한눈팔지 않고 걸었다. 파도가 선착장 콘크리트 둑을 철썩철썩 때렸다. 김씨가 현문(舷門) 당직을 서고 있을 외항선은 맨 앞에 있었다. 정환은 아무렇지 않았다. 맨 처음 이 일을 시작했을 때의 저항감 같은 건 사라진 지 오래였다. 어린 시절 한때 '사회 정의' '양심' 그런 말을 부자나 사랑이란 말보다 더 좋아했던 그에겐 변화가 너무 빨랐다. 하지만 아직도 가끔은 등뒤에서 자신을 훤히 지켜보는 몇 개의 눈들을 느끼긴 하였다. 어쩌면 양귀비 밭에서 짐승처럼 사라지던 그림자에 자지러진 탓일지 몰랐다. 아니면 냉정하고 차분하고 논리가 무섭게 정연했던 검사 앞에서 조사를 받을 때 생긴 외상일지도.

"뭐가 죄라고 생각하나?"

김 검사는 낮은 목소리로 물었었다. 그는 이 말을 묻기 전에 자신도 가난했고 입주 가정교사 자리에서 잘린 뒤에 두 평 사글셋방에서 굶어 본 적이 있다고 했었다. 그 말을 듣는 순간 정환은 검사가 자기편이 되어 주려니 믿었다. 어린 날, 공부를 열심히 해서 법과대학에 진학하고 그 뒤 사법 고시에 붙어 검사가 되겠다고 결심할 때, 그 처연한 감정을 공유하는 기분마저 들었었다. 정환은 잘 울었다. 김 검사 앞에 오면 자꾸만 눈물이 비 오듯 흘렀다.

"내 말이 이해가 안 되는 모양인데, 그럼 이렇게 물어볼까? 박정환이 지은 죄가 뭔가?"

울고 있는 정환에게 검사가 물었다. 울먹이느라 정환은 대답을 못했다. 버벅거리면서 겨우 대답했다.

"마약법 위반입니다."

정환은 검사가 건네주는 휴지로 눈물과 콧물을 닦았다. 검사는 한동안 침묵했다.

"이틀을 굶고 설렁탕을 먹었는데 다 토했어. 그래도 난 너 같은 비열한 방식은 상상도 하지 않았어, 새끼야!"

그가 큰 소리로 말했다. 정환은 정신이 번쩍 들었다.

"자네가 지은 죄가 뭔가? 뭔 죄를 졌다고 생각하나?"

검사가 다시 나직하게 물었다. 정환은 눈앞이 캄캄했다. 대학 시험에 떨어졌을 때처럼 그렇게 인생이 캄캄했다.

"자네와 내가…… 뭐가 달라!"

김 검사가 '자네와 내가'까지는 정중하게, 그리고 '뭐가 달라'는 책상을 주먹으로 내리치며 소리쳤다. 정환은 더 이상 울지 않아 메마른 눈을 들고 그를 망연히 바라보았다.

"동정의 여지가 없어. 너는 그 내면의 적개심이 위험한 인간이야! 게다가 비열하고!"

검사가 최후통첩처럼 잘라 말했다. 정환은 얼이 빠져서 그게 무슨 의미인지 삭이지 못했다. 곧 수갑을 차고 의자에서 일어났는데 그를 외면하는 여직원의 검은 머리가 보였다. 그때 그는 사람과 사람 사이의 경멸도 함께 보게 됐다. 물론 처음 보는 건 아니었지만 강렬했다. 자신을 외면하는 것은 여직원뿐만이 아니라는 것도 알았다. 그러나 그는 이때 느낀 경멸의 경계선 저편에서 검사가 냉혹하게 지적해 준 '내면의 적개심'을 버리지 않고 꽈악 붙잡았다. 그런 거라도,

있는 게 좋았다.

정환은 미리 약속해 둔 대로 당직이 내려다볼 수 있는 곳쯤에서 담배를 입에 물었다. 라이터를 켜서 불을 붙이고 힘차게 빨았다. 빨간 불꽃이 핀 담배를 들어 좌우로 흔들었다. 저쪽에서 새 울음 같은 휘파람 소리가 들렸다. 정환은 휘파람 소리를 쫓아 그쪽으로 고개를 치켜세웠다. 김씨가 손을 들고 서 있었다. 문득 정환은 불붙은 담배를 물위에 던지고, 삭아서 덕지가 이는 철판 계단으로 사뿐히 올라섰다. 하지만 그가 잡은 손잡이 밧줄은 함부로 출렁거렸다. 그래도 정환의 몸놀림은 바람을 타는 나뭇잎처럼 날렵하기 그지없었다.

"일 하나는 칼이야."

뱃사람답잖게 낯빛깔이 허연 편인 김씨가 정환의 손을 잡았다. 정환은 그 손안에 든 열쇠를 움켜잡았다. 이제 두 사람은 한배에 탄 식구였다. 엊그제 외출을 나갔던 김씨가 정환을 만나 짜 둔 그대로 일을 하면 끝이었다.

정환은 비좁은 통로로 들어섰다. 기관실 쪽에서 망치질 소리가 울렸다. 어느 방에서 라디오를 틀었는지 귀에 익숙한 서양 노래가 들려왔다. 정환의 발길이 저절로 붙들렸다. 그는 선 채로 노래를 들었다. 꿈속에 그려 보는 머나먼 고향아 옛 모습 변치 않고 있느냐…… 사랑하는 부모 형제 어릴 때 같이 놀던 친구…… 고향의 푸른 잔디……. 노래가 끝나고 서양 남자 아나운서의 빠른 목소리가 들렸다. 그는 김씨의 방문 쪽으로 걸었다. 고향의 푸른 잔디가 머리에서 떠나지 않았다. 새벽 찬바람보다 더 빠르게 달려 신문을 배달하고 돌아오면 귓가에 그 노래가 맴돌았다. 배가 고파 흥얼거리지도 못하고 귀로 느낀 노래였다.

김씨의 방문을 열자마자 정환은 낯을 찡그리고 한걸음 뒤로 비켜섰다. 열린 문틈으로 묵은똥과 시궁창 내가 뒤섞여 한꺼번에 터져나왔다.

정환은 일인용 나무 침대에 걸터앉았다. 코를 막게 했던 냄새엔 금방 익숙해졌다. 그는 등을 돌려 바깥으로 뚫린 사발만한 창에 얼굴을 대었다. 살갗은 차가운 감촉에 민감해도 그의 눈에 보이는 어두운 바다는 아늑했다. 보이지 않는 것, 못 보는 것에 대한 공포감만 버리면 어둠만큼 포근하고 편안한 건 없었다. 그는 포근하고 드넓은 바다에 자신의 고단한 인생을 눕혀 보았다. 인생이 둥둥 떠다녔다. 그는 한동안 창 너머 바다에 떠다니는 자기 인생을 바라보았다.

자질구레한 밀수품을 나르는 지게꾼 일을 처음 시작했을 때, 정환은 '법이 무서워서' 이런 하찮은 것도 꼭 한밤중에만 하였다. 그는 일상이 국가로부터 관리되는 '전과자'였다. 하지만 이제 이런 것은 심심풀이였다.

정환은 창에서 얼굴을 뗐다. 침대에 다리를 뻗고 벽에 비스듬히 기대어 팔베개를 했다. 붙박이 작은 책상 밑에 천연색의 커다란 서양 여자 배우의 알몸 사진이 붙어 있었다. 바로 밑에 십자가에서 피 흘리는 예수 사진, 그 옆에 아이를 사이에 앉힌 젊은 부부 사진, 그리고 해돋이 사진 들이 보였다. 해돋이 사진은 어디에도 있었다. 소나무 가지를 걸치고 찍힌 사진, 고깃배를 한가운데에 둔 사진……. 김씨의 해돋이 사진은 아무것도 걸친 것 없이 그저 바다와 파도와 수평선의 지글거리는 해돋이뿐이었다. 정환은 그 해돋이를 외면하다가 저도 모르게 다시 그것에 눈을 박았다. 뭔가 익숙했다. 그랬다. 시간이 남아돌아 하릴없이 들렀던 술집 '클레오파트라'에도 저 사진이 있었다. 바로 그 사진 앞에서 까르륵 웃던 여자. 사진보다 웃음소리에 정환은 그쪽을 돌아보았었다. 언니, 그럼 간다. 정환은 이런 말소리를 들었다. 연두색 바탕에 사탕만한 흰 물방울이 점점이 박힌 원피스 차림의 여자. 긴 머리가 출렁거렸다. 클레오파트라의 주인 여자 홍선경이 문턱에서 배웅하고 돌아서다가 정환과 눈이 마주쳤다. 최수영이라고요, 고등학교 후배예요. 심심해서 왔대요. 그 여자는 묻지도 않은 말을 정환에게 했었다. 언젠가 익수가 정환을 데려와서 소개시키며 진짜 총각이라고, 남아도는 여자 있으면 아무나 일단 대 주라고 농담처럼 말한 것이 생각나서였다.

정환은 해돋이 사진을 보면서 연두색 원피스의 웃음소리를 떠올렸지만 곧 지웠다. 무의미했다. 만약 이때 좁은 복도를 걸어 이쪽으로 다가오는 발자국 소리만 없었다면 정환의 상상이 더 깊어졌을지 몰랐다.

발자국 소리가 문 앞에서 멎었다. 문을 열고 김씨가 들어왔다. 그는 바닷바람에 언 뺨을 문지르고 손을 비벼 댔다.

"뱃놈질은 이놈의 당직만 없어두……."

김씨가 투덜거리며 침대 밑으로 기어들어갔다. 한동안 부스럭거리며 상자를 꺼내 놓았다.

"이렇게 벌어서야 어디……."

김씨가 상자 앞에 퍼질러 앉으며 중얼거렸다. 그는 밀봉한 테이프를 뜯고 뚜껑을 열었다. 숨도 못 쉬게 빽빽이 차 있던 라이터와 시계, 만년필이 와르르 떨어져 내렸다. 정환은 바깥으로 쏟아져 내린 물건과 안에 든 것들을 눈여겨보고 대충 그 무게를 감 잡았다. 김씨가 정환의 눈치를 살폈다. 정환은 입을 꾹 다문 채 점퍼 주머니에서 접착 테이프를 꺼내 바닥에 던지고 담배를 꺼내 입에 물었다. 김씨에게도 한 개비 건넸다.

"전부 이건가요?"

정환이 물었다. 김씨가 머리를 긁적였다. 그는 자신의 밀수품이 너무 잔달아서 문득 창피했다.

"이까짓 거루 술값이나 나올라나?"

"어디서 금테 두른 술 판대요?"

정환은 벌떡 일어나서 물건을 뒤적이며 말했다. 김씨는 머리를 긁적거리며 정환이 라이터 시계 만년필을 따로따로 갈라 놓는 것을 보다가 팔목을 들어 시간을 재고는 일어섰다.

"이거 봐, 난 그럼 믿고 나가네."

김씨가 정환의 어깨를 동지처럼 잡고 말했다. 정환이 머리를 끄덕이자 김씨는 현문으로 나갔다. 밀수품 운반은 보통 당직 서는 기회를 이용해야 했다.

정환은 접착 테이프를 길게 뜯어 시계를 붙였다. 그의 손놀림은 빠르고 정확하였다. 라이터와 만년필도 그렇게 하였다. 그리고 그는 바짓자락을 걷어 올리고 양말목을 내렸다. 그는 맨살에다 물건 띠를 붕대처럼 감았다. 양쪽 발에 감고 남은 것은 허리에 둘렀다. 그러고 나서 우뚝 서 보았다. 그의 몸은 잠깐 동안 이물감에 저항했으나 곧 아무렇지 않게 균형을 잡았고 김씨가 아무렇지 않게 당직을 서는 현문으로 나갔다.

"이따가 관동여관 203호실에서 보세."

김씨가 입내 나는 입을 정환의 귓불에 대고 속삭였다. 정환은 알았다는 고갯짓만 하고 지나쳤다. 그는 머지않아 희끄무레한 보안등 빛 후미진 데로 검은 그림자처럼 스며들더니 경비실을 벗어났다.

관동여관은 야산을 갉아먹듯 들어서는 새로운 택지에 있었다. 정환이 현관문 한 짝을 밀자 방울쇠가 요란하게 딸랑거렸다. 내실에서 〈선데이 서울〉을 읽고 있던 중년 여자가 쪽유리문 안에서 눈을 치뜨고 손님을 바라보았다.

"203호!"

정환이 신발을 벗고 올라서며, 멸공(滅共)! 하고 외치는 보초병처럼 말했다. 여자는 엉덩이를 든 채 쪽문을 밀더니 얼굴을 내밀어 정환이 들어가는 모습을 지켜보았다. 노크 소리에 안에서 문이 빠끔히 열렸다. 젊은 여자가 눈 하나만 보이게 하고서 방문객을 살폈다.

"배에서 왔습니다."

정환이 나직이 말했다. 여자가 금방 문을 활짝 밀고 반색을 했다. 방 안엔 김씨의 처남도 있었다. 그들은 정환이 발목이며 허리며 허벅지에서 더덕더덕 감아 온 물건들을 풀어놓을 때 탐욕을 감추지 못하고 지켜보다가 김씨의 아내는 '박카스' 병을 내놓고 처남은 무턱대고 담뱃불을 붙여 정환에게 내밀었다.

곧 당직을 끝낸 김씨가 돌아왔다. 그는 기항지로 찾아온 아내와 사나흘 함께 지내고 이런 가욋돈 벌이도 했다. 지금 헤어지면 반년은 또 못 본다. 김씨가 아내를 시켜 술을 사 오게 했다. 처남이 재빨리 나가 소주와 오징어포를 들고 들어왔다. 김씨가 봉투에 든 수고비부터 정환에게 건네며 민망한 웃음을 머금었다.

"이거 받고 섭섭하게 생각지 말우. 여기 올 때마다 손발 맞춰 하다 보면 큰 고래도 잡을 날이 있겠지! 자아 한 잔! 커억!"

정환은 웃었다. 그들은 이런저런 이야기 끝에 밀항 이야기를 했다. 선원들이 밀항을 주선해서 몫돈을 챙기기도 한다는 것이었다.

"여기서도 하나요?"

말이 없던 정환이 물었다. 김씨가 교활한 눈빛을 빛내며 바라보았다. 정환은 일어섰다.

거리는 캄캄하고 바람은 여전히 찼다. 정환은 길가에 서서 부르르 진저리를 쳤다. 어디로 가지? 정환은 점퍼 주머니에 손을 찌르고 서서 발밑을 내려다보았다. 곧 모자를 고쳐 썼다. 당구장을 생각했다. 익수가 거기 있을지 몰랐다. 그곳에 가서 얼굴 보면, 내기 당구 치고 술을 마실 것이었다. 술을 마시면 익수는 '세상이 좆같다'고 넋두리를 늘어놓을 것이었다. 그러다가 정환에게 충고할 것이었다. 형은 왜 이런 데에서 사느냐, 여기서 이렇게 청춘을 다 썩힐 작정이냐, 도대체 그 머릿속에는 무슨 생각이 들어 있느냐, 형을 보면 안쓰럽고 딱하다, 어차피 형은 나처럼 타고난 양아치는 아니다, 그렇게 생각지 않느냐, 늦지 않았으니 공부 다시 해서 보란 듯이 사는 모습 보여달라. 그러다가 어쩌면 훌쩍훌쩍 울지 몰랐다. 자신은 아버지뻘 되는 남자와 정을 통한 다방 레지에게서 태어났다, 그 어머니가 아홉 살 때 췌장암으로 죽었다, 늙은 아버지 따라 큰어머니 사는 곳으로 들어갔다, 그곳에 고등학교 다니는 형이 둘이나 되었다, 매일 맞았다, 맞는 것보다 어머니가 보고 싶은 게 더 못 견디겠더라, 그래서 어머니가 살던 동네로 도망 나와 시장 안에서 쥐새끼처럼 버린 밥 주워 먹고 과일 훔쳐 먹고 상자로 집 지어 하루하루 잠자고 살았다, 라면 훔치다 경찰에게 잡혀서 고아원에 보내졌다, 그곳에서 우는 어린 아이 벽에 내던져 죽이는 것도 보았다, 내가 형들이랑 고아원 담

벼락에 땅 파고 애기 묻어 줬다, 아무리 억울하고 서러운 거 많아도 형은 나 같지는 않을 것이다……. 하도 들어서 정환에겐 자기 경험 같았다. 그러나 같이 울지는 않았다.

정환과 익수가 같은 재소자 신분일 때였다. 아직 죽은 뒤의 구원까지 염두에 둘 여유가 없었던 그들은 목회자나 사회 저명인사들의 교화 시간에 필담도 하고 속삭이기도 했다. 출소한 후엔 어디서 무얼 먹고 살 것인지…….

"씨이팔, 거긴 웃기는 데야. 세상 온갖 잡동사니가 다 모여 살아. 주소는 이건데 중앙시장 근처에 와서 아무 당구장이나 들어가 내 이름 대문 다 알어!"

익수는 마약 사범인 초범 정환을 싫어하지 않았다. 정환은 앵속(양귀비)을 재배하다 들켜서 히로뽕을 사고팔았거나 복용한 마약 사범한테는 따돌림을 당했다.

그날 익수의 배려를 귓등으로 들어 넘긴 정환은, 그러나 막상 출소를 했을 때 갈 곳이 없었다. 고향은 그리웠으나 전과자로 귀향할 곳은 아니었다. 한 쪽 다리를 저는 형, 한시도 잊혀지지 않던 조카 민석이도 가슴에서 지운 채 익수를 찾아 이곳에 온 지 이 년이 넘었다.

정환은 어두운 거리에서 발걸음을 멈추고 주머니에서 봉투를 꺼냈다. 네 번 접힌 봉투를 대충 펴서 돈을 꺼냈다. 낡은 질감의 만 원짜리 지폐를 끄집어내 세어 보았다. 섭섭하진 않았다. 그는 익수를 생각하며 중앙시장 쪽으로 걸었다.

정환은 오늘 새벽까지 익수와 내기 당구를 쳤었다. 누구에게든 어떤 날엔 도무지 진다는 사실이 못 견디게 싫을 때가 있다. 처음엔 익수가 지기 싫어했고 나중엔 정환이 지기 싫어해서 내기 당구는 좀체 끝나지 않았다. 결국 둘 다 이런 상황이 지겨워지고 마침내 상대에게서 못 볼 것마저 다 본 것처럼 넌더리 내고서야 당구대를 내던지곤 했었다.

"하여간 형은 거머리 띠가 맞수!"

거리로 나와 익수가 이렇게 내뱉고 길에 침을 뱉었다. 정환은 애매하고 막연하게 웃었다. 거머리든 마귀든 귀신이든 다 우스웠다. 익수는 정환을 교도소의 목공반에서 처음 보고 동생이라 여겼다가 한 살 위인 걸 안 다음부터 형이라 불렀다.

정환은 맘속으로 동해당구장을 정했다. 익수가 자신을 기다릴 것 같았다. 정환은 구겨서 주머니에 넣었던 봉투를 다시 꺼냈다. 돈을 반으로 나눠 거기에 넣었다. 익수는 처음에 질겁하는 시늉을 하다가 금방 헤프게 웃으며 받아 넣을 것이다. 언제나 그랬다.

익수는 당구장에 없었다. 헤어진 지 몇 시간 됐다고 또 찾느냐고, 오후엔 오지 않았다고 종업원이 말해 줬다.

정환은 갑자기 허전했다. 밤바람이 음산해서 모자를 더욱 눌러쓰고 옷깃을 여몄다. 그래도 바람이 살갗을 파고드는 느낌이었다. 날

씨는 아침부터 이랬다.

정환은 건널목을 건넜다. 낯익은 포주가 팔짱을 끼고 어슬렁거리다가 노동자 차림의 중년 남자를 붙들고 실랑이 중이었다. 정환은 못 본 체 지나쳐 101번지 골목으로 들어섰다. 고향여인숙은 그 옆에 있었다. 정환은 열두 개의 객실 중에 12호실에서 살았다.

그는 보통 등대집에 가서 선지 해장국으로 아침 겸 점심을 때웠다. 오늘도 그는 그렇게 해장국을 먹고 익수를 만나 당구를 치고 돌아와 방구석 여기저기에 마른 오징어처럼 바닥이 딱딱해진 양말과, 때 타는 거 모르려고 골라서 산 검정색 팬티를 한아름 모아 한꺼번에 주물러 빨았다. 그 시간은 여인숙이 한갓졌다. 하룻밤 묵은 사람들은 벌써 방을 뺐고 종업원은 대충 청소를 끝내고 어디엔가 들어앉아 한숨 돌리는 때였다.

고향여인숙 낡은 파란 대문 앞에서 정환은 피로가 더께로 밀려드는 걸 느꼈다. 그는 여인숙의 낡은 대문을 밀었다. 녹이 슨 철판이 비늘처럼 일어 바람에도 푸시시 떨어져 내렸다.

정환은 방문에 붙은 밤톨만한 열쇠를 돌리다가 대각선으로 보이는 1호실을 흘깃 바라보았다. 방문이 캄캄했다. 외항선원만 상대하는 명희는 오늘 하루 밥값도 못 벌고 화투 패만 뒤집었을 것이었다. 오늘만이 아니었다. 벌써 일주일째였다. 지금 항구엔 파나마 국적의 선박 한 척이 정박 중이지만 선원들은 월급을 받지 못해 뭍으로 나오지 않았다. 외출할 선원의 숫자를 미리 알아서 그들을 기다리는 창녀들에게 알려 주는 것도 정환이 하는 일 중의 하나였다.

정환은 공친 명희의 궁핍을 찬바람처럼 느끼며 온종일 닫아 둔 방문을 열었다. 눅눅한 먼지와 곰팡이와 담배 연기와 쓸쓸한 사람에게서 나는 냄새가 한꺼번에 뒤엉켜 밀려나왔다. 그는 흠칫 등을 젖혔다. 숨이 막히고 울컥 눅눅한 것이 치밀어서 그는 아랫입술을 깨문 채 한동안 서 있었다. 방 가운데 늘어졌을 형광등 끈을 익숙하게 잡아당겼다. 불이 일렁이며 켜졌다. 방을 가로질러 매어 놓은 노란색 줄에 양말과 팬티가 주렁주렁 널렸다. 그는 벌러덩 맨바닥에 누워 천장을 쳐다보았다. 애당초 질이며 색깔이 어땠을지 상상도 가지 않는 누리끼리한 종이에 흙색의 쥐 오줌 자국이 추상화처럼 번져 있었다. 빨래와 누리끼리한 천장과 추상화를 무심히 바라보던 정환의 눈이 슬그머니 감겼다.

그러나 잠이 들진 않았다. 자는 듯 깨고, 깨서 다시 몽롱해졌다. 사는 게 막막하고 공허하고 비현실 같은 느낌들이 정환의 머릿속에 매운 연기처럼 차 있었다. 돌아보면 이제껏 살아오는 동안 주머니에 손을 넣어 돈이 만져지게 된 건 이곳에 와서 처음이었다. 그런데도 정환은 날이 갈수록 공허해서 때때로 자신이 과연 땅에 발을 붙이고 사나, 화들짝 놀라곤 하였다. 익수 말대로 여자 만나 방 한 칸 얻어 자식 낳아 젊은 몸 아끼지 않고 닥치는 대로 일하다 보면 세월 어떻게 흐르는지 무감각해질지 몰랐다. 알뜰하게 돈 모아 집 마련하고 자식 키우다 보면 자연스레 늙고, 병들어, 땅에 묻힐 것이었다.

정환에겐 이런 상상도 현실감은커녕 불안감만 더했다. 이러다 미치는 건 아닌지, 그는 자신을 의심했다. 이런 의심이 들면 정환은 불안하고 불길해서 쫓기듯 혼자 줄담배를 피우고 바지 가운데를 헤집어서 수음(手淫)을 했다. 수음 뒤의 비릿한 환멸이 불안을 밀어내면 혼곤하게 늘어지고, 고약한 잠에 나가떨어졌다.

101번지 여자

정환은 억지로 눈을 떴다. 그의 눈엔 가느다란 핏줄이 내비쳤다. 그는 몸을 새우처럼 구부리고 담요를 머리끝까지 끌어올렸다. 무슨 꿈을 꾸었지? 그는 무슨 까닭인지 꿈을 되살려 내고 싶었다. 하지만 아무리 골똘히 애를 써 봐도 허사였다. 떠오르는 것이 없었다. 담요를 다리 사이로 끌어당겼다. 이상한 일이었다. 떠오르지 않는 꿈이 슬프게 그리웠다. 눈을 감고 잠을 더 자려는데 마음이 둥둥 떴다. 화악 일어나서 무언가를 던지고 깨고 부수고 소리치며…… 망가지고 싶었다.

정환은 깊은숨을 들이쉬고 내쉬었다. 교도소에서 아내를 죽인 살인범이 가르쳐 준 숨쉬기였다. 그는 자기를 죽이고 싶을 때 그런 숨을 쉬라고 말해 줬다. 숨을 깊이 들이쉬고 내쉬기. 숨소리를 점점 고요하게 하기. 숨소리가 들리지 않게 하기. 그는 늘 얼굴색이 창백한 정환에게 무슨 까닭인지 친절했다.

정환이 깊은숨을 세 번이나 쉬었을까? 문 두드리는 소리가 났다.

"오빠!"

여자 목소리가 그를 불렀다. 목소리를 귀신같이 잘 알아맞히는 그가 이번에는 분간하지 못했다. 명흰가? 동갑나기 스물아홉 살이건만 생일이 아홉 달이나 늦다고 정환을 오빠로 부르는 명희가 아니라면, 필경 연애편지 대필해 달라고 온 아가씨일 것이다. 이곳의 외항선원을 상대로 몸을 파는 여자들은 더러 외항선원과 편지로 애끓는 사연을 주고받다가 그곳으로 초청 받아 나가는 경우가 꽤 있었다. 대개 매춘부 생활 5년은 넘긴 여자들이 그랬다. 외항선원들 중엔 가끔 산다는 게 똥인지 된장인지 구별 못하는 철부지 순정파들도 있었다. 포주에게 돈 물어줄 테니 나가서 같이 살자고 눈물을 보이기도 하였다. 하지만 그 말 믿는 여자는 없었다. 남자의 순정이 아무리 간절하고 절실하다 하여도 같은 한국에선 불안했다. 언제 어디서 자기 단골손님을 만날지 몰랐다. 기둥서방이 아니고는 결혼 같은 건 꿈도 꾸지 않아, 과거를 아무렇게나 둘러대고 꾸며 내도 들통 날 염려 없는 외국에 나가 '현모양처'로 살 길밖에 없었다. 하룻밤이나 몇 시간 알몸으로 만난 선원에게서 참을 수 없는 냄새만 나지 않으면, 반드시 주소를 받아 냈다. 바다에 그물 치고 낚싯대 주르륵 늘어놓듯 그렇게 주소를 써먹었다.

"오빠 아직 안 일어났어요?"

밖에서 손잡이를 흔들어 대었다. 그 바람에 들떠 버린 벽지가 펄럭거렸다.

"누구야!"

정환이 잠긴 목소리로 물었다.

"오빠 있었구나. 나야 오빠. 미애라고!"

정환은 벌떡 일어나 바지를 꿰었다. 그리고 잠긴 문을 땄다. 문이 열리기 무섭게 미애가 얼굴을 들이밀었다.

"아휴우 이게 무슨 냄새야?"

미애가 얼굴을 찡그리고 코를 잡으며 짐짓 눈까지 흘겼다.

"오빠! 총각 방 냄새가 왜 이래? 퀴퀴하고 비리고…… 향수 좀 뿌려요. 내가 뿌려 줘야겠다. 가끔씩 여자가 와서 자기만 해도 이렇진 않을 텐데…… 흔해 빠진 애인 하나 없이 한심하다니깐. 인물값도 못해. 우리 같은 동생들 널렸는데 뒀다 뭐 해?"

미애가 쫑알거렸다. 그사이 정환은 허둥지둥 좁은 방 안을 가득 채운 옷가지며 신문 잡지에 꽁초가 수북한 재떨이를 치우고 담요를 둘둘 말아 한켠으로 비켜 놓았다. 방으로 들어선 미애는 도르르 말린 팬티를 집어 얼른 바지 주머니에 구겨 넣는, 정환의 제풀에 붉어진 얼굴을 드러내 놓고 바라보며 깔깔댔다. 들고 온 공책은 엉덩이 밑에 깔았다.

"몇 시나 되었나?"

정환은 담요에 등을 비스듬히 대고 앉아서 중얼거리며 담배를 꺼내 물었다. 미애가 팔을 길게 뻗었다. 정환이 그 손에 불붙인 담배개비를 끼워 주었다.

"밤일하는 내가 이렇게 나대는 걸 보고도 오빠 시간을 모르겠수?"

미애가 연기를 하얗게 뿜어 올리며 말했다. 정환이 풀어놓은 손목시계를 집어 들고 시간을 보았다. 몇 분 빠지는 오후 두 시였다. 순간 정환은 자신이 한심했다. 정오가 넘도록 자는 건 일이 없어도 결코 기분 좋지 않았다.

"하기야 우리가 오빠 좋아하는 건 오빠가 순진해서니까. 사람 차별 안하고. 그게 좋아."

미애가 자욱한 목소리로 말했다. 정환은 문득 고개를 들고 미애를 바라보았다. 사람 차별하지 않는다는 말이 걸렸던 것이다. 미애가 이렇게 말하지 않았어도 정환은 이곳의 여자들을 차별하거나 멸시하지 않았다. 한 번도 그런 감정을 가진 적이 없었다. 일부러 그런 맘을 가지려 한 건 아니었다. 무엇이든 팔고 사는 관계가 이뤄지는 건, 그래야 하는 사람들이 있기 때문이었다. 미애 또래들은 몸이 아파도 일했다. 일에 치여 젊은 생기가 시드는 게 느껴질 때면 정환의 가슴이 한없이 아렸다. 타인의 삶에 대해 아린 느낌이 들면 누구라도 멸시하거나 경멸할 수 없었다.

"오빠 차암 미남인데. 인물이 아까워. 공부나 많이 하지 그랬수? 그럼 이런 데선 안 살고……."

미애는 여전히 자욱한 목소리로 투덜거렸다. 정환이 마땅찮은 표정으로 미애를 바라보았다.

"그냥 오빠가 좋아서 그러지 뭐. 근데 오빠, 난 요즘 정말루 시집 가고 싶어 죽겠다아. 길에 아기 데리고 걸어가는 여자 보문 샘이 나서 죽이고 싶다니깐. 왜 세상이 이래? 세월은 물같이 흐르고, 나이는 들고…… 이러다 손님 끊기고. 비참해서 어떻게 살아? 난 포주는 못할 거 같애. 같은 여자 쥐어짜서 돈 버는 일을 어떻게 해? 칼만 안 든 인간 백정 아니유? 그렇게 되면 접시 물에라도 빠져 죽어야지 뭐, 살어 뭐 해? 돈 있다고 천년만년 사나? 사람 사는 세상엔 다시 태어나기도 싫어!"

미애의 얼굴에 복잡한 표정이 어른어른하였다. 정환은 측은하기 그지없는 눈으로 미애를 바라보았다. 잇몸이 보통보다 앞으로 튀어나온 미애의 입술이 붕어처럼 오물오물거렸다. 하고 싶은 말은 태산이고 감정은 해일만큼 높았다. 한 번도 어디에 제 서글픈 마음을 털어놓아 보지 못하다가 정환에게는 마음이 열렸다. 미애만 이러는 건 아니었다. 명희 정애 은영 지미 회야 경아. 이름을 셀 수가 없었다.

"여자들은 그거 쉽지 않나? 남자 하나만 잘 만나면……. 세상에 남자 여자가 반반인데."

"남자도 그렇지 않아?"

"남자도?"

정환은 고개를 갸우뚱하였다. 그는 자신이 만나고 싶은 것은 여자가 아니고 살기 좋은 세상이라고, 속으로 말했다. 정환이 세상을 생각하느라 표정이 깊어진 틈에 미애가 엉덩이 밑에 깔았던 공책을 꺼냈다. 일기도 끄적이고 돈 쓴 것도 가끔 적어 두고 편지 초안도 잡아 두는 교과서 크기의 공책이었다. 겉장에는 입술과 심장을 여러 개 그려 놓았다. 정환이 그런 미애를 물끄러미 바라보았다.

"오빠가 나 시집보내 줘!"

미애가 공책을 펼쳐서 정환 앞으로 밀었다.

"나같이 팔자 사나운 년이 여기서야 팔자 고칠 수 있나아? 나도 시집가서 아들 딸 낳고 다른 여자들처럼 평범하게 한번 살아 볼래. 나라고 뭐 애 낳고 살지 말라는 법 있나아? 사내 손끝만 스쳐도 애가 드는 몸땡인데."

"그래라, 미애야. 아이 낳으라고 여잔데 아이 낳고 살아야지."

정환은 말하고 꽁초를 재떨이에 비벼 껐다.

"나이가 들어서 그런지 자꾸만 내 인생이 억울한 거 있지 오빠. 가랑이 벌리는 짓도 이젠 정말 지긋지긋하고……."

정환은 고개를 끄덕거렸다.

"이거야."

미애가 공책을 꾹 누르며 말했다. 정환은 글자는 보지 않고 담뱃불에 데인 자국이 세 개나 보이는 미애의 손등을 바라보았다.

"이번엔 어디니?"

"놀웨이야."

"놀웨이…… 괜찮네."

정환이 중얼거렸다. 미애의 얼굴에 햇볕이 반짝 비쳤다.

"여기서 기다릴까?"

미애가 금방 들뜬 목소리로 물었다. 정환은 미애가 써 온 편지를 눈으로 읽으며 대답하지 않았다.

사랑하는 구드브란드…….

편지는 이렇게 시작되었다.

"시골 사람인데 순박해. 둘째 아들이래. 그래서 더 좋고. 사실 곰보 째보면 어때? 그저 이 나라만 떠나면 돼! 더 뭘 바래? 불행해도 여기보다야 더할까. 오빠, 정순이 있잖아, 그년이 편지에다 사진 너서 보낸 거 알지? 딸 돌잔치한다고 해서 우리가 한복 사서 보냈거든. 그거 입혀서 가족 사진 찍어 보냈더라고. 갠 이상하게 잘 풀렸어. 어디에 복이 붙었는지."

미애가 말하는 정순은 이 바닥에서 외항선원 상대로 몸 팔다 대만 선원을 사귀어 그쪽으로 시집을 갔다. 중국계 선원들을 상대하는 편지는 중국집 '동춘각' 아저씨가 도맡아서 써 주기 때문에 정환은 그 사정을 잘 모르고 있었다.

"뒤 시간 있다가 올래?"

"오빠, 내가 방 좀 치워 줄까?"

"아니야, 여기 조바가 잘해 줘."

정환이 거짓말을 했다.

"그래?"

미애는 서운한 듯, 오줌을 누러 나가는 정환을 따라 바깥으로 나갔다.

"내 인생은 순전히 오빠한테 달렸다 잉?"

화장실 앞에서 미애가 진하게 말했다. 정환이 고개를 돌렸다. 그가 아랫입술을 물고 있었다.

"야, 내 인생도 불쌍하고 한심하잖니."

정환이 낮게 말했다. 미애가 입술을 붕어처럼 내밀었다. 둘 다 할 말이 없었다. 하지만 다 알고 있다. 슬픔과 절망을. 문틀이 잘 맞지 않는 화장실 안으로 들어가는 정환이나 고개를 푹 떨군 채 대문을 나서는 미애나.

방으로 들어온 정환은 무늬가 더러 벗겨진 비닐 장판 위에 어울리지 않게 놓인 공책을 바라보다가 씩 웃었다. 그는 공책 앞에 주저앉아 그것을 집어 들고도 정작 겉장을 들추지 않았다. 손바닥으로 만져 보고 공책 갈피를 주르르 훑어보기도 했다. 그리고 나서야 비로소 겉장을 넘겼다. 하얀 편지지 위에 수줍게 흐르는 글자들이 있었다. 정환은 그것을 읽지 못했다. 글자들이 눈에서 마음으로 넘어가지 않았다. 한참이나 그랬다. 그는 담배에 불을 붙여 물었다. 연기가 뿌옇게 날아올랐다.

사랑하는 구드브란드.

편지는 이렇게 시작되었다.

너무 보고 싶어요.

미애의 희망과 구원에 대한 절박한 열망이 뜨겁게 정환의 가슴에 퍼졌다. 그는 미애의 얼굴을 떠올렸다.

사랑하는 구드브란드. 너무 보고 싶어요. 지금쯤 당신은 어디 있을까요? 바다 가운데에 있나요? 아니면 육지 어디에 머무는지요. 어서 집으로 가 이 편지를 읽는다면 좋겠어요. 당신이 너무 보고 싶어요. 어젯밤 꿈엔 당신이 나타나 꽃을 한다발 안겨 줬어요. 그게 꿈이 아니고 현실이었으면 얼마나 행복할까요. 너무 기뻐서 꿈속에서도 흐느껴 울었답니다. 사랑하는 구드브란드. 제발 당신의 초청을 받고 당신 곁으로 가고 싶어요. 당신을 위해 밥을 하고 아기를 낳아 기르고 싶어요. 당신과 헤어진 뒤로 당신이 머릿속에서 떠나지 않아요. 이러다가 숨도 못 쉬고 죽어 버릴 것 같아요. 우리가 처음 만난 그날 밤, 당신은 우리의 몸이 원래 하나였던 거 같다고, 이렇게 편안하고 만족스러울 수 없다고, 그렇게 믿는다고 말했어요. 그런 말 처음 들어 봤어요. 하지만 나도 당신처럼 그렇게 믿어요. 하루라도 빨리 당신의 나라에 가서 당신의 부모님과 형제들을 만나고 싶어요. 나는 당신을 만난 것으로 이미 행복해서 나머지 인생은 당신과 우리 사이에서 태어날 아기를 위해 희생하며 살겠어요. 당신을 닮은 아기를 낳을래요. 아들과 딸 넷. 너무 많아요? 딸은 당신을 닮고 아들은 나를 닮고. 당신네 나라 요리를 배워서 맛있게 할 거예요. 말도 배우고, 예절도 배워야지요. 빵집에도 가고 꽃집에도 가고 당신 옷을 다

림질하고, 당신을 기다리고. 한국의 여자들은 원래 남편을 하늘처럼 받듭니다. 그러니 당신은 나의 하늘입니다. 지금 나에겐 하늘이 없으니…… 해도 달도 별도 없이 그저 막막합니다.

그립고 그리운 구드브란드.

나의 반쪽. 당신의 몸을 상상만 해도 미칠 것만 같아요. 아마 당신의 답장이 너무 늦어지면 나는 바짝 마른 풀처럼 죽어 버릴지 모릅니다. 당신이 급하게 올 수 없겠지만 초청장이라도 먼저 보내 줘요. 제발. 우리나라는 수속이 아주 복잡한 나라니까 시간이 얼마나 걸릴지 상상도 못해요. 하지만 비록 십 년이 걸린다 해도 당신의 아내가 되기 위해 준비하고 기다릴 겁니다. 언제까지나 울면서 우체부를 기다리지 않게 해 주세요.

당신의 반쪽 미애로부터.

정환은 편지를 두 번이나 거푸 읽었다. 외항선원들에게 보내지는 연애편지는 내용이 비슷비슷했다. 모범 답안 같은 연애편지를 한 장 만들어 두고 그것에다가 제가끔 필요한 살들을 보태서 써 오곤 하였다.

그러나 편지의 목적은 누구에게나 한결같았다. 자신이 태어난 나라에서는 도저히 '평범'하게 살 수 없는 스무 살 무렵의 청춘들. 이곳에서는 사람값을 지닐 수 없는 청춘들. 꿈도 희망도 가질 수 없는 청춘들. 그래서 탈출만이 살 길이었다.

정환은 미애의 구드브란드를 생각했다. 한 번도 본 적 없는 유럽 남자가 왠지 낯설지 않았다. 어쩌면 동양 사람의 인상을 지녔을지 모르고 순수할지도 모른다. 객지에서 만난, 말이 통하지 않는 아가씨에게 사랑을 느끼려면 우선 외로워야 했다. 대부분 망망한 대해를 떠도는 외항선원들은 거칠거나 부드럽거나 슬펐다.

정환이 외항선원들을 직접 보는 일은 흔치 않았다. 그는 항구에 정박한 선박의 일정이나 주머니 사정을 미리 파악해서 아가씨들에게 정보를 줬다. 주머니가 두둑한 선원들도 있고 가난한 선원들도 있었다. 더러 고지식한 선장은 선원들의 헤픈 외출을 통제하기도 하였다. 수평선을 향해 앉아 있는 갈매기처럼 아가씨들은 선원의 집에서 그들을 기다렸다. 그들이 나올 저녁 시간이 멀었어도 미리 선원의 집에 나가 화투 패를 뒤집고 외상술값만 늘렸다. 하루하루 사는 게 불안해지면 아가씨들은 사소한 것에 목숨 걸고 싸우고 소주에 취해서 난장판을 만들기도 하였다.

선원들이 나올 시간이 되면 아가씨들은 그들이 나오는 넓지 않은 길가 둔덕에 올라서서 '찍'었다. 먼저 찍는 사람이 임자였다.

"노란 샤쓰 찍!"

"빨간 잠바 찍!"

"곱슬머리 찍!"

선원들은 자신이 그렇게 찍히는 걸 몰랐다. 하지만 누구도 항의하지 않았다. 자기를 선택한 아가씨가 맘에 들지 않으면 선원의 집 탁자에 앉아 술만 마시다 돌아가고 여자를 까다롭게 고르지 않거나 여자이기만 하면 좋은 선원들은 아가씨를 따라 집으로 가서 짧은 밤이나 긴 밤을 샀다. 더러는 하루 이틀에서 사나흘까지 동거를 하다 돌아갔다. 이때 정을 들였다. 미애의 구드브란드도 선원의 집 둔덕에서 미애에게 찍힌 남자였다.

원래 이름은 미자인 미애는 산업체 고등학교가 있는 공장에서 일했다. 하지만 공장장과 기계 주임에게 번갈아 강간을 당하기 전까지였다. 쉰 살이 넘은 공장장의 딸은 미자보다 나이가 더 많았다. 그는 술을 마시고 울면서 고백했다. 아내가 심장병이라고. 신혼 때 몇 번 부부 관계 해 보고 26년 동안 홀아비였다고. 미자가 돌아가신 자신의 어머니를 빼닮아서 너무 놀랐다고. 미자를 처음 보는 순간 어머니가 떠올라 숨이 막혔다고. 그러면서 처음엔 젖만 만져 보겠다고 했었다. 그 다음은 젖을 빨았다. 미자는 울었다. 왜 울었는지 알지 못했다. 하여튼 울음이 나왔다. 일 년 반 동안 임신중절 수술을 세 번 받았다. 그래도 운명이거니 여겼다. 결혼하지 말고 공장장이 죽으면 자신도 죽어야지 생각하기도 했다. 그런데 어느 날 재봉틀 고쳐 주는 김 주임이 야비하게 웃었다. 공장장은 아주 나쁜 놈이라고 말했다. 임신해서 공장을 그만둔 여자가 열도 넘는다는 말을 했다. 어제 병원에서 나오는 미자를 봤다고 그랬다. 그렇게 김 주임은 접근했고 그도 아내와 성격이 맞지 않아 이혼을 심각하게 고려한다고 말했다. 처음엔 그를 거부했다. 공장장에 대한 순정 때문은 아니었다. 그런데 그가 사랑한다거나 지저분한 관계를 소문내겠다고 할 때, 그리고 공장장이 미자를 멀리하기 시작하고 두 남자가 공범이 아닐까 의심이 들기 시작했을 때, 미자는 헌옷 벗어던지듯 그가 원하는 몸을 내줬다. 사랑이라는 모든 연극은 여기서 끝이었다. 공장장인지 김 주임인지 알고 싶지도 않은 채 임신이 된 후 산부인과에 들어가 어떻게 생겼는지도 모를 아이를 긁어내고 미애는 아무 생각 없이 길을 걸었다. 사람들이 움직이는 곳으로 휩쓸리듯 그랬다. 그렇게 휩쓸리다가 한 곳에서 인생의 길을 잃었다. 자동차들이 경적을 울리며 지나가고 사람들의 말소리가 뒤섞여 쓰레기 더미처럼 느껴지던 그곳에서 미자는 사물이 한꺼번에 흐늘흐늘 녹아내리는 환영을 보았다.

서른 안팎의 천사가 다가온 건 그때였다.

"아가씨, 일자리 구해?"

여리고 다정하고 가슴으로 휘감겨드는 목소리였다. 미자는 우선 천사가 여자인 것에 안심했다. 목숨이 휘청거리는 길고 긴 시간에 홀연히 나타난 천사가 고맙고 반가워서 미자는 눈물 글썽거리며 무턱대고 몸을 기댔다. 역사 옆의 다방에서 더운 코코아 한 잔을 감로수처럼 마셨다. 그런 미자를 물끄러미 바라보던 천사가 물었다.

"마침 아가씨 같은 사람을 구하는 데가 있는데, 일해 볼래?"

"뭐 하는 공장인데요?"

미자가 물었다. 공장은 지긋지긋했다.

"공장이 아니고 고운 옷 입고 호사하며 일하는 데야. 밥도 먹여 주고 잠도 재워 주는 데……."

천사의 말에 미자는 정신이 아득해지는 걸 느꼈다. 밥도 주고 잠도 재워 준다니 우선 가 보고 싶었다. 이렇게 해서 얻은 직장이 영등포역 뒷골목 사창가였다. 천사는 건장한 청년에게 미자를 넘긴 뒤 다시는 나타나지 않았다. 여태 다시 얼굴 본 적이 없었다.

지금 미자가 이 지구 땅덩어리 어디에 있는지, 어렴풋이나마 그려 볼 수도 없는 나라, 말도 생김새도 음식도 풍속도 다른 사람들이 살고 있는 나라, 노르웨이로 탈출을 꿈꾸게 된 이날이 오기까지의, 미애 인생 역사는 이랬다.

처음에 만난 포주는 마흔다섯 살 여자였다. 턱이 뾰족하고 목소리는 탁했다. 그 여자는 두려움을 버리지 못하는 미자에게 자신도 '사람이며 여자'라는 걸 늘 강조했다. 사람과 여자를 믿으라는 것이었다. 여기서 한두 해 죽었다 생각하고 열심히 일하면 집 한 채 사거나 번듯한 가게 하나 장만해서 자립할 수 있다고 자신 있게 말했다. 자신에게서 일한 누구누구도 그렇게 성공해서 나갔으며 지금은 성실한 남편 만나 아이 낳고 잘산다는 몇 가지 사례까지 들려줬다. 그래서 미자는 포주의 말대로 한 두어 해 죽었다 생각하고 일하면 집 한채 장만할 줄 알았다. 돈만 생기면 적당한 지방에 가서 보란 듯이 식료품 가게나 양품점 하나 차려 잘살려고 했다. 아무리 돈이 잘 벌려도 속 모르는 남자 들락거리게 해서 돈 버는 일은 하지 않겠다고 작심해 뒀다. 땅뙈기 한뼘 없는 고향을 떠나 서울 변두리 공사판을 기웃거리고 식당에서 맨손으로 온종일 설거지만 해도 집 한 칸 장만하지 못하는 가련한 부모에게 논밭전지 사서 고향으로 보내 드릴 거 생각하면 사타구니에 불이 나도 못 참을 게 없었다. 생리를 하는 날도, 실수로 들어선 아이를 지운 날도 쉬지 않고 일을 했다. 도무지 사정을 못하는 남자를 만나 생진이 다 빠지게 힘들 때도 결코 싫은 인상 쓰지 않았다. 그 일도 단골 장사였다.

이곳 항구로 밀려온 뒤 외항선 타는 애인을 뒀던 포주 때문에 미애는 외국 남자를 상대하기 시작했다. 주고받을 말수가 몇 개 안 돼 답답할 때도 있지만 몸을 파는 덴 아무 지장이 없었다. 사실 말 시키는 남자도 고역이었다. 입 다물고 눈 감고 시간 채우면 발딱 일어나 일을 끝내는 게 편했다. 더군다나 외국인은 말 통하는 한국 남자보다 화대가 후했다.

하지만 한국을 떠나겠다는 생각은 안했었다. 그런데 서른 나이 가까워지면서 맘이 허공에 떴다. 결국 남는 건 지친 몸뚱이에, 낡아서 뭐가 뭔지 분간도 안 되는 '희망'뿐이었다. 더러 외국으로 떠나는 동료를 보면 부러워 몸살이 났다. 처음엔 인도네시아 남자를 꼬셨는데 일 년이 넘어도 반응이 없었다. 죽어 버릴까, 미애는 가끔 이런 생각도 하기 시작했다. 더 살아 좋은 꼴 보긴 틀린 것 같았다. 그립던 부모 형제도 싫고 자기 자신도 싫었다. 어쩌다 목을 매는 동료를 이해할 것 같았다. 처음엔 그런 소식 듣거나 보고 나면 끔찍했는데 이젠 남의 일 같지 않았다.

미애는 구드브란드를 만난 뒤 희망을 얻었다. 그가 초청장을 보내주고 포주에게 몸값을 낸 뒤 데려가 주는 것……. 지난 대보름날은 바다로 나가 북어와 소주를 바위에 올려놓고 동쪽에서 떠오르는 달님을 기다렸다가 간절하게 소원을 빌고 빌었다.

일본인 선원들과의 연애편지는 예순이 넘은 일수쟁이 '후미코' 할머니가 도맡아 써 주었다. 그는 조선 남자와 결혼했지만 육이오 동란 때 남편과 사별하였다. 아이를 낳지 못한 과부라, 풋과일 꼭지 물러 떨어지듯, 조선 시집에서 버려졌다. 그 후 길지 않은 동거 생활도 두어 번 하고 접객업소 주방에서 일을 하다가 환갑 나이 훌쩍 넘긴 이제는 매춘부들 상대의 일수쟁이가 되었다. 많지 않은 돈을 굴리는 후미코 할머니는 이곳 101번지 아닌 곳에선 도무지 웃지 않고 입도 떼지 않았다. 할머니에겐 이곳이 타인과 소통할 수 있는 하나뿐인 세상이었다. 더러 이자는 물론 원금까지 떼이기도 하지만 악착같이 받아 내려 하지 않았다. 자식처럼 느껴지는 아가씨들에게서 할머니는 여자와 가난과 차별의 늪을 만지작거리게 되었을 것이다. 그들의 슬픔과 외로움에서 자기 생의 속절없는 허전함을 위로받는지도 몰랐다.

마이 다링 구드브란드.

정환은 편지지에 이렇게 썼다. 그리고 잠시 생각에 잠겼다가 볼펜을 바닥에 놓았다. 그는 벌렁 드러누웠다. 천장의 한 곳에 눈길이 멎었다. 마이 다링 구드브란드…… 여기서 마음이 멎었다. 생각할 것도 없이 미애가 써 온 것을 영어로 만들면 될 것을 그는 내 사랑 구드브란드와 일체감을 가지고 싶은 것이었다.

얼굴도 본 적이 없는 외국 남자와의 일체감은 어떻게 얻어질까. 정환은 일 분을, 이 분을, 삼 분을 멍하니 천장만 바라보았다. 그리고 자신도 모르게 콧노래를 흥얼거리기 시작했다.

아이 메이 낫 해브 아 맨션. 아이 해븐트 애니 랜드…… 나는 집도 없고 땅도 없어요. 손에서 부스럭거리는 종이돈도 없고요. 하지만 천 개의 언덕 위에 비친 아침과 일곱 송이 수선화, 그리고 입맞춤을 당신께 드리리니…….

정환은 일곱 송이 수선화를 여러 번 읊조리고 소리 내어 불렀다. 집도 없고 땅도 없다고. 하지만 두 번 반복된 가락이 늘어지기 시작했다. 마치 잘못 든 길을 돌아나오듯, 어두운 골목에서 공포감을 느끼듯, 모든 중절(中絶)의 허망함에 곤두박이듯 그의 입이 다물어졌다. 무의식중에 흥얼거리도록 한 정감은 어디 갔을까. 천 개의 언덕 위에 떠오른 아침의 밝은 기운, 그리고 일곱 송이의 수선화는 어디 있을까. 잠시 뿌듯하고 따뜻하던 가슴속은 텅 비고 스산한 바람만이 일었다. 그는 어느새 입을 다물었고 어두운 눈길은 허공을 응시했다.

한참 멍한 시간이 지난 뒤에 그는 외항선 삼등칸의 사발만한 창을 떠올렸다. 얼굴을 대면 검푸른 바다가 보였던 것도 기억났다. 천 개의 언덕과 수선화는 없다고 생각하며 정환은 눈을 감았다. 눈을 감아도 그의 생각은 더 부풀었다. 가난하고 가난해서 더 가난할 게 없는 나…… 정환은 콧날이 시큰해서 입술을 물었다. 그의 감긴 눈시울로 더운 물기가 감돌기 시작했다. 그의 아래위 이빨이 악물렸다. 그는 울지 않았다. 한참이나 울지 않고 울 것 같은 감정과 맞섰다.

어느덧 미애의 가난이 그의 가슴에 들이찼다. 정환의 허전하고 스산한 가슴속에 미애의 가난과 절망과 자기 생의 환멸이 꼬물거리기 시작했다. 그는 가난과 절망과 자기 생의 환멸을 벌레처럼 감촉했다. 순간 미애의 절망과 생의 환멸감에 대해 불끈 화가 솟구쳤다. 자기 생을 내던지고 짓밟고 찢어 먹히기엔 아직 세월이 너무 길고 너무 억울하다고 생각했다.

정환은 벌떡 일어나 앉았다. 마이 다링 구드브란드! 그는 편지지 위에 소망과 희망과 사랑을 절절하게 박아 넣기 시작했다. 그래서 정환은 그 남자를 움직여야 한다고 결심했다. 아득하고 아득한 과거의 어디쯤에서 그들의 유전자가 만났을지 모르고 지금 이 생에서 그들이 어렵게 해후했을지 몰랐다. 그는 그 간절함을 글자 하나하나에 담아 내려고 혼신을 기울였다. 한영 사전을 뒤지고, 턱을 괸 채 마땅한 낱말을 생각해 보았다. 미애가 미처 표현하지 못한 진정, 절박함과 간절함을 써서 마침내 미애의 인생이 둔갑(遁甲)하기를 기도하면서.

마이 다링 구드브란드.

아이 드림드 오브 유 라스트 나잇.

정환은 미애의 편지를 써내려 가다가, 아이를 낳고 싶다, 엄마가 되고 싶다는 부분에서 잠시 생각에 잠겼다. 아이를 낳고 싶다고? 엄마가 되고 싶다고? 이건 무슨 의미일까? 여자들에게는 엄마가 된다는 게 이토록 대단한 걸까? 정환은 도무지 알 수 없는 여자 마음과 미애를 이리저리 굴려 보았다. 누구와의 관계에서 들어섰는지도 모르는 아이를 산부인과에서 지우고는 정환의 방에 와서 소주를 마시고 찔찔 울던 미애. 미애만이 아니었다. 그런 날도 손님을 받으라고 했대서 포주와 대판 싸우고 자신의 몸에 대한 결정권이 자신에게 없다는 사실을 깨달은 뒤 해방을 위해 '악독'해졌던 명희. 빚을 다 갚고 독립해서 포주 없이 혼자 일했다. 자기 몸을 스스로 팔아 생활하게 된 '자유로운 창녀'가 되었지만 명희는 일 년에 몇 번 다녀가는 건달 기둥서방인 수원오빠에게서는 해방되지 못했다. 비록 올 때마다 돈을 뜯어가지만 명희는 오빠라는 등대가 없이는 살 수 없었다. 똑똑하고 당당하고 다부진 명희의 어디에 무엇이 숨어 있어 그렇게 허술한 구석을 만드는지, 정환은 짐작도 못했다. 사람이 해방된다고, 자유롭다고 행복해지는 건 아닌 것 같았다. 알 수 없었다.

어쨌든 정환은 아이를 낳고 싶어하는 미애의 간절하고 절박한 마음도 글에 담았다. 그리고 다 쓴 편지를 다시 한 번 읽고 낱말을 고치고 사전에서 확인하고 철자를 바로 쓰고 그 뒤에 봉투에 넣었다. 노르웨이 구드브란드의 주소를 쓰고 덮개를 덮었다. 그러나 풀칠은 미애가 하도록 남겨 두었다.

어떻게 알았을까. 금방 고무 슬리퍼가 탁탁 시멘트 바닥을 치더니 정환의 방 문턱에서 멈췄다.

"오빠! 다 썼지?"

미애가 말하면서 문을 열었다.

"들어와."

정환이 한결 따뜻해진 목소리로 말했다. 미애는 문턱에 가지런히 놓인 봉투부터 보고 환하게 웃었다.

"읽어 봐."

정환이 말했다.

"내가 뭐 알아?"

"그래도, 야."

미애는 방 안으로 들어와 주눅 든 며느리처럼 문턱에 앉았다. 봉투를 집어 들고 편지지를 꺼냈다. 새카만 영문 글자가 길게 쓰인 편지지를 들여다보던 미애가 정환을 바라보았다. 눈에 눈물이 글썽였다.

"오빠……."

"바보!"

"고마워요 오빠."

미애가 손등으로 눈을 문질렀다.

"빨리 가서 부쳐."

정환은 아무렇지 않게 말했다.

"오빤 복 받을 거야. 틀림 없어. 우린 다 그렇게 믿는다 오빠. 내가 배운 거 없어 무식하고 먹고 사는 일이 천해도 오빠 맘 다 알거든."

"야, 그런 쓸데없는 말 하지 말고 어서 가 봐. 우체국 가서 부쳐.

늦기 전에."

정환은 벌떡 일어서며 다그쳤다.

"오빠! 하여튼 배리배리 고마워! 우리 천당 가서도 같이 살아! 오빠 원수 꼭 갚을 거야 두고 봐!"

"천당까지 생각하는 거 보니 아직 여유가 있네!"

정환은 고개를 숙이며 말했다.

"몰라. 그냥 좋고도 슬퍼. 우리 인생은 왜 이래? 왜 슬퍼?"

미애의 입꼬리가 아래로 축 쳐졌다.

"가 봐."

"그래 오빠. 정말 고마워. 회답 오면 읽어 줄 거지?"

정환은 말없이 고개를 크게 몇 번이나 끄덕였다.

"또 편지 써 줄 거지?"

"그걸 말이라고 하냐? 어서 가 봐."

정환은 일어서서 방문턱을 넘어가는 미애의 어깨에 잠시 손을 얹었다. 아무리 몸매가 좋아도, 아무리 이목구비가 잘생겼어도 이곳에서 일하는 아가씨들의 뒷모습은 추워 보였다. 조금씩 어깨선이 기울고 눈을 바로 떠서 상대방을 응시하지 못했다. 혼자서는 구멍가게에도 가지 않고 어디든 몸을 기대기 좋아했다. 지금 막 대문을 나서는 미애의 뒷모습도 추워 보였다.

정환은 방문을 닫았다. 그리고 멍청히 앉아 있었다. 그는 무얼 해야 할지 막막했다. 그뿐만이 아니었다. 갑자기 그는 숨이 막히는 걸 느꼈다. 방 안이 굴속같이 보였다. 두 평 반쯤 될 방에 비닐 옷장, 서랍이 달린 앉은뱅이 책상, 작은 카세트 라디오가 한 대, 아무렇게나 쌓아 놓은 신문과 주간지와 월간 잡지와 책 몇 권, 빈 소주병과 콜라병, 들뜬 벽지와 쥐 오줌 자국이 누렇게 밴 낮은 천장……. 정환은 이곳에서 산 지 이 년이 넘었다. 하지만 지금처럼 역겨움을 느낀 적은 없었다. 이곳에 와서 처음엔 변두리 판자촌에 살았었다. 산기슭에서 흘러내려 마침내 움푹 꺼진 곳에 무허가 판잣집들이 들어차 있었다. 비가 오거나 눈이 녹을 땐 장화 없이 살 수 없었다. 겨울 한 철 잠시 멀쩡하다가 입춘만 넘어도 골목골목에서 퀴퀴하게 썩은 내가 진동했고 여기저기서 싸움이 벌어지지 않는 때가 없었다. 그곳의 문간방 한 칸에서 시내 이곳 여인숙으로 나올 때 정환은 무턱대고 배가 불렀다. 이사를 할 수 있게 된 건 물론 익수 덕이었다. 그가 밀수품 운반하는 '지게질'을 정환에게 넘겨줬던 것이다. 이 일 이후 정환은 먹고 남은 돈을 은행에 맡기고 주머니에 손을 넣으면 언제나 종이돈의 감촉을 느낄 수 있었다. 더군다나 고향여인숙은 다른 집과 달리 시멘트로 포장한 마당 가장자리에 화단이 있었다. 명희가 먹고 난 복숭아씨를 장난삼아 묻었는데 제법 키가 컸다. 작년부터 꽃을 피우더니 올핸 열매가 몇 개 맺혔다. 화단에는 사시사철 꽃이 피고 졌다. 베고니아 팬지 같은 봄꽃에서 달리아 백일홍 옥잠화 샐비어 과꽃 분꽃 들이 잘 자랐다. 철따라 꽃모종을 하는 건 명희였다. 봉숭아꽃이 피면 손톱에 물도 들였고, 외항선이 들어오지 않거나 들어와도 선장이 짠돌이여서 선원들을 풀지 않을 때, 그 곤궁하고 불안한 불경기의 나날들을 명희는 꽃밭에 정을 주고 지내는 것 같았다.

정환은 머지않아 머리를 흔들고 일어서서 방바닥의 휴지를 주워서 문턱 구석에 놓인 쓰레기통에 넣었다. 그는 빈 담뱃갑 껍질을 줍다가 바로 옆에 휴지처럼 놓인 낡은 오천 원짜리를 보았다. 편지 써 준 값으로 미애가 두고 간 것이었다. 정환은 다른 때처럼 돈을 집어 주머니에 넣지 못했다. 도리어 슬그머니 화가 치밀었다. 이상했다. 기분이 묘했다. 창녀들의 영문 편지를 써 주는 일이 자주 있지는 않지만 그래도 정해진 값이라고 받아서 챙기는 게 아무렇지 않았는데 지금은 도무지 마땅치가 않았다. 잠시 오천 원짜리를 바라보다가 버리지 못해 주머니에 넣었다.

사랑하는 구드브란드. 미애의 편지 첫 문장을 떠올렸다. 어젯밤엔 당신 꿈을 꾸었어요……. 정환은 다시는 편지를 써 주고 돈을 받지 않으리라 결심했다.

그러고도 그는 내내 미애를 지우지 못하고 구드브란드를 생각하고 사랑이라는 게 어떤 감정일까, 미애가 가지고 싶다던 가정이란 무엇일까, 생각을 뒤적거렸다. 이런 것에 대한 의문이나 호기심은 정환이 이 나이 되도록 처음 가지는 것이었다. 그는 뒤숭숭했다. 뒤숭숭해지는 것이 싫었다. 외출 채비를 했다. 잠들기 전, 어딘가에 벗어 두었을 양말을 찾았지만 하루 신은 양말인데 바닥이 뻣뻣했다. 코에 대고 눈살을 찌푸렸다. 줄에 널어 놓은 양말은 아직 꿉꿉했다.

그는 옷장을 뒤졌으나 양말이 없었다. 덜 마른 양말을 짝 맞춰 신고 방을 나섰다. 문에 밤톨만한 쇠를 채웠다.

명희가 문을 활짝 열어젖히고 청소를 하다가 정환을 바라봤다.

"나가?"

지나가는 말로 물었다. 정환이 발걸음을 멈추고 돌아보았다. 뚱한 표정이었다.

"요새 잘되지?"

명희가 들은 말이 있어서 돌려 물었다. 정환은 뭐가? 이런 얼굴로 잠시 바라보았다.

"익수한테 들었어. 여자 하나 물었다며?"

명희가 말했다. 정환의 눈이 둥그레졌다. 입술 끝으로 바람을 치익 뱉었다. 여자를 만난 적도 없거니와 물었다는 표현도 싫었다. 익수가 악하진 않아도 무책임하고 싱겁다는 건 정환도 알았다. 하지만 자신에 대해 근거도 없는 소문을 내는 건 불쾌했다.

"왜 그래? 뭐가 잘못 됐어?"

인상을 구기는 정환을 보고 명희가 정색하고 물었다. 과민하긴. 쪼다같이. 덧붙이려다 말았다. 정환은 대답하지 않고 앞으로 한발 떼어 놓다가 문득 고개를 돌렸다.

"난 말이야, 여자 생기면 여기서 살림부터 차릴 거야. 너 수원에서 온다더니 그새 왔다 간 거야?"

정환이 화제를 돌렸다. 명희는 입을 삐죽 내밀었다. 정환은 돌아서서 대문을 나섰다. 등뒤에서 잘 다녀와! 명희의 인사말이 바람에 날리듯 들려왔다.

명희의 기둥서방은 겁 많고 착하게 생긴 건달 청년이었다. 애인이라고 공잠 자고 공밥 얻어먹고 며칠 지내다가 돈까지 뜯어서 떠나곤 하였다. 다음달에 당장 식 올리고 여길 떠날 것처럼 하다가 떠난 뒤론 오래도록 소식이 끊겼다. 그는 그런 남자였다. 따지고 보면 명희가 그에게 덕 본 게 없었다. 그런데도 명희는 그를 생각하면 애틋해졌다. 그가 안쓰러워 사랑하게 됐다. 누군가를 사랑하지 않으면 막막해서 살 수 없었다. 그 남자는 사랑해 줘야 할 구석이 많아서 명희가 놓아 주지 못하는지 몰랐다.

정환이 여인숙에 장기 투숙을 시작하고 얼마 안 되어서였다. 술에 곤죽이 되었던 날 밤, 무슨 까닭으로 명희와 동침하게 됐는지, 정환은 기억하지 못했다. 명희는 돈을 받지 않았고 애인이라고 여기지도 않았다. 그건 정환도 마찬가지였다.

"정신이 없었네."

그날 정환이 미안하고 민망해서 변명했다.

"괜찮아. 있는 거 나눠 쓰는 거야."

명희가 흔연하게 말했다. 정환은 그 말을 듣고 자신이 초라하게 느껴져서 한참이나 얼굴을 들지 못했다.

"복잡하게 대가리 굴리지 마. 팔다 남은 물건 나눠 주는 거 몰라? 이게 인심이란 거야. 나 수원에 애인 있거든. 결혼도 하고 애도 셋은

낳을 거야. 한강에 배 지나간 자리야. 누구 본 사람도 없어."

명희가 제 감정을 추스르지 못하는 정환에게 말했다. 그 후로 둘은 다시는 몸을 섞는 일이 없었다. 하지만 정환은 명희가 남 같지 않았다. 남에게 감추고 싶은 서러움이랄까, 슬픔 같은 것을 공유한, 그래서 흡사 피붙이 같았다.

정환은 세탁소 앞에서 '서울수입상점' 주인 사내를 만났다. 그는 여러 가지 밀수품과 달러와 외제 상품을 취급했다. 정환은 엉거주춤 허리 굽혀 인사했다.

"요새 물건 좀 없나? 궁짜 껴서 이거 어디 살겠나 야아."

사내가 어깨를 치며 말했다.

"증말루 뭐 좀 읎어? 자네가 장사 좀 시켜 줘야지. 이런 불경기에."

사내는 정환을 붙들고 늘어질 기세였다. 그는 오래전부터 정환을 통해 선원들이 가져오는 술과 담배, 장신구 따위를 받아서 팔곤 했다. 그도 한때 외항선을 탔었다.

"배가 들어와야 말이죠."

정환이 중얼거렸다.

"큰일났네 이거. 젠장 바다 밑바닥도 빠짝 말러서 여엉 고기가 안 잡힌다고 생 야단들이니."

사내는 휘적휘적 거리로 나가는 정환을 바라보며 중얼거렸다.

길가 가구점 앞 택시 정류장에 빈 택시 서너 대가 서 있었다. 기사 둘이 제 차 옆구리에 기대서서 얘기하고 있었다. 정류장 길 건너엔

삼층 건물, 맨 아래는 아폴로 베이커리, 이층은 소아과 병원, 삼층엔 동해 당구장이 있었다. 당구장에 가면 아는 얼굴들이 있을 것이었다. 낮에는 별로 할일이 없는 젊은 사내들, 이 거리에서 빌붙어 사는 남자들…… 그런 남자들 중의 한 명인 정환은 열린 창문 사이로 사람의 자취가 얼씬거리기를 기다렸다. 혹시 익수가 있을지 몰랐다. 그러나 정환은 붉은 신호등이 파란 빛으로 바뀌어도 길을 건너지 않았다. 당구장에 가 보아도 지루하고 답답하긴 마찬가지라는 생각이 들어서였다.

정환은 다시 고개를 치켜들고 건너편 당구장 유리창의 글자를 읽었다. 동. 당. 장. 동당장. 그 순간이었다. 불현듯 명희가 말한 '여자'가 물에 가라앉았던 시체처럼 떠올랐다. 순간 그의 가슴이 매운 고추를 비벼 댄 듯 화끈거렸다. 낯설고 왠지 수줍은 기분이었다. 하지만 그는 다급해졌다. 입을 꽉 다물고 무언가를 결심한 얼굴로 빈 택시들 쪽으로 걸어갔다. 익수의 입에서 나온 여자라면…… 정환은 짚이는 게 있었다. 말 한 마디 나눈 적도 없는데 그날 익수는 여자의 움직임을 따라잡는 정환을 보고 혼자 재미있어했었다.

"형은 저런 여자 좋아하는구나."

"좋아하긴 야."

"그럼 왜 그렇게 넋이 빠져서 바라본대?"

"내가 뭘 바라봐?"

"지금도 보네!"

정환은 와그르르 웃었다. 그는 자신이 그 여자를 보고 있다는 사실이 우스웠다. 멋모르고 익수도 유쾌하게 웃었다.

정환은 익수가 퍼뜨린 '여자'는 그녀일 거라고 확신했다. 낮엔 차를 파는 술집 클레오파트라. 그 집 주인은 족보를 뒤지면 익수와 사돈은 된다고 하였다. 그날 그녀는 그곳에 국수를 먹으러 온 손님이었다. 주인 여자의 여고 후배라고 했다. 연두색 바탕에 흰 물방울 무늬가 박힌 원피스를 입고 있었다. 정환은 그녀의 얼굴은 기억하지 못해도 연두색과 물방울 무늬는 기억했다.

연두색에 대한 정환의 환상은 신앙 같았다. 양귀비가 연두로 자랄 때 산등성이에서 내려다보면 바람을 타는 연두의 물결이 황홀했다.

하지만 정환은 출렁거리는 자기 맘을 깔보았다. 공연히 빈 택시를 두 대나 지나치게 하고서야 택시를 잡았고 발을 안으로 들이다가도 헛것이다, 후회했다. 택시가 클레오파트라 방향으로 달리는 중에도 몇 차례나 죄송합니다, 돌아가 주세요, 속으로 말했다.

정환은 익수가 아는 것을 모르는 게 있었다. 그날 이후 익수가 다른 일행과 클레오파트라에 갔다가 사돈 홍선경의 후배 최수영을 만났다.

"같이 왔던 분요, 여기 사람 아니지요? 뭐 하는 사람이에요? 꼭 대학생 같던데."

"아 정환이 형! 맞아요! 대학원 다녀요. 몸이 안 좋아 휴학하고 있는데."

익수의 거짓말은 청산유수였다. 언제나 신명만 나면 힘들이지 않고도 술술 말이 나왔다.

"그전에도 논문 쓰러 온 대학원 학생이 있었는데. 지질학 한다고."

최수영이 나직이 말했다.

"예! 예! 그래요! 논문 쓰죠!"

익수가 대답했다. 그 여자는 자신의 예상이 모두 들어맞자 좋아서 어쩔 줄 몰라하였다.

"야! 대학 한 번 떨어져 겁먹고 나서 다시는 시험도 안 치는 애가 대학생이라면 꺼뻑 죽냐? 저건 지 엄마가 유학이라도 보내 줄 건데……."

클레오파트라의 홍선경이 복잡한 표정으로 수영을 바라보며 말했다. 눈살을 찌푸리는 수영의 얼굴이 붉어졌다. 익수가 명희를 우연히 만나 정환의 여자 이야기를 한 건 순전히 이래서였다.

"형한테 깔치 생기겠더라!"

익수는 그저 재미로 그랬다. 놀란 건 명희였다. 깔치가 '생기겠더라'를 명희는 아무렇지도 않게 '생겼다'로 들었다.

선물의 집 바다

정환은 턱을 괴고 차창 밖을 내다보았다. 그의 마음이 공연히 둥둥 떴다. 택시를 잡을 땐 이렇지 않았다. 그의 숨결은 초 단위로 쫓겨서 점점 가팔라졌다. 때때로 깊은숨을 쉬어서 가라앉히려 해도 금방 여전해졌다. 그는 차창을 열었다. 바람에 모자가 들썩였다. 모자가 날리지 않도록 정수리에 얹었던 손을 아예 붙여 뒀다. 차창을 올리면 될 것을 그는 그런 생각은 못했다.

길섶의 버드나무 가지는 푸른빛이 자욱하고 아카시아 가지엔 연둣물이 아릿하게 올라 보였다. 까치는 부지런히 집을 짓기 시작했다. 꿩은 알을 품을 것이었다. 정환은 아직 이파리가 다 펴지지도 않은 아카시아를 바라보며 흰 꽃무더기를 상상했다.

"익수한테 들었어. 여자 하나 물었다며?"

명희를 떠올렸다. 연둣빛 원피스. 여자 하나. 물다⋯⋯. 정환은 피식 웃었다. 아카시아 흰 꽃이 무슨 소용인가, 그는 자신의 감상을 비웃었다. 이맘때면 정환네 가족은 춘궁기를 넘기는 게 언제나 힘겨 웠었다.

"손님! 다 왔습니다."

차가 멎어도 맥을 놓고 있는 정환에게 운전기사가 뒤돌아보며 크 게 말했다. 깜짝 놀란 정환이 지나치게 송구해 하며 요금을 계산했 다. 그는 택시 문을 닫으며 건너편 길가의 술집 '클레오파트라'의 간 판을 바라보았다. 처음엔 아무렇지 않았다. 그는 그저 뚜벅뚜벅 걸 어서 길을 건넜다. 그러나 넓게 누빈 핏빛 인조 가죽을 덧씌운 문짝 앞에서 그는 멈춰 섰다. 여긴 왜 왔지? 흡사 이런 기분이었다. 갑자 기 길을 잃었을 때처럼 막막하고 황당했다. 택시에 올라 차창으로 바라보던 버드나무 가지의 연둣빛 안개와 파릇파릇 돋아나는 나뭇 가지들의 봄을 느끼며 황홀하고 아련해 하던 그는 누구였을까.

정환은 고개를 숙이고 바지 주머니에 두 손을 찌른 채 운동화 코 끝으로 흙바닥을 툭툭 팠다. 흙이 빵 부스러기처럼 튀어 올랐다. 슬 며시 화가 치밀었다. 공연히 부끄러웠다. 자신을 알아볼 사람도 없 는데 그는 누가 볼까, 숨어 버리고 싶었다. 바로 이때였다. 소리 없 이 붉은 문짝이 안으로 밀리며 홍선경이 나왔다. 그 여자는 많지 않 은 점심 손님이 돌아간 뒤 빈 가게에서 잠시 졸다가 바람을 쐬일 겸 나온 것이었다.

정환은 홍선경이 쭈밋쭈밋거리며 자신을 살피도록 인기척을 느끼지 못했다.

"어머 누구신가 했어요! 대학원생!"

홍선경이 반색을 하고 인사했다. 정환은 순간 자신의 귀를 의심했다. 그러나 분명히 귀에 박힌 '대학원생'이라는 말을 지울 수 없었다. 그의 어둡고 이지러진 얼굴이 발끝으로 떨어지는 걸 그 여자는 보았다. 하지만 손님의 속마음은 모를수록 좋고, 알려고 하면 예의가 아니라는 걸 술집 열고 일 년도 지나지 않아 깨달았다.

"누구랑 약속하셨어요?"

"아닙니다."

"익수가 며칠 전에 다녀갔어요."

"네에."

"정환이 형이라고 그러면서 정말 좋아하더라고요. 논문 쓰러 와 계신다고. 어떻게 우리 익수 같은 건달하고 친하게 지내세요? 저야 익수 덕에 좋은 분을 알게 돼서 영광이지만요. 들어가세요. 급한 일 없으시면, 제가 차 한 잔 대접해 드릴게요. 시원한 오미자차도 있고 식혜도 있습니다. 단골손님들께만 드려요. 들어가세요. 가게가 텅 비어서 문 닫고 수영이네나 갈까 했는데."

홍선경은 질기게 정환을 설득했다. 정환은 조명이 침침한 가게 안으로 떠밀리는 기분으로 들어갔다. 잠깐이다, 잠깐. 그는 자신에게 말했다.

하지만 잠깐은 그저 머릿속에서 스친 생각이었다. 그는 홍선경이 준 달고 시원한 식혜를 단숨에 마셨다. 밥알이 동동 뜨는 식혜를 마셔 본 게 언젠지도 몰랐다. 정월 명절, 밥알이 살얼음에 박힌 식혜를 한사발 마시면 행복했었다.

"더 드릴까요? 어머니가 해 오셔요. 이상하게 남자 분들이 이걸 좋아하시더라고요. 술 마신 뒤에 속이 풀린다나 봐요."

홍선경은 정환의 대답을 듣지도 않고 주방의 냉장고에서 페트 병에 담긴 식혜를 가득 따라서 들고 왔다. 식혜를 내려놓고 음악을 틀었다. 정환의 귀가 확 뚫렸다. 시벨리우스의 핀란디아였다. 첫날 이곳에서 우연히 듣고 반가워했던 음악. 고전음악을 좋아하시나 보다고 덮어놓고 묻는 수영에게 정환은 핀란디아가 귀에 익었다고 말했다. 그건 사실이었다. 고전음악이든 대중음악이든 정환은 잘 알지 못했다. 그는 그런 것을 들을 여유가 없이 살았다. 예술은 배가 고프지 않을 때 마음이 가 닿는 것이라고 그는 믿었었다. 음악을 들을 시간이 있다면 그 시간에 조금이라도 더 눈을 붙여 쌓인 피로를 푸는 게 급했다.

고등학교 2학년 때 정환은 신문사 지국의 마루방에서 살았다. 그때 스물아홉 살 고졸의 지국장은 '정치를 바꿔야 세상이 바뀐다'고 믿던 가난하기 그지없던 청년으로, 정부에 비판적인 신문을 팔고 있었다. 언제나 권력을 가진 쪽으로 사람의 마음이 쏠리는 도시에서 그 신문은 구독자를 늘리지 못해 두 사람 밥 먹기도 버거웠다. 그때,

정환은 지국장에게서 처음으로 핀란디아를 뜨겁게 들었다. 시벨리우스가 국민주의 작곡가라는 건 알고 있었지만 핀란디아를 강렬하게 듣게 된 건 처음이었다. 가슴에 딱딱해진 불덩이를 품고 사는 것 같던 지국장. 정환은 매혹됐고 매혹의 한 구석에는 불안감이 간지럽게 붙어 있었다.

정환은 옛날이라고 생각했다. 공부를 열심히 해서 법관이 되는 것. 정의 편에 서서 가난하고 힘없는 사람을 위해 사는 것. 정환의 꿈은 열세 살 이후 줄곧 그랬었다. 그 꿈은 어디 갔을까. 추운 마룻바닥에서 백열전등을 담요 속에 넣고 잠자던 그 시절의 희망은 어디 갔을까. 왜 하필 양귀비를 생각했을까. 왜 돈만 생각하고 마약은 떠올리지 못했을까.

홍선경의 배려로 핀란디아를 거푸 듣는 동안 정환은 비통한 기분에 젖어 사춘기의 청결했던 희망을 매만져 보았다. 망가졌거나 삭아버린 추억의 상징을 겨우 복원해 놓고 결국 버려야 하는 기분은 말로 할 수 없었다.

정환은 어느 순간 벌떡 일어섰다. 계산대 앞으로 걸어갔다. 정환의 냉정하고 무언가 경계하는 듯한 표정 때문에 마주 앉아 잡담도 나누지 못하고 잡지를 뒤적이던 홍선경이 놀란 눈으로 그를 바라보았다. 정환이 내민 찻값을 한사코 돌려주고 나서 그 여자는 포장지에 싼 네모난 것을 주었다.

"수영이가 손님이 다시 오시면 드리라고 가져다 놨어요. 핀란디아는 자기도 좋아하는데 반갑다고요. 시벨리우스 시디래요. 익수한테 줄까 했는데 깜빡 잊었어요."

정환은 홍선경이 내민 시디를 받지 않았다.

"가져가세요. 별 뜻은 없을 겁니다. 후배가 보기하곤 달리 쾌활한 성격이거든요."

"아닙니다!"

정환은 모욕 받은 사람처럼 지나치게 화난 목소리로 말하고 뿌리치듯 돌아섰다. 쫓기는 걸음으로 술집을 나왔다. 밖은 환했다. 안개가 걷히고 바람은 매섭게 찼다. 매화를 피우고도 겨울은 떠나지 못했다. 봄은 추워야 한다고 정환의 형은 말했었다. 하지만 정환은 농사꾼 형의 말을 귓등으로 버렸다. 무능한 형처럼 살지 않을 테니까.

"손만 부끄러워 어떡해요!"

뒤에서 홍선경이 말했다. 정환은 화가 난 사람처럼 뒤도 돌아보지 않고 길을 건넜다. 그는 정해진 시간에 가야 할 데가 있는 사람처럼 오른쪽으로 걸었다. 네거리에서 신호를 받고 건너고 모퉁이를 돌고 반 시간을 걸어서 그가 닿은 곳은 바다였다. 몇 개의 크고 작은 횟집과 고무 함지에 생선을 담아 팔고 있는 아낙네가 몇 앉아 있고 이제 일이 다 끝난 어판장을 지나면 바다를 메운 주차장, 주차장 왼쪽 끝에 방파제가 있었다. 정환은 방파제로 올라갔다. 파도가 거칠었다. 파도는 방파제 삼각대를 훌쩍 넘어 회색 시멘트 길을 적셔 놓았다. 정환은 드문드문 물이 고인 데를 아무렇게나 딛고 방파제 끝으로 하염없이 걸어 나갔다. 바다를 향해 앉아 있던 갈매기들이 인기척에 화들짝 날아올랐다. 갈매기 똥이 파도에 젖어 허옇게 번져 있었다.

정환은 아직 표정이 굳어 있었다. 그는 뭍을 등지고 등대 앞에 서서 먼 바다를 바라보았다. 여기에 오는 동안 내내 그는 참을 수 없이 화가 났다. 그가 급하게 걸어오는 동안 화는 조금씩 눅눅해지긴 했지만 말랑말랑해지자면 아직 멀었다.

그는 우두커니 서서 먼 바다를 바라보았다. 눈에 보이는 건 굼실거리는 푸른 바다와 흰 거품을 밀고 다니는 파도뿐이었다. 정환은 푸른 물결과 흰 거품 위로 보이지 않는 속도를 내고 있을 무수한 선박들을 상상했다. 대륙에서 대륙으로, 국가에서 국가로, 항구에서 항구로 떠돌 선박들. 화물을 부리고 싣거나 사람을 내리고 다시 태울 것이었다.

정환은 저 바다 어디쯤에 있을 스칸디나비아 반도를 생각했다. 미애가 목을 매고 그리워하는 나라, 그곳에 가서 낯선 사람들과 살 비비고 마음 맞춰 가며 살고 사랑하다가 죽으려 하는 땅, 노르웨이로 하염없이 까마득하게 실금을 늘리고 늘려 보았다. 그러나 마음은 공허하고 어질거렸다.

정환은 담배를 꺼내 입에 물었다. 라이터로 불을 붙였다.

"불 좀 빌립시다."

등뒤에서 사람 목소리가 들렸다. 정환은 뒤를 돌아보았다. 회색 점퍼 차림의 중년 남자. 낚시꾼이었다. 그는 담배를 입에 물고 간절하게 정환을 바라보았다. 정환이 라이터를 켜서 불을 붙여 주었다. 그는 금방 뿌연 연기를 뿜어냈다.

"아이구우 살겠네. 불이 없으니 어찌나 담배가 고프던지."

남자가 말했다. 정환은 그 남자 등뒤로 보이는 낚싯대와 가방 등속을 바라보았다. 비닐 바구니에 생선 두어 마리가 보였다.

"놀래기 한 마리하고 도미 한 마리 겨우……."

그가 정환의 눈길을 따라 묻지 않은 말을 했다.

"서울서 왔수?"

남자가 물었다. 그는 심심했다. 고기가 낚싯밥을 물기 맞춤한 시간은 아직 한두 시간 있어야 했다. 남자가 대답하지 않는 정환을 바라보다가 그만 돌아섰다. 주는 거 없이 기분 나쁘고 싸가지 없어 보이는 젊은 것들이 늘어나는 세상이라고, 낚시꾼은 생각했다. 하지만 이제 두 남자는 서로 등을 보이게 됐고 서로는 사물처럼 상관이 없어졌다.

정환은 그 남자처럼 상대를 불쾌해 하지는 않았다. 그는 다만 서로 말을 주고받다가 얼결에 풀어내게 되는 자기 삶, 스물아홉 살 인생을 떠올리기 싫었다.

정환은 꽁초를 바다에 던지고 다시 담배를 입에 물었다. 불을 붙였다. 방파제 삼각대 위에 걸터앉았다. 파도의 포말이 후두둑 옷이며 얼굴로 튀어 올랐다. 그는 개의치 않았다. 먼 눈으로 수평선을 바라보았다. 한동안 그의 시선은 그렇게 멈췄다.

정민이 떠오른 건 이때였다. 정환의 시선이 오래도록 매여 있던 수평선 쪽에서 그가 훌쩍 날아온 것이었다.

"혹시 이런 의문을 가진 적이 있습니까? 젊은이가 자기 인생에 환멸감을 가질 수밖에 없도록 만드는 사회에 대해서."

그는 이런 말을 했었다. 정환은 왼손으로 턱을 고였다. 오른손에 들고만 있던 담배의 타 들어간 재가 미동도 없이 떨어져 내렸고 담뱃불은 저절로 꺼진 채였다.

사회.

정환은 이 낱말을 입 안에서 씹었다. 낱말만 씹지 않고 입술도 깨물었다. 차디찬 슬픔이 가슴 밑바닥에서 요동치기 시작했다. 무언가 벅찬 기운이 목구멍을 퍽! 치고 올라오다 막혔다. 눈시울이 확 뜨거워졌다.

정환은 그에게 왜 외항선원이 되었느냐고 물었다. 그는 인생에 대한 삭지 않는 환멸감 때문에 배를 타게 됐다고 했다. 육지에서 뿌리 내릴 수 없어 바다에 둥둥 떠다니기로 했다는 말을 하곤 소리 내어 웃었다. 심각한 말을 농담처럼 하는 그에게서 정환은 한동안 눈을 떼지 못했다. 정환보다 서너 살은 위로 보였고 뱃사람답지 않게 얼굴색이 창백해서 이상한 게 한두 가지가 아니었다. 길게 보이는 얼굴에 높지 않은 광대뼈, 특히 눈이 길게 찢어진 게 특징이었다. 그는 자신을 정민이라고 말했다. 성이 정씨인지, 이름이 정민인지 정환은 헷갈렸지만 묻지 않았다.

그날 정민은 정박 중인 배에서 선원들과 무리지어 외출을 나왔었다. 다른 선원들과 달리 그는 여자의 선택을 뿌리치고 정환과 마음을 맞추려 했다. 항구에서의 소중한 하룻밤 외박을 맥주와 소주로 취했고, 결국 그는 정환의 방에서 잠을 잤다. 정민은 잘 웃고 이야기를 주의 깊게 들었지만 말을 많이 하진 않았다. 그런데 입만 열면 그 말들이 '과격한 느낌'을 주었다. 무언가 일탈이라기엔 너무 강렬했고 모반이라기엔 왠지 슬펐다.

그날도 젊은이가 자기 인생에 환멸감을 가질 수밖에 없도록 만드는 사회에 대해 어떻게 생각하느냐고 물었을 때 정환은 그 의미를 제대로 이해하지 못했다. 그러나 그 말이 독기처럼 온몸의 신경을 건드리며 진저리치게 했던 기억이 잊혀지지 않았다. 흡사 불에 덴 자국처럼 지워지지도 않았다. 그리고 그와 헤어진 뒤로 정환은 그에게 전염된 것처럼 '사회'에 대해 생각하기 시작했다. 자신의 절망과 자신의 주눅 들림과 사회에 대하여.

"정환 씨는 이 현실에서 어떤 희망을 가졌습니까?"

그는 과격한 말을 부드럽게 하는 재주도 가진 사람이었다. 목소리는 여리고 낮고 표정엔 변화가 없었다. 순간 정환은 부끄러웠다. 칼도마 위로 올려진 자기 삶을 보는 것처럼 진저리가 쳐졌다.

"무슨 말인지 모르겠습니다."

정환이 떨리는 목소리로 말했다. 그리고 그는 고개를 숙인 채 '희망'이라는 말을 씹었다. 애매모호하고 낯설었다. 한 번도 입에 올린 적이 없는 외래어 같기도 했다. 희망에 대한 생경감은 오래갔다. 부끄러움이 지나치면 살의(殺意)에 이르는 걸까. 정환은 그때 어렴풋한 살의가 자신의 내면에 파장을 일으키고 지나가는 걸 감지했다. 아마 정환은 자기같이 사는 사람이 한둘이 아니라고, 부자와 대통령은 하늘이 낸다더라고, 중얼거렸을 것이다. 그러면서 다시 한 번 부끄러웠을 것이다.

인생에 대한 삭지 않는 환멸감.

정환은 자갈돌로 물수제비를 뜨듯이 '인'을 바다에 던졌다. '생'을 던졌다. '에'도 던졌다. 이렇게 차례차례 '인생에 대한 삭지 않는 환멸감'을 모두 바다에 던져 버렸다. 마지막으로 '감'을 던졌을 때 정환은 자기 자신도 바다 속으로 던져지는 듯한 아뜩한 느낌에 잠깐 어찔했다.

정환은 뒤를 돌아보았다. 허공이 부윰했다. 그새 많은 시간이 흐른 것 같았다. 그가 고개를 젖힌 반대쪽에서 예의 낚시꾼이 다가왔다. 그는 정환에게 빼어든 담배를 보여 줬다. 정환이 빙그레 웃으며 라이터를 내밀었다. 그가 불을 켜 담배에 붙였다.

"젊은 양반이 무슨 고민 있수?"

낚시꾼이 한입 가득 찬 연기를 푸우 뱉어 내며 말했다. 정환은 무슨 말을 하려고 입을 움직였지만 웃고는 그만이었다.

"여자 문제유?"

그가 다시 물었다. 정환은 엉덩이를 들고 사내의 바구니를 바라보았다. 자세히 보이지 않아도 바구니가 시커맸다.

"여자라는 거도 연애할 땐 죽고살기 같지만 지내 놓고 보면 다 헛거라. 마음 비우고 한세상 살다 가는 기 인생 같애. 별거 아니야. 박정희 죽은 시체나 전두환이 죽은 시체나 우리 죽은 시체나 다 땅에 묻히는 거. 다른 거 하나 읎어. 똑같애. 그러니 맘을 잘 써야지."

"네에."

정환은 네에 대답하고 일어섰다. 그는 이상하게 표정이 맑아 보였다.

"네는 무슨 네에."

낚시꾼은 이렇게 말하고 돌아섰다.

"많이 잡으십시오."

"많이는 무슨. 때 되면 일어나는 거지."

낚시꾼은 이렇게 중얼거리고 고개를 숙이는 정환에게 빈손을 번쩍 들어 주고는 제자리로 돌아갔다. 정환은 잠시 그의 뒷모습을 바라보았다. 그는 성큼성큼 그에게 다가가 라이터를 건넸다. 낚시꾼이 라이터와 정환을 번갈아 바라보곤 지그시 웃으며 그것을 받아 옷섶에 쓱쓱 문질러 주머니에 넣었다.

정환은 방파제를 돌아 나왔다. 황금횟집, 과부횟집, 어부횟집이 네온을 반짝였다. 검은 승용차가 어부횟집 앞 주차장에 멎었다. 정환은 그런 횟집들을 지나 추녀가 낮은 삼겹살 순대라고 쓴 술집으로 들어갔다. 아직 텅 비었고 주방에서 생채를 무치던 50대의 아주머니가 어서 와요! 소리쳤다. 정환은 둥근 드럼통을 잘라 만든 화덕 식탁에 앉았다. 벽에는 순댓국 순대 곱창 삼겹살 등이 씌어 있었다. 물과 깍두기와 열무김치가 놓였다. 정환은 순댓국과 소주 한 병을 시켰다. 소주는 달고 시원했다. 그는 거푸 세 잔이나 마셨다. 순댓국을 가져온 아주머니가 병이 반이나 빈 것을 보고 눈을 둥그렇게 떴다.

"아이구우 이 양반 보게. 젊은 거 너무 믿을 게 못 돼! 죽을려고 술 마시는 사람한텐 나 돈 안 벌 거야! 사람이 안주도 먹어 가며 술을 마셔야지! 쯧!"

아주머니는 진정으로 화를 냈다. 정환은 네에 대답하고 순댓국을 바닥내면서 소주를 두 병이나 비웠다.

"실연했수?"

정환이 취기가 거나하게 오른 모습으로 주머니에서 구겨진 돈을 꺼내 계산할 때 아주머니가 딱해 하는 말투로 물었다.

"네에!"

"참 딱도 해라! 아니 세상에 널린 게 여잔데 실연은 무슨 실연! 다아 배가 불러 생기는 병이니 뭐라고 할 말이 없네."

아주머니는 정환의 붉은 얼굴을 빤히 바라보며 말했다. 정환은 입을 쭉 밀고 웃어 보인 뒤 거리로 나왔다. 해가 져서 어두운데 한낮보다 바람이 훈훈했다. 그새 냉기가 가신 것이었다. 그는 올 때처럼 되돌아 걸었다. 가끔 비틀거리고 가끔 우두커니 서서 건물과 사람들과 차를 바라보았다. 문득 피식 웃었다. 두 번이나 실연했느냐는 말을 들은 게 우스웠다. 실연이 뭔지 연애가 뭔지 여자가 뭔지 정환은 알지 못했다. 알고 싶은 적도 없었다. 삼겹살집 아주머니 말대로 그런 건 배가 불러서 생기는 병일지 모른다고 생각하며 정환은 자신도 모르게 길바닥에 침을 뱉었다. 방파제 삼각대에 올라앉아 망연히 바다를 바라볼 때와는 다르게 씁쓸하고 허전한 기분이 고약스러웠다. 그는 반짝이는 네온 간판을 마음으로 밀어내고 번쩍이는 간판을 발길로 차고 달리는 차들에 침 뱉는 기분으로 네거리에서 길을 건너고 모퉁이를 돌았다. 길바닥에 실수처럼 놓인 돌멩이는 아무렇게나 걸어찼다. 술기운은 점점 더 온몸을 휘돌고 기분은 태풍처럼 사나웠다.

아무 생각 없이 걷던 정환은 시장 어귀에서 멈췄다. 길은 다섯 개의 가닥으로 갈려 있었다. 그는 잠시 서서 어디로 들어설까 생각하다가 과일을 가득 늘어놓은 상점 쪽으로 걸었다. 철 이른 참외와 수박에 사과 배 딸기, 그리고 토마토가 보였다. 그 옆은 식료품 가게였다. 주인 여자가 노란색 파리채를 휘둘렀다. 오징어채에 달라붙는 파리를 쫓는 것이었다. 그 옆은 아동복 가게였다. 진열장 앞에 유치원생으로 보이는 아이가 엄마의 손을 잡고 뭐라 말하고 있었고 주인은 원피스와 바지를 들고 한껏 웃고 있었다. 그 옆은 삼천리 자전거 수리점, 성신약국, 런던 제과, 밝은안경, 레이디 양품, 화장품, 뉴 강원 슈퍼마켓…….

가게 앞으로 개가 지나가고 세발자전거를 탄 아이가 지나가고 교복 차림의 여학생 셋이 길을 빼곡히 막으며 지나가고 장바구니를 든 아주머니 둘이 큰 소리로 다투고 아저씨가 급히 걷고 택시 기사가 담배꽁초를 내던지고 청년이 침을 뱉고……. 정환은 느릿느릿 풍경 속으로 스며들 듯 걸었다. 그러다가 문득 어떤 가게 앞에서 멈췄다. 그가 이제껏 한 번도 본 적이 없는 진열장 앞이었다. 유리벽 안에 키가 낮고 폭이 좁은 사방탁자가 하나, 그 위에 흑장미 마른 꽃 다섯 송이가 꽂힌 유리병이 놓여 있었다. 장미를 보다가 고개를 들면 갈매기가 나는 바다 풍경을 찍은 흑백 사진이 쇠줄에 달려서 늘어뜨려 있었다.

정환은 간판을 읽었다. 벽에 붙은 아크릴 간판엔 '선물의 집 바다' 라고 두 줄로 씌어 있었다. 정환은 갈매기가 나는 바다 풍경을 오래도록 바라보았다. 장미가 말라서도 저렇게 제 색깔을 지니고 있다는 게 신기했다. 그는 자신도 모르게 가게 안쪽을 깊이 들여다보기 시작했다. 꽃을 말려서까지 장신구로 쓰는 게 좋아 보이지 않았다. 그는 거의 넋을 놓고 트집을 잡으려는 듯 집요하게 마른 꽃을 바라보았다. 인간은 못하는 게 없다고 생각했다. 바로 그게 재앙의 징후라고 악랄하게 생각했다.

"뭘 그렇게 보세요?"

여자가 물었다. 수영이었다. 정환은 뜨악하게 고개를 들었다. 수영이 활짝 웃었다.

"들어와 구경하세요."

수영이 오래된 사이처럼 스스럼없이 말했다. 그제서야 정환은 가게 문을 열고 서서 자신에게 말하는 여자가 누군지 알아차렸다. 술이 확 깼다. 그는 우선 민망했다. 한걸음 뒤로 물러났다.

"난 알고 있었어요. 우리 가게로 올 것 같더라고요."

수영이 말했다. 정환의 표정이 순간적으로 굳어졌다. 그는 괜시리 화가 났다. 인생에 대한 환멸감이나, 배가 불러야 연애도 한다던 삼겹살집 아주머니의 말에 깊이 스며들었던 정환의 감정과 수영의 화사한 웃음이며 친절은 서로 화합이 불가능한 물질 같았다.

"술을 많이 하셨네요? 이른 시간인데."

수영이 코를 킁킁거리며 말했다. 정환은 대답하지 않았다. 하지만 뿌리치고 돌아가지도 않았다. 그는 자신도 지금 어떻게 해야 할지 몰랐다.

"들어오세요. 그냥 좀 앉았다 가요. 선경 언니한테 다 들었거든요. 시디 퇴짜 맞은 것도 알아요. 사실 그거 아무것도 아닌데."

수영은 눈을 찡그리며 말했다. 정환은 그 여자가 말을 하는 동안 낯이 뜨겁고 부끄러웠다.

"미안합니다."

정환은 민망해서 말했다.

"그래요? 그럼 들어오세요. 차 한잔 하고 가세요. 지금 이 시간엔 손님도 없어요."

수영이 집요하다 싶게 말했다. 정환은 수영의 어깨를 다 가릴 듯이 늘어진 긴 머리와 짙은 눈썹과 화장하지 않은 얼굴을 훔치듯 바라보았다. 그리고 될 대로 되라는 기분으로 가게에 발을 들여놓았다. 그의 얼굴은 여전히 굳었고 태도는 갑옷을 입은 듯이 딱딱했다. 수영이 둥근 의자를 꺼내 그에게 밀어 주어도 앉지 않았다. 곧 갈 겁니다, 그의 얼굴이 완강하게 이런 말을 하고 있었다.

"어른들한테 소용없는 물건들이지요? 여기 편하게 앉으세요. 팔아 달라는 말 안 할 거니까요. 차만 한잔 하고 가세요."

수영이 둥근 의자를 잡고 정환을 바라보며 말했다. 정환은 여전히 마음을 정하지 못한 표정인 채 사방을 둘러보았다. 수영이 그런 정환을 보고 혼자 소리 내어 웃었다.

"꼭 자라 보고 놀란 사람 같아요."

수영이 중얼거렸다. 첫인상하곤 영 다르네요, 라고 덧붙이려던 걸 삼켰다. 정환이 의자에 엉덩이를 댔다. 사실 그는 네 평이 될까말까 한 가게 안의 정갈하고 따뜻한 분위기에 주눅 들었다. 출입문 양쪽 벽에 허리 높이의 진열장이 놓였고 그 위에 가지가지 나비와 잠자리들이 매달려 있었다. 문과 마주한 벽 한쪽엔 젖빛의 발을 내려걸어서 발의 사이사이로 여러 가지 핀과 목걸이와 브로치를 꽂았다. 사람이 살아가는 데 이런 물건들도 소용이 될까 싶은, 사기로 만든 신발과 갖가지 동물 모형들, 그 엄지손가락만한 쥐와 토끼와 소와 말과 용을 바라보다가 그것이 모두 열두 띠의 동물 형상인 걸 알았다. 하지만 그건 비현실 같았다. 누가 이런 것이 소용되는 삶을 산다는 것일까. 그는 멍한 기분인 채 바라보기만 하였다.

"어린아이 장난 같지요?"

수영이 녹차를 준비하며 물었다. 정환은 대답하지 않았다.

"엄마는 장사를 하려면 제대로 하라고 했어요. 선물용품보다는 아동복 같은 거요. 그런데 그건 정말 장사 같아서 겁이 나더라고요."

"정말 장사하고 정말 아닌 장사하고 다릅니까?"

정환이 말했다. 수영이 그를 흘기는 눈으로 바라보았다.

"질문이 어려워요. 아니 괘씸해요."

수영이 녹차 잔을 정환에게 건네며 말했다. 정환이 씨익 웃었다.

"잘 보셨네요. 난 괘씸한 사람입니다."

"왜요?"

"이유는 모릅니다."

"괘씸보단 오만한 거 같은데. 오만이 맞죠?"

수영이 정환을 빤히 바라보며 중얼거렸다. 정환은 하하하 소리 내어 웃었다. 그냥 유쾌하게 웃음이 나왔다. 이런 경우가 그에겐 흔하지 않았다.

"맞죠?"

다시 수영이 다그쳤다. 정환은 잠시 눈을 아래로 내리깔았다.

"틀렸습니다. 오만의 반대입니다."

"반대가 뭐죠?"

"열등감입니다."

"와아!"

수영은 어이없다는 표정을 지으며 고개를 저었다.

"한잔 더 주세요. 술이 깨는 거 같습니다."

정환이 빈 잔을 수영에게 건넸다. 그는 이상하게 긴장이 풀리는 걸 느꼈다. 아주 오래전부터 잘 알고 있는 장소랄까? 오래전부터 사귀어 온 친구를 만난 편안함이랄까? 하여간 그런 기분이었다.

"이런 거 처음 보시지요?"

"네. 이런 건 누가 사갑니까?"

"사람들이요. 여자들. 여학생들. 엄마들."

정환은 수영의 대답을 들으며 머릿속으로 여자들, 여학생들, 엄마들, 하고 따라해 보았다. 자신이 속하지 않은 세상 같았다. 그는 픽 웃었다. 수영이 무슨 의민가 하며 고개를 갸웃했지만 깊이 신경 쓰진 않았다. 정환은 진열장 안에 나란히 누운 여러 개의 주먹만한 탈을 보고 있었다.

"이건 누가 삽니까?"

"여학생들이 사요. 가끔 남학생들도 사요."

"남학생도 오네요."

"그럼요. 요새 학생들은 선물 주고받는 걸 즐기는 거 같아요. 습관이 됐나 봐요, 선물을 받고 선물을 주는 게. 이거 좀 정리할게요. 오시기 전에 꼬마 손님이 와서 마구 헝클어 놓고 갔어요. 잘 안 풀리네."

수영이 가느다란 실에 매달린 여러 마리의 나비를 낱낱이 추리며 말했다. 정환은 고개 숙인 채 그것에 열심인 한 여자를 바라보았다. 저 여자는 어떤 여자일까. 가게를 가졌고 어머니가 있고 알지 못하는 남자에게 시디를 선물하고 모르는 사람을 불러들여 차를 대접하고 편안하게 하는 여자. 등불이 따뜻하게 비치는 서양식 집에서 잘 먹고 잘살겠지. 사람에게 '오만하다'고 단정 짓게 하는 힘은 생존이 여유로울 때 생기는 것일 테니까.

이윽고 수영이 열 마리도 넘는 가지가지 나비를 벽에 등처럼 매달았다. 높낮이를 다르게 한 나비들은 제풀에 흔들흔들 춤을 췄다. 정환은 빈 잔을 든 채 정신없이 그것을 바라보았다. 수영이 정환을 바라보았다. 두 사람은 눈이 마주쳤다. 둘 다 고개를 돌렸다. 순식간이었다. 그리고 일 분쯤 지나서였다.

"어디다 쓰지요?"

정환이 균열이 감지되는 목소리로 물었다.

"애기 방에 걸어요. 이걸 천장이나 줄에 매달아 놓으면 애기들이 바라보고 놀거든요. 애기들은 움직이는 걸 좋아한대요."

수영이 나비가 매달린 줄을 손가락으로 툭 쳤다. 줄이 출렁거리고 나비도 팔랑거리기 시작했다. 호랑나비 노랑나비 배추흰나비. 정환은 나비를 바라보며 속으로 아기와 나비와 엄마라는 말을 떠올려 보았다. 그는 잘 쓰지 않는 낱말들이었다. 따뜻한 이불에 감싸여 머리 위에 매달린 나비의 춤을 바라보는 아기의 평화는 정환에게 상상만 해도 공연히 낯간지럽고 부끄러웠다.

"돈은 잘 벌립니까?"

정환이 정색을 하고 물었다.

"장사를 하면서 돈 벌 생각을 하지 않으면…… 그건 허영이라고…… 어머니가 그렇게 말하세요. 그렇지만 전 아직도 제가 돈을 번다고 생각하면 가슴이 조여드는 게 부끄러워 죽겠어요."

수영이 정말 얼굴을 붉히며 말했다. 정환은 수영이 말한 '어머니'에 대해 상상하였다. 그런 말을 하는 어머니는 어떤 분일까.

"어머님이 혹시 교직에 계신가요?"

정환이 자신 있게 물었다.

"아니요. 생선을 팔아요."

수영이 대답했다. 목소리가 싸늘하게 들렸다. 정환은 이해할 수 없었다. 그는 방어적으로 의자에서 일어섰다.

"저도 차를 마셨으니 뭘 하나 사가야겠습니다."

"사러 오신 것도 아닌데 그냥 가세요."

"사고 싶습니다. 아무거나 권해 주십시오."

"혹시 애인 있어요?"

"없습니다."

"친구는요?"

정환이 고개를 흔들었다. 그는 머리핀, 빗, 장식 옷핀, 귀고리, 목걸이, 반지, 탈, 사람과 12지지 동물들을 바라보았다. 그것들 중에서 옥돌이 박힌 머리핀 하나를 골랐다. 수영이 소리 없이 웃으며 정성

껏 포장했다. 정환은 연두색 포장지를 눈여겨봤다.

"연두색을 좋아하시지요?"

정환이 물었다. 수영이 그를 바라봤다. 잠깐 바라보고 외면했다가 다시 바라봤다. 웃었다. 싱겁긴. 정환은 생각했다. 그가 여태 보아온 여자들과 뭔가 다른 데가 있긴 하다고 생각했다. 하기야 사람은 눈 칫밥 먹지 않고 자라면, 먹고 사는 일에 공포를 경험하지 못하면 저런 인상을 가지게 되겠지⋯⋯ 생각했다.

수영은 정환이 내놓은 돈을 받아 계산하고 거스름돈을 내줬다. 정환이 거스름돈을 주머니에 집어넣으며 수영을 다시 똑바로 바라봤다.

"이거 가지세요."

정환이 방금 포장해서 받은 머리핀을 수영 앞으로 밀어 놓으며 말했다. 수영이 눈을 동그랗게 뜨고 바라봤다.

"안 돼요!"

수영이 화끈 달아오른 얼굴로 소리쳤다. 손을 내저었다. 이것을 받으면 무슨 주술에라도 걸릴 것처럼 질겁했다.

"선경 언니 주세요. 선경 언니요."

수영이 선물을 계산대 끄트머리로 밀어 놓으며 말했다. 정환이 문득 수영을 바라보았다. 그 여자가 누구죠? 선경 언니가 누굽니까? 정환의 표정이 물었다.

"클레오파트라 언니요."

수영이 말했다. 정환은 더 이상 말하지 않고 주머니에 넣었다. 전 이런 걸 줄 사람이 없습니다. 이렇게 말할까, 문득 생각했지만 구차해서 입을 다물었다. 정환은 성큼성큼 가게를 나와 뒤도 돌아보지 않았다. 다시 오시라고 수영이 소리쳤지만 그는 듣지 못했다. 수영이 그의 뒷모습이 사라질 때까지 가게 앞에 서 있었던 것도 알지 못했다. 그는 걸으면서 흥얼거리기 시작했다. 아침에 우연히 흥얼거린 노래.

……당신께 예쁜 걸 사 줄 돈은 없지만 달빛을 엮어서 목걸이와 반지를 만들어 줄 순 있으리. 천 개의 언덕 위에 비친 아침을 보여 주고, 입맞춤과 일곱 송이 수선화를 주리니.

돌아오지 않는 남자

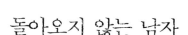

수영은 자신도 모르는 사이에 실눈을 떴다. 밝은 기운이 가득 차
서 방 안이 터질 것 같았다.

벌써 아침이야! 아침이라는 걸 깨닫는 순간, 수영은 눈살을 찌푸
리고 팔베개에 얼굴을 파묻었다. 다시 잠들어서 '아무것도 모르는
상태'가 되기를 바랐다. 그러나 감긴 눈꺼풀 틈새로 아침 기운이 밀
려와서 아지랑이처럼 보글거렸다. 수영은 팔뚝에 눈을 댔다. 아프도
록 눈두덩을 짓이겼다.

이런 지 벌써 며칠이나 됐는지 모른다. 일주일은 넘었고 열흘도
지났다. 쓰러질 듯 잠자리에 들면 갑자기 여러 가지의 감정이 불끈
불끈 솟구쳐서 한동안 휘둘렸다. 어제도 자정을 훌쩍 지나 두세 시
넘도록 뒤채었다. 뒤채면서 이제 더 이상 이런 불확실하고 소모적인

갈등에 시달리지 않겠다, 결심했다. 박정환이라는 남자는 심심해서, 그저 지나가다 들르곤 했을 뿐이다…… 그런 남자는 세상에 널리고 널렸고, 언니만 해도 그런 남자에 치여 죽을 지경이라는 현실을 떠올렸다. 수영의 마음이 평정을 찾았다. 잠을 잘 것 같았다. 베개를 편편하게 펴고 머리를 가만히 얹었다. 조금만 흔들려도 잠이 달아날 것 같았다.

하지만 어림도 없었다. 아마 십 초도 지나지 않아 가슴이 철렁 내려앉으며 머리가 뜨거워졌다.

그 남자는 왜 내게 머리핀을 선물하려고 했지? 내 첫인상이 좋아서? 나 같은 여자가 이상형이라서? 시벨리우스 시디를 거절한 게 미안해서? 여자에게 뭘 주는 게 취미라서? 공짜로 차 마신 걸 나름대로 계산해 버리려고? 그냥 심심해서? 재미있으려고?

수영은 화들짝 일어나 앉았다. 화가 솟구쳤다. 그까짓 머리핀 하나에. 더군다나 받지도 않은 걸 가지고. 누군지도 모르는 남자한테. 한심한 최수영. 바보 멍청이. 촌년!

수영은 결국 자신을 나무라며 짓밟아 주고 나서야 오줌을 누고 다시 자리에 누웠다. 어제도 그랬다. 다만 솟구치는 욕구를 참아 낸 것 한 가지가 있었다. 그날 정환이 돌아간 뒤 득달같이 선경에게 보고하고 싶은 걸 참은 것이었다. 왜 참았는지, 뭘 감추고 싶었는지 수영 자신도 몰랐다. 정환이 사가지고 간 똑같은 핀을 골라 머리에 꽂아 본 건 그래도 괜찮았다. 고통스럽진 않았으니까.

고통은, 잘 알지도 못하는 그 남자에 대한 상상이 꼬리에 꼬리를 무는 질긴 상념이었다. 그 남자는 서울 사람인가? 무얼 전공했을까. 박사 논문을 준비 중인가? 탄광이나 항구, 동굴, 동해안 항구에 대해서? 가족은 많을까? 몇째 아들일까? 부잣집? 애인이 없다는 게 사실일까? 어디서 본 것처럼 왜 낯설지 않았을까?

　이상했다. 유치원에 다닐 때도 수영이 혼자 좋아했던 아이가 있었다. 초등학교에 들어가서도 짝이거나 같은 반 반장 같은 아이에게 마음이 가곤 했었다. 중학교에선 국어 선생님이, 고등학교에선 영어 선생님이 좋았었다. 그러나 이번의 감정은 그 어느 때와도 비교가 안 됐다. 그 남자는 핀을 어떻게 했을까. 누구에게 줬을까. 수영의 상상은 상상을 낳았다. 꼬리에 꼬리를 물었다. 손님이 뜸한 시간엔 무턱대고 클레오파트라로 가고 싶었다. 그런데 예전처럼 발길이 가뿐하지 않았다. 거기에 그 남자가 와 있다면…… 상상만 해도 수영은 낯이 뜨거워지고 가슴이 뛰었다. 하지만 가게 문을 닫고 클레오파트라로 갔다.

　"언니, 식혜 먹고 싶어. 남아 있지?"

　말을 이렇게 해도 가슴은 뛰고 눈은 불안하고 초조하게 홀의 테이블과 테이블 사이를 들불처럼 더듬고 바람처럼 스쳐 보았다.

　"언니, 손님 많지?"

　이렇게 말할 때도 있었다.

　구석진 자리에 등을 보이고 앉은 남자 손님이 있으면 순간적으로 주저앉을 것 같았다.

"너 어디 아프니? 잠을 못 잔 거 같아."

선경이 걱정하곤 하였다.

"언니, 이 핀 나한테 어울려?"

선경의 걱정은 귀에 들어오지 않았고 수영은 손에 들고 있던 핀을 아무렇게나 머리에 꽂아 보며 물었다. 등뒤에서 출입문이 열리는 기척이 나면 갑자기 표정이 흔들리고 어딘가 숨고 싶어 했다.

"엄마가 이제라도 대학에 가래. 가게 그만두고. 서울 가서 학원 다니래."

어떤 날은 이런 거짓말도 했다. 급기야 선경은 수영의 불안정한 마음을 눈치 채게 됐다. 그래도 그게 익수의 형이라는 정환과 상관 있으리라곤 상상하지 못했다. 수영이 가게에 왔다 갔다고 말하는 남자는 여럿이었다. 하숙하는 방송국 박 피디. 합숙소에 머문다는 은행원. 두 시간을 달려 출퇴근하는 시청 공무원. 고등학교 수학 교사……. 그러나 그들은 한 번 옷깃을 스친, 남자가 아닌, 사람들이었다.

수영은 이불 속으로 얼굴을 파묻었다. 아침이 싫었다. 행복하지 않아도 좋으니 밤만 계속되었으면 좋겠다고 생각했다. 부드럽고 따뜻한 그리움이 느껴지는가 싶으면 어느 결에 세포 하나하나가 다 곤두서는 것처럼 부끄러웠다. 겨우 여자고등학교를 졸업한 시골뜨기. 아버지는 얼굴도 모른다. 엄마는 생선 가게를 한다. 이모도 없고 고

모도 없다. 외할머니도 없고 친할머니도 없다. 어릴 때 이모가 있는 친구가 부러웠다. 외할머니를 둔 친구는 더 부러웠다.

수영은 이불 속에서 사뭇 성이 난 얼굴로 자신을 흠잡고 또 흠잡았다. 적적한 주변은 물론 마침내는 제 일신을 트집 잡기 시작했다. 일 미터 오십팔 센티미터의 작은 키, 콧방울의 검은 점, 왼쪽 새끼손가락 손톱마디가 흰 것, 지나치게 숱이 많은 눈썹도 불만이었다.

이때 방문이 열렸다. 귀옥은 이부자리를 둘둘 말고 누운 채 자신을 바라보는 수영의 어둡고 검은 기운이 감도는 인상에 깜짝 놀랐다. 가슴이 철렁 내려앉았다. 이날까지 커 오는 동안 부지런해야 할 때 늑장을 피우고 성실해야 할 때 게으를 경우도 있었으련만 지금 귀옥은 예사롭지 않은 불길한 느낌에 기겁했다. 겨우 일초나 되었을까? 하지만 그사이 사람의 목숨이 수없이 죽고 살 것이었다.

"어디…… 아프니?"

귀옥은 숨을 몰아쉰 뒤에 짐짓 아무렇지 않은 목소리로 물었다. 수영은 낯을 찡그리며 이불 속에 얼굴을 묻었다.

"봄을 타나 보다. 이럴 때일수록 몸을 처지게 하면 아예 일어나지 못하게 된다. 할머니가 햇쑥을 팔던데…… 봄철엔 쓴 나물을 먹어야 하는데 내가 소홀했구나."

"엄만 맨날 먹는 거 타령이야."

수영은 이불 속에서 맹맹한 목소리로 투덜거렸다.

"먹는 걸 천하게 여기면 천벌 받아. 밥이 목숨 되는 거야."

"듣기도 싫어!"

수영은 이불 속에서 궁시렁거렸다. 귀옥은 딸이 싫어하는 소린 줄 뻔히 알면서 저금하는 셈 치고 말해 뒀다. 듣기 싫어해도 저 속 어딘 가에 박히려니 믿었다. 이불 속에 숨은 딸 곁에 가만히 앉아 뭔가 기미를 더 살필까 하다가 그만 일어섰다. 한창 청춘의 나이에 어미가 알아내지 못할 고민도 있을 것이라고 생각했다. 아무리 큰 고민도 시간이 지나면 참 가볍고 시시해지는 게 많을 것이었다. 그렇게 되길 바라며 귀옥은 살며시 딸의 방문을 닫아 주었다.

방문을 닫은 귀옥의 마룻장 딛는 발소리가 멀어진 뒤 수영은 문득 화들짝 놀라서 이불을 걷었다. 조금 전 수영을 보고 귀옥이 놀랐던 불길한 느낌과도 흡사한 감정에 사로잡힌 것이었다. 남향의 집 안은 이미 불빛이 가소롭도록 환했다. 수영은 책상 시계를 바라보았다. 시곗바늘은 여덟 시 반을 가리켰다. 이 시간까지 귀옥이 집에 있다면, 그건 사건이었다. 시장에서 생선 가게를 하는 귀옥은 전기 밥통에 밥을 해 놓고 일곱 시 전에 집을 나갔다. 수영이 어릴 때부터였다. 방에 알루미늄 밥상이 놓였고 베보자기를 들추면 뚜껑 덮인 반찬들이 있었다. 수영은 혼자 밥을 먹는 것이 창피해서 누구에게도 이런 사실을 말해 본 적이 없었다.

수영은 언제 그랬는가 싶게 민첩했다. 잠옷을 벗고 원피스로 갈아입고 머리를 끈으로 묶었다. 방문을 열었다. 귀옥이 마루 끝에 서서 뜰을 바라보고 있었지만 수영의 기척을 느끼지 못한 것 같았다. 수영은 살며시 등뒤로 가 어머니의 허리를 감쌌다. 귀옥의 손이 자신의 허리를 감는 딸의 팔을 잡았다.

"더 자지."

귀옥은 뒤돌아보지 않고 차분하게 가라앉은 목소리로 말했다.

"엄마 웬일이야? 오늘 시장 노는 날이야?"

"놀진 않는다만 하루 문 닫았다."

"엄마가 웬일루 문을 다 닫아? 어디 아파? 무슨 일 있어?"

수영이 팔을 풀고 귀옥의 옆에 바투 서서 물었다. 귀옥이 그런 딸을 바라보며 빙그레 웃었다.

"걱정되니?"

"그럼! 걱정되지! 엄마가 이런 적이 없었잖아."

"그래. 우리 딸 다 컸네. 엄마 걱정도 해 주고."

"내가 언젠 안 그래?"

수영이 어린아이처럼 귀옥의 팔을 붙잡고 흔들었다.

"오늘 어디 좀 다녀올란다."

"어디?"

"어디라면 니가 알겠니?"

"그래도 말해 봐. 어디 가나."

"오랜만에 외식 한번 하자. 저녁 늦기 전에 내가 가게로 가마."

귀옥은 수영의 애가 닳는 궁금증에도 행선지를 말해 주지 않고 넘어갔다. 수영은 서운해서 입을 뚱하니 빼물었지만 오래 그러지 않고 귀옥과 겸상해서 아침밥을 먹고 출근 준비를 했다. 어머니와 딸이 아침 밥상을 마주하기는 일 년에 서너 번, 명절과 수영의 생일날이 전부였다.

귀옥은 수영이 가게로 나간 뒤에 설거지를 했다. 몇 개 되지 않는 그릇을 씻으며 또다시 생각에 빠졌다. 어제 점심나절에 전화로 상사(喪事)를 알리던 귀옥의 막내 동서가 덧붙였다. '형님, 참 한 많은 인생이 다 졌네요.' 죽었다고 하지 않고 졌다고 하는 말이 자꾸 가슴속에서 어리어리거렸다. 문상 오시라고 알리는 건 아니라고 동서는 꾹꾹 눌러 말했다. 북에 끌려가 석 달 만에 돌아온 어부들이 안기부에 조사 받고 와선 시름시름 앓거나 헛소리를 하기도 하였다. 고기 떼를 따라 흐르다 보면 북쪽인지 남쪽인지 헷갈리고 잊기가 십상이라고 했다. 파도치는 바다에 담장 치지 않았고 금줄도 늘어지지 않았다. 만복호가 납북된 것이 확인된 후 귀옥도 수없이 불려가서 남편의 '행적'을 말해야 했다. 고기 잡으러 나갔다 돌아오면 술 마시고 풍랑 만나면 놀고 농사지었던 사람. 그런 인생살이가 듣기도 거창한 '행적'이란 말로 조사되는 게 귀옥에게는 신기했다. 그가 어떤 생각을 하는지, 누구와 어떻게 만나고 놀았는지, 어떤 말을 주로 했는지, 심지어 선거 때 누구를 지지하고 투표했는지 말하라고 했다. 귀옥은 자신이 결혼을 하고 아이를 낳긴 했어도 '행적'을 아는 게 없다는 사실에 놀랐다. 그러나 그건 아무것도 아니었다. 남편네 집안과 자신의 집안이 과거에 누가 어떻게 살고 어떻게 죽었는지까지 조사되어

적힌 종이 더미를 볼 때 너무 무서웠다. 수사관은 남편과 연애 결혼이냐 중매 결혼이냐, 사랑했느냐 캐묻고, 그곳에서 다른 여자 만나 결혼할 수 있고 특히 북쪽 여자들이 예쁘다고도 했다. 남편의 먼 일가 중에 만주로 갔다 돌아오지 않은 사람이 있다, 알고 있느냐고 했다. 만복호 선원들이 가져온 북한 선전 책자를 보고 기분이 어땠었느냐고도 물었다. 너무 물어서 나중엔 자기 감정이 어땠는지 뭐가 현실인지, 마구 헷갈렸다. 지치고 지겹고 구역질이 올라와서 그들이 믿고 싶어하는 행적이 어찌 되었건 알고 싶지도 않았다. 어차피 그들이 이야기하는 방향은 진실과 먼 것이었다.

저녁에 귀옥은 '가 보기'로 맘을 정했다. 가서 뭔가 확인하고 싶었다. 바닷가에서 바라보면 무덤 같은 산들이 올망졸망 흘러내렸다. 해송 사이엔 바다에서 죽은 사람들의 묘지가 옹기종기 모여 있고 아이들은 묘지 사이를 어미 젖무덤 매만지듯 오르락내리락하며 놀았다. 해당화 열매 주렁주렁 목에 걸고 냇가에 나가 털 많은 씨앗 씻어서 우적우적 먹으면 늘 헛헛했던 속이 든든해지곤 했다.

맘을 정하자 여태 잊고 있던 추억들이 순서도 없이 솟구쳐서 목구멍이 얼얼할 지경이었다. 귀옥이 경험한 것들, 그저 누군가에게서 들은 것들까지 다 뜨겁게 쑥쑥 치밀어 올랐다.

귀옥은 퇴근 시간 빠듯해서 보안과에 전화했다. 고향에서 귀환 납북 어부가 죽었다고, 그가 만복호의 마지막 어부라고 말했다.

"가 보셔야겠네요."

그쪽에서 먼저 이렇게 말했다.

"고맙습니다."

귀옥이 진심으로 말했다.

"아주머니 같은 분까지 믿지 못하면 우리나라가 어디 민주 국가겠습니까."

그가 말했다. 입에 발린 말은 아닌 듯했다. 이곳에 부임한 지 2년 되는 그는 사람이 연했다. 같은 사안이라도 다루는 사람에 따라 독하게도 되고 연하게도 됐다.

귀옥은 검정 바지에 검정 윗도리를 입었다. 걷기 편한 신발도 신었다. 문상은 짧게 하고 산소에 들러 볼 생각이었다. 산에 올라가 자기에게 목숨 내려 준 이런저런 조상들에게 술 한 잔 부어 놓고 싶었다. 문단속하고 집을 나서는데 가슴속이 물컹거렸다. 잘못하다간 길바닥에서 줄줄 울 것만 같았다. 이런 맘이 여태 어디 숨어서 찍 소리한번 울리지 못하고 딱딱한 바윗덩이로 있었는지 모를 일이었다.

골목 끝 학교 담장 너머로 가지를 늘어뜨린 개나리, 노란 꽃망울이 갓난 강아지 눈 못 뜨듯 몽롱하였다. 귀옥은 우정 그 앞에서 발을 멈추고 가지 끝의 몽롱한 개나리 꽃망울을 들여다보았다.

버스는 오래 기다리지 않아 동남쪽으로부터 왔다. 자리가 반은 비어 있어서 창가 자리에 앉아 턱을 괴고 바깥을 내다보았다. 차창으론 봄바람 없이 볕만 다가들었다. 죽기 살기로 독한 맘 먹고 이 길을 내려왔던 지난날이 엊그제 일처럼 선명하게 떠올랐다. 어부하고 혼인한 죄밖에 없는데 세상에 알지도 못하는 무슨 간첩이니 반공이니 용공이니 하는 말 속에서 정신 잃고 미쳐 버릴 것 같던 때, 피붙이가 없었다면 바다에 빠지건 달리는 차에 뛰어들건 뒷산 소나무에 매달리건 아무렇지 않을 것 같았다. 세상 남자 남이면 어떻고 북이면 어떨까. 남자로 생기면 열 계집 마다하지 않을 터. 그래도 지금 귀옥은 남편이 그리워 콧날이 시큰거렸다. 언제 만날지 모를 처자식 잊고 새살림 차려 행복해지면 그게 내 복이다 싶었다. 귀옥은 저절로 흘러내린 콧물을 훔치고 손등으로 눈을 눌렀다.

어머니의 울타리

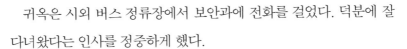

귀옥은 시외 버스 정류장에서 보안과에 전화를 걸었다. 덕분에 잘 다녀왔다는 인사를 정중하게 했다.

"어련하시려고요. 세상이 다 아주머니 같다면야 우린 걱정도 안합니다."

그쪽에서 말했다. 순간 귀옥의 가슴이 뜨거워지며 뭉클한 것이 울컥 치밀었다. 하마터면 수화기를 떨어뜨리고 바닥에 주저앉아 크억크억 울 것 같았다.

"장례는 무사히 끝났지요?"

잠깐 먹먹한 틈이 벌어지자 그쪽에서 물었다.

"예에, 덕분에요."

흠뻑 젖은 무거운 목소리로 귀옥이 겨우 말했다.

"당일치기하셨으니 고단하시겠습니다. 얼른 들어가셔서 쉬십시오."

"예에. 안녕히 가세요."

귀옥은 목이 메어와 '고맙습니다'는 말은 입 안에서 다시 삼켜야 했다. 그리고 저쪽에서 전화가 끊긴 신호가 뚜우 들린 뒤에야 송수화기를 전화기에 걸었다. 송수화기를 들고 있던 빈손이 허전하고 눅눅하고 얼얼해서 두 손을 맞잡아 비틀었다. 손만 허전한 건 아니었다. 마음속에서도 묵직한 것이 빠져나간 것 같았다. 허전하고 허전해서 어떻게 해야 할지 마음이 잡히지 않았다. 만복호와 관련된 마지막 사람이 떠나면 후련할 줄 알았는데 이건 도리어 서운했다. 사람 맘속은 천엽보다 복잡했다. 귀환 납북 어부 중엔 침을 흘리고 오줌을 지리고 말을 잘 못하는 사람, 장가도 든 적 없이 홀어머니와 살다가 결국 나무에 목을 맨 사람도 있었다. 사람들은 작은 소리로 수군거렸다. 안기부 고문 후유증이라고.

귀옥은 하늘을 쳐다보았다. 서쪽 하늘에 붉던 노을이 보랏빛으로 짙어지고 있었다. 시외로 들고나는 버스들은 그렇게 오고 가면서 사람들을 부리고 실었으며 가지가지 차림과 모습의 사람들이 만나고 헤어지는 중이었다.

인생은 저럴 것이다. 귀옥은 알지 못하는 사람들을 바라보며 생각했다. 그저 헤어지고 만나고 헤어지는 것. 인생이 여기서 벗어나는 게 어디 있던가. 이렇게 생각하자 마음이 한결 가라앉았다. 귀옥은 불현듯 학교 앞 상가 쪽에 있는 수영의 가게를 떠올렸다. 멀지 않은 거리인데도 빨리 가지 않으면 없어질 것 같은 조급증이 일었다. 길가로 나가 택시를 잡았다. 웬만하면 걷는 귀옥에겐 특별한 일이었다. 택시 기사는 뒷거울로 귀옥을 살핀 뒤에 어디 다녀오느냐, 이곳에 처음 오느냐, 들어도 그만 못 들어도 그만인 말을 물었다. 귀옥은 대충 네에네에, 시늉하곤 질기게 달라붙는 생각에 마음을 잡혔다.

꽤 지난 일이었다. 그해. 칠사 남북 공동성명이라고 했다. 해방이 이랬을까, 그때 그 맘이 너무 가뿐해서 귀옥은 젊어 팔일오 해방을 맞았던 사람들을 붙잡고 물어보고 싶었다. 죄가, 죄가 안 되고 억울한 거 대놓고 말할 수 있게 하는 것. 그 맘이 이랬을까, 물어보고 싶었다. 그러나 해방의 기대는 무슨 속임수나 장난같이 사라지고 세상이 다시 경칩 지난 한파처럼 가슴이 더 시려진 뒤로 귀옥은 누구도 믿기 싫었다. 또 한 세월이 지나 두어 해 전 흩어진 가족을 찾는다고 강산이 울음바다가 됐을 때, 귀옥은 거들떠보지 않았다. 한바탕 우는 것이라면, 귀옥도 온몸이 포가 되길 열 번도 더 눈물을 짰기 때문이다. 우는 아이 젖 준다는 건 정(情)이 앞세워졌을 때, 그럴 때뿐이었다.

귀옥은 수영의 가게 건너편에서 내렸다. 가로수 앞에 서서 잠시 선물의 집 바다라는 간판을 바라보았다. 가슴이 울컥 메었다. 자신을 살아 있게 하는 것, 돈으로도 말로도 글로도 다 표현할 수 없는 생명의 힘, 딸이었다. 처음엔 젖 뗄 때까지, 그 다음엔 학교 졸업할 때까지, 그 다음, 지금, 짝 지어 보낼 때까지. 하지만 한 단계가 더 보였다. 자식 낳으면 그거 아장거리는 거 돌봐 주고…… 세상 떠나고 싶었다.

저 새끼…… 귀옥은 입을 꾹 다물며 딸을 생각했다. 운명의 날갯짓이 무서워 그거 얼씬 못하는 곳에서 자식 하나 길러 보겠다는 욕심으로 이곳에 팔 빠지게 무거운 가방, 머리 임 내려놓은 지 스무 해가 넘었다. 생각만 해도 가슴이 뭉클거렸다. 독립 호적 만들어 일가친척 없다고 속이고 하늘에서 뚝 떨어진 것처럼 키우며, 그래도 어디 한 군데 그늘 안 지게 하려고 무던히 애썼다. 명절이면 분수 넘치게 떡을 하고 동지섣달 찬바람에 동태 민어 도미 우럭 고루 넉넉히 말렸다가 고향에 듬뿍 소포로 부치고 이웃에도 두루 돌렸다. 늘 일에 묻혀 사는 어미 없는 동안 수영이 여기저기 제 피붙이처럼 들락거린 이웃이 고마웠다. 사는 게 늘 아슬아슬하고 나라가 무서웠던 귀옥. 제 무섬증 딸에게 행여 물들까, 정말 조심했다. 그래도 수영이 납작하게 가라앉지 않고, 누구나 어머니뻘 되면 이모라고 따르며 잘 웃어서 속으로 감사하고 또 감사했다. 한 가지, 대학만 갔더라면 더 바랄 게 없을걸. 아직도 섭섭한 건 돈을 두고도 자식을 대학 공부 시키지 못한 것이었다.

귀옥은 처음 이곳에서 단칸방 얻어 피난살이보다 조금 나은 세간으로 살림을 시작했다. 사과 상자 얻어다 옆으로 놓고 위에 보자기 덮어 허드레 넣었다. 꽃무늬 치마 뜯어 창과 방문에 휘장을 쳤다. 처음엔 젓갈 만드는 공장에 다니고 밤이면 오징어를 가져다 손톱이 닳고 지문이 없어지도록 포를 찢었다. 아무리 바빠도 세상에 하나뿐인 자식 수영의 입성엔 누추함이 붙지 못하도록 신경을 썼다. 값싼 옷이라도 정갈하게 다림질해서 입히고 머리는 이가 안 생기게 자주 감겨 빗질해서 깔끔하게 보이도록 긴장을 늦추지 않았다. 아무리 배가 고파도 남이 먹는 음식에 침 흘리지 않고, 잘사는 집 앞에서 기웃거리지 못하게 이르고 또 일렀다.

하루 종일 집을 지키거나 주인집 아이들과 놀곤 하던 수영은 귀옥이 돌아오는 시간은 귀신같이 알아서 미리 골목에 나와 어머니를 기다렸다. 저 멀리 귀옥의 그림자가 어른거리면 누구도 알지 못하는데 수영은 골목길을 달려내려오며 엄마아! 목이 터지게 불렀다. 숨을 헐떡이며 귀옥의 몸뻬 자락에 매달리면 귀옥은 야멸차게 수영의 손을 떨쳐 냈다.

"만지지 마! 손에 냄새 밸라!"

수영은 본능적으로 어미 맘의 뜨거움을 느끼고도 서운했고 슬펐다. 우는 거 싫어하는 어머니 앞에서 울지 못하고 그저 손가락을 입에 문 채 고개 숙였다.

"손가락 입에 물면 안 된다!"

수영은 그것도 못했다.

귀옥은 아직도 집으로 가는 길목에서 가끔 그맘때의 어린 수영을 떠올리곤 하였다. 악착같이 살아남되 주위에서 손가락질 받지 않아야 했다. 대학 시험에 한 번 떨어지고 대학 가기 싫다는 딸이 잠시 원망스러웠지만 원망도 제 욕심이고 욕심은 또한 헛것이니 마땅히 버려야 한다고 여겨 받아들였다. 무슨 장신구 선물 가게를 연다고 해, 생선 장사보다야 열 배 낫지 싶어 돈을 대 줬다. 용돈이라도 벌어 보고 장사도 하다 보면 배우는 게 한두 가지가 아닐 것이었다. 사람이 한세상, 차분하고 또한 유별나지 않게 살다 가면 그만이라고 귀옥은 생각했다. 제 몸에서 떨군 혈육 한 점, 아침저녁 얼굴 마주 보고 살 수 있으니 귀옥은 행복을 더 바라지 않았다. 사람이 주어진 것 모르고 더 바라고 움켜쥐려 하면 비할 바 없이 추해지고 더 주어지지도 않는다는 걸 알았다. 복과 덕이 여기까지거니, 감사하면 슬그머니 평안이 찾아왔다.

이윽고 가게 앞에서 귀옥은 숨을 깊이 들이쉬고 마음을 가라앉혔다. 하마터면 가게 문을 힘차게 밀어붙이게 했을 벅찬 그리움을 지그시 눌렀다. 언제 생겼는지도 모를 귀옥의 버릇이었다. 크고 깊은 감정은 문턱에서 한 번 삭혀서 평소대로 만들어서 썼다.

귀옥은 손님처럼 문을 열었다. 순간 귀옥의 시선이 자신에게로 달려드는 남자의 눈과 마주쳤다. 젊은 청년의 눈길이 당황해서 바닥으로 떨어졌다. 순간 귀옥은 오늘 아침 잠자리에서 자신을 바라보던 수영의 얼굴을 보고 느꼈던 불길한 느낌이 고스란히 되살아났다. 귀옥의 표정이 저절로 굳었다.

"엄마다!"

수영이 소리쳤다. 귀옥은 그 들뜬 목소리가 걸렸다. 목소리뿐이 아니었다. 붉어서 번들거리는 얼굴빛도 거슬렸다.

"엄마한테 인사하세요. 엄마, 박정환 씨."

수영이 긴장을 감추지 못한 귀옥과 곤혹스러워하는 정환을 번갈아 바라보며 말했다. 정환은 벌써 앉았던 의자에서 일어나 귀옥의 앞으로 의자를 밀어 놓고 서 있었다. 귀옥이 그를 정색하고 바라보았다.

"예에, 수영이 어밉니다. 그냥 앉으세요."

귀옥이 어른스럽게 말했다.

"아닙니다, 어머님. 전 그만 가봐야 합니다."

정환이 말했다. 귀옥은 정환이 가야 한다는 말에 안심이 되어 의자에 앉았다. 고개를 돌려 가며 가게 안을 살펴보았다. 귀옥이 맘먹지 않았는데도 이상하게 너에겐 더 이상 관심이 없다는 표시를 하게됐다.

"엄마아, 정환 씨 어때?"

수영이 귀옥에게 물었다. 정환과 귀옥은 둘 다 민망해서 얼굴을 찡그렸다. 사람 앞에 두고 어떠냐고 묻는 철부지 딸이 안타깝고 한편 섭섭했다.

"어느 동네 사나? 낯이 익은데."

귀옥이 말했다. 정환을 처음 볼 때 인상이 좋진 않았지만 왠지 어디서 본 듯했다. 수영이 씩 웃고 정환이 얼굴을 붉혔다.

"정환 씨는 여기 사람이 아니야."

수영이 말했다. 정환이 놀란 눈으로 수영을 얼핏 보고 고개를 숙였다.

"그럼 어디서 오셨나요?"

귀옥이 낮은 소리로 물었다.

"논문 쓰러 잠깐 와 있대. 대학원생이니까."

말하는 수영은 지나치게 낭랑하고, 듣는 귀옥은 반대로 푹 고개를 떨구었다. 논문 쓰러 잠깐 와 있다는 대학원생이 왜 얼토당토않게 무슨 올무같이 여겨지는지, 사람에 대한 이런 느낌이 분명 옳지 않은데, 왜 이런 느낌이 드는지, 귀옥은 맘이 수선스러웠다. 아무리 청춘남녀라도 손님으로 오고 갈 수 있고 설령 자주 만난다고 어떻게 되는 것도 아닌데 왜 기분이 이렇게 혼란스럽고 찝찝한지 귀옥은 스스로도 언짢았다.

"서울에서 오셨습니까?"

"아 아닙니다. 저는 아주 촌사람입니다."

"서울은 대낮에도 코를 베어 간다니 촌사람이 좋아요."

귀옥이 허술하게 말했다. 수영이 깔깔대고 웃었다. 정환은 얼굴을 붉히며 귀옥에게 머리 숙여 인사했다.

"전 그만 가 보겠습니다. 실례가 많았습니다."

"더 있다 가지요. 난 그만 들어가 쉬어야 하는데."

귀옥은 맘에 없는 말을 했다.

"아닙니다. 일이 있습니다. 가 보겠습니다."

정환은 지나치게 정중하고 단호하게 말한 뒤 성큼 좁은 가게를 걸어 나갔다. 귀옥은 어정쩡하게 엉덩이를 들며 잘 가라 인사하고, 꼬리를 잘릴세라 빠지는 도마뱀같이 정환을 따라 나가는 수영의 뒷모습을 얼키설키 어수선한 심정으로 바라보았다. 괜찮겠지. 자신을 달랬다. 하지만 이내 아침의 가슴 철렁하던 느낌이 되살아났다. 왜 그랬을까. 저 청년 때문이었을까. 사람은 겪어 봐야 하는데…….

귀옥은 또다시 정환의 모습을 떠올려 봤다. 거슬거슬한 이목구비가 눈앞에 보는 듯이 그려졌다. 사람의 복은 울퉁불퉁한 두꺼비 상에 붙었다고 하는데, 그 얼굴은 좋은 말로 청빈했다. 궁하고 천한 구석은 없어 밥 먹을 걱정까진 안하게 될지 몰라도 풍성하게 살지는 못할 것이라고 생각했다. 사람의 넉넉함은 곳간에서 나고 정은 따뜻하고 너른 가슴에서 나올 것이었다.

귀옥은 이런 생각 끝에 벌떡 일어났다. 원 별걱정을! 자신의 과민을 나무랐다. 그저 한 번 본 청년, 좋아한다고 다 연애하고 결혼하는 것도 아니었다. 귀옥은 벽에 못을 박아 거리를 두고 늘어뜨려 놓은 나비를 톡 건드렸다. 나비들이 한꺼번에 출렁출렁 춤을 췄다. 조금 지나 출렁거림이 잦아들면 다시 톡 건드려 놓았다. 사람들은 눈에 보이는 것을 모두 제 손에 넣으려고 한다, 나비도 이렇게 손에 넣었구나, 귀옥은 생각했다. 이때 수영이 돌아왔다.

"엄마 배고프지!"

발갛게 단 얼굴에 여전히 윤기가 지나친 얼굴로 수영이 물었다. 말투는 아이처럼 귀엽고 표정은 어렸다. 수영을 바라볼 때마다 귀옥에겐 늘 이런 인상만 남았다. 어릴 때부터 학교에서 교사들이 구김살 없고 낙천적이며 붙임성이 좋다고 평했다. 하지만 귀옥은 언제나 외나무다리를 건너는 아이 보듯 하였다. 귀옥이 수영을 빤히 바라보았다.

"엄마, 나비 좋아? 이거 하나 엄마 방에 걸어 놓을까?"

수영이 이제 제자리에 멈춰 미동도 하지 않는 나비를 건드리며 물었다. 귀옥이 싱겁긴, 하는 표정으로 바라봤다.

"그런데 엄마, 정환 씨 어때?"

수영이 눈을 반짝이며, 물었다. 그래도 그 눈 속에 수줍음이 아롱거렸다. 귀옥이 그 눈길을 외면했다. 왼손 검지 끝으로 엄지손톱을 이리저리 밀며 까무룩히 생각에 잠겼다. 그런 귀옥을 간절하고 초조하게 바라보던 수영이 침을 꼴깍 삼켰다.

"선경 언니 아는 사람인데."

순간 귀옥이 차렷하듯 팔을 내리고 수영을 바라보았다.

"선경이라면 술집 하는 여자 아니냐?"

귀옥의 목소리가 냉정했다. 수영은 입을 삐죽 내밀었다. 얼굴이 붉어졌다.

"선경 언니는 좋은 사람이야. 나한테 얼마나 잘해 주는데."

수영이 볼 부은 소리로 말했다. 아무리 좋아도 술장수가 밥장수만

하고 밥장수가 농사꾼만 하냐? 귀옥은 이렇게 말하고 싶은 걸 삼켰다.

"선경 언니 친척 남동생하고 잘 알아."

"그 애한테 대학 다니는 동생이 있었니?"

"친동생은 아니고 사촌인가 그럴 거야. 그런데 엄마, 사람 차별하지 마. 대학 안 다닌 사람은 대학 다닌 사람하곤 못 놀아? 대학생이 뭔데."

수영은 대학생이 뭔데, 라는 부분을 말할 때 좀 꼬아서 이죽댔다. 그게 귀옥의 귀에 거슬렸다. 대학생이 뭐냐고, 굴러다니는 개똥 취급 하는 건 세상을 몰라도 한참 모르거나 그저 뒷전에서 밥이나 먹고 살겠다는 뜻인데 귀옥은 그런 생각을 밑바닥에 깔고 앉은 딸의 깊은 맘을 느끼는 게 속상하고 슬펐다. 어린 딸 손목 잡고 이곳에 와서 한 가닥 한 가닥 뿌리내릴 땐 숨어서라도 속 편하게만 사는 게 지상의 목표이긴 했다. 하지만 억척으로 몸 돌보지 않고 일해서 사글세에서 전세로, 다시 십여 년 허리띠 졸라서 제 집 마련하는 동안 그 절박하고 낮았던 희망이 저절로 몸피를 키웠다. 하나뿐인 혈육 보란 듯이 길러 학교란 학교는 다 보내고 싶었다. 남 듣기 좋은 박사증도 받게 해서 사각모자 눌러 쓰고 박사 띠 두른 딸 사진을 보란 듯이 벽에 걸어 두고 싶었다. 비록 얼굴도 모르는 제 아비 때문에 연좌제에 걸려 더 이상 오르지 못할지 몰라도, 그래서 그때 마침내 제 처지와 세상을 한꺼번에 알아채도 괜찮을 것 같았다. 그런데 무슨 일인지 몰라도 수영은 그 문턱조차 가려 하지 않았다. 울컥 부아가 치밀어

네 아버지가 어떤 사람인지 아느냐, 납북 어부에 간첩 소리만 들어도 오금이 저려 제풀에 주저앉게 되는 신세를 네가 아느냐, 멀쩡한 처자식 두고 남들 다 돌아온 그 길을 어쩌자고 돌아오지 않아 내 인생을 이리도 캄캄한 밤중으로 만드는지, 더러 납북 어부 마누라 처지가 지긋지긋해서 무쪽 자르듯 다른 남자 만나 팔자 고친 여자도 있다만 너 하나 인생의 부적 삼아 품고 야반도주하듯 고향 떠난 이 어미의 마음을 네가 아느냐, 자식만은 부모가 만난 풍파를 못 보고 못 듣고 살게 하려 지극정성으로 빌고 비는 어미의 맘을 네가 아느냐…… 이런 생각에 잠긴 귀옥의 표정은 천길만길 아득하고 아득했다.

"엄마, 뭔 생각 해? 화났어?"

수영이 뚱한 목소리로 물었다. 귀옥은 듣고도 대답하지 않았다.

"엄만 내가 대학 안 가서 아직도 화가 났지?"

수영이 꼬챙이로 파듯 물었다.

"세상에 무서운 게 사람이란다. 사람보다 더 무서운 게 없는 줄이나 알고 있으면 된다. 호랑이 굴에 들어가도 정신만 똑바로 차리면 산다니까. 그나저나 뭐 좀 먹어야 되잖니? 버스 타고 오았는데 몸이 곤한 건 무슨 조환지."

"그런데 엄마, 어디 갔었어?"

"상(喪)이 나서 문상 갔었다. 넌 누구래도 모르는 집이다. 뭘 시켜서 먹자. 손님이 안 와도 열어 놓은 가게엔 사람이 있어야 한다."

귀옥이 이렇게 말하자 수영이 중국집과 해물탕집 등의 전화번호 적힌 딱지를 서너 개 꺼내 놓았다. 수영은 해물탕이 어떠냐고 물었지만 냄새 덜 나는 중국집 자장면과 우동으로 하자고 해서 그렇게 정했다. 음식을 기다리는 동안에도 수영은 귀옥에게 두 번이나 더 그 남자가 어떤가 물었다. 귀옥은 한결같이 나쁘진 않다는 말에서 더 나아가지 않았다.

"그 청년이 좋으냐?"

귀옥이 이렇게 물은 건 음식을 먹기 시작하고서였다. 순간 고개를 들고 스치듯 어머니를 바라보는 수영의 눈에 물기가 그렁거렸다. 대답도 하지 못하고 아랫입술을 물었다. 그 모습을 놓치지 않은 귀옥의 맘에 주먹 같은 돌 하나가 박혔다. 남보다 잘나거나 똑 부러지게 똑똑하진 못해도 할 말 못하고 뭉그적거리지 않는 딸인데 지금 영 딴 사람이 된 딸의 태도에 귀옥은 갑자기 목이 깔깔해졌다. 젓가락을 놓고 싶지만 꾹 참고 꾸역꾸역 우동 국수 가락을 입에 넣어 씹었다. 목이 깔깔해도 한 입 한 입 넣어 짓씹어 삼키면 결국 힘이 된다고, 홧병에 된몸살 걸려 자리에서 일어나지 못하던 귀옥에게 시어머니가 죽사발 들고 앉아 말했었다.

자장면 그릇에 젓가락을 담아 밀어 놓은 건 수영이 먼저였다. 반 그릇도 비우지 못하고였다.

"맛이 없니?"

"배가 불러. 점심을 너무 많이 먹었거든."

"니 맘을 니 속에다가 꼭 붙들어 매라. 뭔 일이 생겨도 그래야 해. 평생 죽는 날까지. 지 맘을 못 잡으면 뜬 사람이 돼서 가치가 없어져. 배우고 못 배우곤 둘째야."

귀옥이 말했다. 수영은 대답하지 않고 잔에 냉장고의 보리 물을 따랐다. 수영은 앉지 않고 빈 우동 그릇에 자장면 그릇을 겹치고 그 속에 단무지 양파 자장 접시를 넣었다. 이때 눈물 한 방울이 툭 떨어지는 걸 귀옥이 놓치지 못했다. 가슴이 철렁 내려앉고 아렸다. 하지만 알은체하지 않고 일어섰다. 고단하게 늦도록 문 열고 있지 말고 들어오라고 말했다. 그렇게 말하는 어머니를 바라볼 때도 수영의 눈엔 샘물이 그득했다.

"엄마, 힘든데 택시 타고 가."

문턱에서 수영이 천 원짜리 몇 장을 손에 쥐어 주며 말했다. 귀옥이 돈을 받고 싶지 않아 남의 손처럼 어정쩡하니 들고 수영을 바라보았다.

"그래. 받는다. 우리 딸이 번 이 돈에다 똥그래미 열 개 더 붙여서 잘 쓰마!"

귀옥이 뜨겁게 말했다. 그리고 돌아섰다.

"엄마, 정환 씨 좋은 사람이야."

수영이 귀옥의 등뒤에다 말했다. 순간 귀옥이 소금 기둥처럼 빳빳해졌다. 몇 초였다. 그리고 택시를 잡으려는 수영에게 잠시 야채 가게에 들른다고 말하고 성큼성큼 걸었다. 야채 가게엔 들르지도 않고 집 앞까지 거의 한 시간을 걸었다. 한 생각에 사로잡혀 언제 집 앞에 이르렀는지 몰랐다. '좋은 사람'이라는 청년과 수영의 눈에 가득 찬 샘물이 머릿속에서 한 순간도 떠나지 않았다. 현관문을 열고 들어가 어두운 집에 불을 켜고 마루 가운데에 우두커니 섰다. 꼬리에 꼬리를 물던 생각이 다시 앞대가리를 덥석 물었다. 벌써 맘을 뺏겼나…… 맘이야 시간이 지나면 돌아오는 거. 몸을 뺏겼나. 벌써 몸을 주었나. 몸을 줬을까…….

귀옥은 의자에 털썩 주저앉았다. 눈앞이 캄캄하고 아득해졌다.

설마 거기까지야.

귀옥은 이렇게 생각했다. 생각이 여기에 미치면 숨이 널뛰듯 했다. 몸을 뺏기면 어때. 몸이 어디로 가나. 제 몸이 제 몸이지 누구 몸인가. 귀옥은 가까스로 이런 생각을 했다. 영화를 보고 연속극을 보고 젊은 사람들 보면 세상이 자기 처녀 때와는 분명 달랐다. 달라진 세상을 모르고 옛날 생각만 하면 바보지, 내가 천치지, 귀옥은 이렇게 생각을 밀다가 정신 차리고 옷을 갈아입었다. 사람만 상하지 않으면 된다, 생각하고 깊은숨을 거푸 쉬었다. 이때였다. 불현듯 정환이 수영의 아버지와 인상이 비슷하다는 걸 깨달았다. 속에서 기이한 소용돌이가 일기 시작했다. 두렵고도 경이로운 느낌이었다. 하지만 미지근한 물에 몸을 씻고 나서 귀옥은 다 부질없는 것이라고 맘을 가라앉혔다.

정환은 수영이네 가게에 들른 것이 후회됐다. 후회가 클수록 화가 치밀었다. 느닷없이 문을 열고 들어선 아주머니의 찌르는 시선을 받았을 때는 피할 수도 없고, 그저 죽을 맛이었다. 택시를 타고서도 으깨진 기분은 바로잡아지지가 않았다. 어두운 길로 어쩌다 화물차가 지나갔다. 정환은 차창 밖을 쏘아보았다.

어릴 땐 점심 시간이 곤욕이었다. 넷째 수업이 끝나기 무섭게 자리를 뜨면 괜찮은데, 어쩌다 책상 치우는 게 늦어져서 아이들이 도시락을 꺼내 놓고 먹기 시작할 때면 벌써 몸이 뻣뻣하게 굳는 것이었다. 모든 아이들이 점심을 먹을 때 나만 먹지 못한다는 사실, 점심을 먹지 않는 것이 체중 조절이나 하루 두 끼 식사 취향 때문이 아니라 '가난' 때문이라는 게 여지없이 드러나야 할 때, 밥을 먹는 아이의 호기심으로 바라보는 눈길과 마주쳤을 때 정환은 '죽고' 싶었다.

그리고 그때, 대쪽 칼로 양귀비 씨방에 칼집을 내다 허리를 펴는 순간 섬뜩하게 찌르던 눈빛, 낯선 남자의 눈길에 정환은 자지러졌다. 그는 도라지꽃 흐드러지게 핀 가운데에 홀연히 서 있었는데 마치 횡액의 표적 같았다. 마약 사범은 이 지구 어디에서도 받아 주지 않지. 죽기 전엔 팔자 고칠 생각 하지 말게. 동네에선 다 착실한 청년이라고 하던데. 그가 이렇게 말하지 않고 정환을 동정했다면…… 정환은 요즈음도 불길한 꿈을 꾸고 나면 이 순간을 떠올리곤 하였다. 가끔 그 자리에서 죽었어야 했다고 생각할 때도 있었다. 올해 초 경찰서에 새로 부임한 윤 형사가 꼭 그 느낌이었다. 도 경찰국까지 진출했다가 '좋지 않은 일'로 좌천되어 왔다는 윤 형사와 인사를 하고 돌아서는 순간 정환은 도라지 밭에서 쏘아보던 그 남자를 떠올렸다. 윤 형사는 한술 더 떠서 너의 미래까지도 내 한 손에 들어 있다는 태도를 보였다. 언제나 그 점만은 한결같았다. 정환은 윤 형사가 불안하고 싫었다. 그의 범죄 경력으로 이런 곳에 산다는 것 자체가 무모한 선택일 것이었다. 그러나 정환은 자신의 생에서 바라지 않는 게 있었다. 아름답거나 행복한 모든 것에 대하여.

택시가 시내로 접어들었다. 항구 카바레와 나이트클럽의 네온 간판이 번쩍거렸다. 세관과 시청과 경찰서의 우두머리들은, 보통사람들은 있는지 없는지도 모르는 은밀한 방에서 그들만이 알 수 있는 이권과 정보를 주고받으며 주지육림을 즐길 것이고, 그들보다 지체 낮은 관리는 포주와 내통해서 화대 없이 한탕 뛰고 아무 일 없었던 것처럼 시침 뚝 떼고 점잖게 돌아갈 것이었다. 사람 사는 세상은 언제나 빙산 같아서 눈에 보이는 건 작고, 전체를 알려고 하는 건 장님이 코끼리 다리 만지는 것과 다르지 않으며, 코끼리 다리 저마다 아는 것만큼 만지고 돌아앉아 잘났고 잘났다.

정환은 항구 도시의 밤거리로 스며들며 우울하고 어둡고 역겨운 감상에 빠져들었다. 택시에서 내려 휘적휘적 걷는 그는 갑자기 이 거리가 싫어졌다. 그렇다고 가고 싶은 데도 없었다. 반 시간 전에만 해도 그를 낯선 감정에 젖게 하던 선물의 집 바다와 수영이라는 여자, 그리고 날카롭고 깔끔한 인상의 아주머니 귀옥은, 벌써, 쉽게, 잊어버렸다. 그는 여태 한 사람도 자기 내면에 받아들인 적이 없어서 그게 늘 익숙했다.

얼마를 걸었을까. 누가 뒤에서 정환의 팔을 잡아당겼다. 정환이 화들짝 놀라며 뒤를 돌아보았다. 명희가 웃고 있었다. 정환은 명희가 반가웠다. 이를 드러내고 웃었다.

"왜 이렇게 놀라? 놀랄 일이라도 생긴 거야?"

명희가 바짝 붙어 서서 말했다. 정환은 자신도 모르게 손바닥으로 얼굴을 문질렀다. 손바닥에 살갗이 뻣뻣하게 닿았다. 금방 붉고 흰 얼룩이 내비친 얼굴로 명희를 바라보며 휴우 한숨을 내쉬었다.

"한숨을 다 쉬구."

명희가 나무라듯 중얼거렸다. 순간 정환의 머릿속으로 '다 끝냈다'라는 생각이 휙 지나갔다. 문득 정신이 드는 느낌이었다. 다시는 만날 필요도 이유도 없는 사람들 속에서 잠깐 정신을 잃었던 기분이었다. 여기 101번지가 아닌 다른 곳은 정환 자신과는 상관없는 세상이라고 생각했다. 이런 생각을 하자 마음이 한결 개운해졌다. 자기가 발 딛고 선 자리가 뭔지도 모른 채 그저 열등감과 치기와 수줍음뿐인 처녀 수영. 자신을 관찰하던 수영 어머니의 날카롭고 경계심 가득하던 시선도 떠올랐다. 정환은 다문 입 안에서 어금니를 갈았다. 그리고 지금 자신의 복잡한 표정이 오락가락하는 얼굴을 물끄러미 바라보는 명희의 조붓한 어깨를 잡았다. 괜찮아, 살 수 있어. 이런 수화(手話) 같았다. 명희가 정환의 팔뚝을 잡고 흔들었다.

"어디 갔었어? 하루 종일 안 보이던데."

명희가 부러 눈까지 흘기며 물었다. 정환은 자신도 애매해서 눈을 쪼프리고 꾹 다문 입술을 길게 밀었다.

"설마 우리 모르게 어디다가 샛살림 차린 거 아니야?"

정환은 '샛살림' 같은 말의 재미며 깊고 옅은 가지가지 내막은 상상도 못해서 고개를 갸웃해 보였다. 그리고 되레 101번지 쪽에 나쁜 일이나 생겼을까, 문득 긴장했다.

"뭔 일 있어?"

명희가 고개를 둘레둘레 저었다. 그러더니 정환의 팔을 흔들었다.

"차암, 내 정신 좀 봐! 할 말을 까먹고 엉뚱한 말만 지껄였네. 자기 형님 있다고 했지? 그러니까 조카! 이름이 뭐라더라? 난 벌써 망령기가 들었나 봐. 듣고 돌아서면 까먹어. 큰일이야. 차라리 죽는 게 나은데. 민, 민, 민호? 민석? 뭐라고 그랬는데. 알지?"

"민석이야!"

"아 그래! 민석이. 자기 형님 아들 맞지?"

명희가 정환을 바라보며 말했다. 정환이 대답하지 않고 입 한 쪽으로 치익 바람을 냈다. 얼굴에 어두운 그늘이 스쳤는데 명희는 느끼지 못했다.

"순진하고 어리버리한 건 딱 지 삼촌이데, 국화빵이야. 그거 보고 한눈에 자기 찾아온 아이라고 생각했어."

명희가 말했다. 정환은 고개를 숙였다. 순진하고 어리버리하다…… 명희의 말을 속으로 곱씹었다. 순진한 것도 싫고 어리버리는 더더욱 싫었다. 자기 목숨을 던져 무엇을 표현하고 싶은 강렬한 욕망이 정환의 내면에서 꿈틀거렸다.

"지금 어디 있지?"

"여인숙 내실에 잘 보관해 뒀어. 내가 뭐 좀 먹이려 해도 고개만 저어. 지 삼촌 닮아 고집은 쎄데."

"그래. 고맙다. 늘 고마워."

정환은 명희에게 진심으로 말했다. 명희도 그 진심을 느꼈다. 둘은 길에서 반대로 나뉘었다. 돌아보고 서로 손을 흔들어 줬다. 정환은 여인숙으로, 명희는 남자를 낚으러 거리를 서성거릴 것이었다. 한때 한국 남자는 상대하지 않던 명희는 외항선이 붐비지 않아 다시 거리로 나섰다.

명희와 헤어지자마자 정환의 마음은 조급해졌다. 정환이 어디에서 살고 있는지 주소를 아는 사람은 세상천지에 민석이 하나였다. 출소한 뒤 이곳에 방 한 칸 얻어 든 뒤에 고향 솔거리로 갔었다. 하룻밤 자고 집을 떠나는 정환의 앞에 서서 배웅하는 삽살개처럼 걸어가던 어린 조카. 그 애의 뒷모습이 어찌나 가난하고 순박하던지, 정환은 그 애를 품에 안고 엉엉 울고 싶었다. 넌 나처럼 되지 마라, 넌 나처럼 살지 마라, 네 인생은 그 어떤 수모도 모욕도 능멸도 받아선 안 된다, 이런 말들을 하고 싶었다. 아니 그 애의 순수에 기대어 위로받고 싶었을지 몰랐다.

정환은 멀지 않은 길을 뛰었다. 무슨 일이 생겼을까. 불길하고 불안하고 초조하고 갈급증이 일었다.

생의 등대

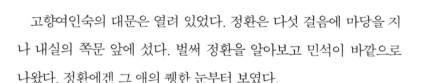

고향여인숙의 대문은 열려 있었다. 정환은 다섯 걸음에 마당을 지나 내실의 쪽문 앞에 섰다. 벌써 정환을 알아보고 민석이 바깥으로 나왔다. 정환에겐 그 애의 퀭한 눈부터 보였다.

"아이구야 학생, 이젠 살았다아!"

복도 끝 쪽에서 숙박계를 들고 나오던 종업원이 소리쳤다.

"오늘은 왼종일 어딜 갔었나아? 아무데도 없데? 도무지 봤다는 사람이 있어야지? 이 학생은 사람이 왜 그렇나아? 쫄쫄 굶고도 먹지 않겠다네. 삼촌이 와야 먹는다니……"

정환은 종업원을 바라보지도 않았다. 가자! 눈빛으로 민석에게 말했다. 그리고 둘이 등 돌리고 대문을 나섰다.

"쳇! 저 인간은 뭘 먹고 살기에 늘 저렇게 시건방진가 몰라? 지나

내나 밑구녕에 붙어 먹고 사는 처지에…… 씨팔놈…….

종업원은 정환의 뒤에 대고 욕을 했다. 정환을 주는 거 없이 싫어 하는 사람도 많았다. 뭔가 물 위에 기름 돈다고 느껴서 불쾌해 하기 도 하였다.

민석은 정환의 등뒤에 바짝 따라붙었다. 정환은 여태 말 한 마디 없었다. 골목은 비좁은 데다 어둡고, 쉰내와 땀내 같은 것이 들썩거 렸다.

어두운 골목을 빠져나오자 화물차 한 대가 서 있는 큰 골목이 나 왔다. 세탁소와 음식점들이 있었다. 길 쪽으로 환풍기를 낸 부산돼 지갈빗집에서 고기 타는 내가 퍼져 나왔다.

"뭘 먹을래?"

비로소 정환은 고기 타는 냄새를 맡으며 입을 뗐다. 그의 목소리 가 한없이 눅눅했다. 민석은 대답하지 못하고 웃었다. 허연 이가 다 드러났다. 정환과 눈이 마주치자 고개를 숙였다. 정환은 민석의 등 을 밀고 갈빗집 안으로 들어갔다.

"어서 와요. 오랜만이네요."

주인 여자가 계산대에 앉아 있다가 인사하였다. 정환은 구석자리 를 잡았다. 시간이 늦었는데도 자리가 꽤 차 있었다. 방금 손님이 빠 져서 빈 그릇을 치운 식탁엔 채 썬 파 조각과 콩나물무침 같은 것이 떨어져 있고 화덕 자리는 후끈거렸다.

정환은 갈비 2인분을 주문하고 소주도 한 병 시켰다. 민석은 조심스럽게 가게 안을 훔쳐보았다. 정환이 처음 여인숙 문으로 들어섰을 때, 민석은 꼭 동지섣달 삭풍에 이리저리 쓸리는 비닐봉지같이 을씨 년스러웠으나 지금은 한결 편해 보였다. 숯불 화로 위에 빈 석쇠가 놓이고 밑반찬이 주르르 얹혔다. 민석의 눈길이 감당 못할 풍경에 휘둘리듯 흔들렸다.

"우선 이거라도 먹어."

정환은 삶은 쭈꾸미를 가리키며 말했다. 민석은 먹을 것이 많은 데 놀라고 기뻐서 혀를 낼름 내밀었지만 음식에 젓가락을 대지 못했다. 뭔지 그 애는 이 현실이 부끄러웠다. 종업원이 숯불을 가져다 놓고 그 위에 석쇠를 얹고 갈비를 펴 놓았다. 민석의 눈이 고기에 박혀 움직이지 못했다.

"미리 이 인분 더 주세요."

정환은 익은 고기를 뒤집고 가위질해 두는 종업원에게 말하고 자기 접시에 얹히는 고깃점을 민석의 접시에 놓아 주었다. 이 애가 무슨 일로 여기까지 찾아왔는지 궁금했지만 묻지 않기로 했다. 사정을 듣기가 두려웠다. 희망이 보이지 않는 궁핍은 뻔했다. 한해거리로 씨를 붙여야 낱알이라도 털게 되는 산등성이의 화전밭. 토종벌 몇 통. 집 앞뒤로 심은 당귀…… 돈을 구경하자면 무언가를 지고 이고 먼 삼십 리 길을 걸어 면(面)의 오일장에 다녀와야 했다. 나물 돈는 봄철부터 머루 다래 거둘 때까지 산을 뒤져 뜯고 꺾고 캐고 따서 돈을 만들었다. 그래도 짠 간고등어 한번 맘껏 먹어 볼 수가 없었다.

겨울이 되면 정환의 형 영환은 탄광으로 가서 날품을 팔다가 돌아왔다. 돈을 번다기보다 군입 하나 더는 폭이었다. 그러던 영환이 동네 뒷산에 산판이 나자 거기 가서 목도질을 하다가 다리를 다쳐 기어이 절름발이가 되었다. 더 물어볼 것도 알아야 할 것도 없었다. 죽느냐 사느냐 딱 그거 두 가지였다.

화덕에서 연기가 올라와 민석이 쪽으로 쏠렸다. 그 애는 얼굴을 찡그리고도 쉴 새 없이 고기를 먹었다. 정환은 연신 고기를 뒤집고 가위질을 해서 민석의 접시에 얹어 주었다.

"천천히 먹어. 체할라. 언제 왔니?"

정환이 물었다.

"오후…… 저녁때쯤요."

입 안에 가득 든 고기를 꿀꺽 삼키고 잘못한 거라도 들킨 것처럼 당황해서 말했다. 정환은 벌벌거리는 민석의 지레 주눅 든 모습이 보기 싫었다.

"얘긴 나중에 듣자. 우선 천천히 많이 먹어라. 체하진 말구."

정환이 말하고 뒤를 돌아보았다. 눈이 마주친 종업원에게 사이다 한 병을 시켜서 맥주 잔에 가득 채워 주고 자신은 소주를 시켰다.

"사이다 마시면서 먹어. 천천히. 실컷 먹어."

정환이 말했다. 그는 맥주잔에 소주를 부었다. 빈속에 소주가 전신으로 퍼지는 걸 거의 음독의 감정으로 느끼기 시작했다.

정환은 이제 고기를 집어 먹는 손질이 한결 둔해진 민석을 슬쩍 바라봤다. 그래도 넌 나보다 형편이 낫구나. 술기운이 불그레 감도는 눈을 조카의 얼굴에서 떼지 않고 생각했다. 자신은 솔거리를 벗어나면 찾아갈 사람도 없던 집안 형편을 말해 줄까 싶었다. 그러나 머지않아 알게 될 것이었다.

탄광에 다녀온 정환의 형 영환은 동생을 앞에 앉혀 놓고 사뭇 비장하길 여러 번이었다. 사람이 사람 대접 받고 살려면 도회지로 나가야 하고 펜대를 잡아야 한다고 말했다. 초등학교를 졸업한 형이 '펜'대라고 말할 수 있게 된 것도 어쩌면 세상 군상들이 다 모여드는 탄광 바람을 쐰 덕이었다. 그러나 어떻게 도회지로 나가고, 펜대를 잡자면 어떻게 해야 될지 영환은 알지 못했다.

그는 동생 정환이 영특하고 생각이 깊고 키가 훤칠하고 이목구비가 나무랄 데 없다는 것에 고무됐다. 동생이 학교에 들어가자마자 우등상을 받아오는 게 기쁘다 못해 신기했다. 그러나 그는 동생이 점심을 거른다거나 열다섯 나이에 낯선 곳에서 이미 뼈 시린 가난을 살아 내야 했다는 건 깊이 이해하지 못했다. 공부만 잘하면 모든 게 해결된다고 믿었다. 정환은 선생이 대 준 연줄로 아이를 가르치고 슈퍼마켓의 배달을 했고 신문과 우유 배달도 했다. 그 시절 정환에겐 시간만 있다면, 허기만 지지 않는다면, 잠을 자지 않고도 살 수만 있다면…… 시험 공부는 아무것도 아니었다. 공납금은 장학금으로 해결됐지만 우선 방세를 물고 먹고 살 것이 급해서 교과서 말고는 읽고 싶은 산더미만큼의 책들을 구경만 하고 넘기는 게 속상했다.

이런 것도 모르는 형으로부터 정환은 일 년에 두어 번, '희망'과 '출세'와 '집안을 일으켜 세울 임무'를 귀가 닳도록 들어야 했다.

"삼촌도 드세요."

제 보기에 술만 마시는 정환에게 민석이 말했다.

"그래!"

정환이 힘차게 대답했다. 술기운 덕이었다.

"이제 삼 학년이니?"

정환이 민석에게 물었다.

"예."

민석이 씹던 음식을 입 안 구석으로 몰며 대답했다.

고등학교에 가야겠구나. 정환은 이렇게 말하고 싶었다.

"신씨 아저씨가 죽었어요. 폐암으루요."

민석이 엉뚱한 말을 했다. 신씨 아저씨? 정환은 머릿속에서 기억을 들췄다.

"누가 죽어?"

"신씨 아저씨요."

민석이 정환을 빤히 바라보았다. 정환이 천천히 고개를 끄덕이기 시작했다. 민석의 얼굴에 의기(意氣)가 스쳤다. 정환은 여전히 고개만 주억거리고 있었다.

"개울 건너에서 개 키우는 집요. 삼촌이 그 아저씨 때문에……."

삼촌이 그 아저씨 때문에, 라고 말할 때 민석의 목청이 커졌다. 정환은 고개를 숙인 채 술잔을 잡고 손안에서 돌리고 있었다.

영환은 정환을 지서에 고해바친 것이 그 사람이라고 믿었다. 남 잘되는 거 못 보는 사람이라고 말했다. 아들 사형제 모두 외지로 보내 가르쳐도 제대로 밥벌이 하나 못한다고 하였다. 그의 집안은 멀리 왜정(倭政) 때부터 동네 구장을 했다. 그의 큰아버지는 육이오 사변 때 총 빼들고 위협하는 바람에 겁먹은 사람들이 죽지 않으려고 짐꾼 노릇 한 것까지 부역으로 적어 바쳐 여러 사람이 제명 못 살게 한 사람이었다.

늘그막의 그는 값비싼 진돗개와 도사견을 기르고 살았다. 재작년이었다. 아버지 제사를 보러 7년 만에 고향으로 갔었다. 동네 어귀에서부터 대여섯 마리나 되는 개들이 한꺼번에 캐갱 컹컹 짖어 대어서 꼭 저승 골짜기 같았다…….

정환은 신씨에 대해 생각하였다. 세상에는 그런 사람도 있었다.

"언제 죽었니?"

"지난 삼월에요. 눈이 많이 오고 바짝 추운 때 있었지요? 그때 죽어서 사람들이……."

"뭘루 죽었다고?"

정환은 신씨가 죽은 것이 자기 공적이거나 한 것처럼 다소 들뜬 낯으로 말하는 민석의 신바람을 가르며 물었다.

"폐암이래요. 암 중에서 제일 나쁜 거래요."

민석이 고자질처럼 말했다. 유치장으로 면회를 온 영환이 이를 갈

았었다.

"신가 놈의 짓이다!"

정환은 그때 아무 말도 하지 않았다. 도라지 밭 한켠, 서너 평 될까 한 땅에다 양귀비를 심었던 것이 '마약 사범'이라는 올가미에 걸릴 줄은 몰랐다. 등록금이 싼 국립대학교의 법과대학에 응시했다 떨어진 해의 여름 한철을 도라지 밭 한쪽에다 일인용 천막을 치고 지낼 때, 문득 불길하고 문득 해방감을 느끼고 문득 공포감에 휩싸이고 문득 자유를 느끼며 양귀비를 길렀다. 불법이지만 딱 한 번, 딱 한 번, '목돈'을 쥐면…… 무언가 세상에 대해, 세상과 자신의 처지에 대해 용서하고, 용서받고, 그럴 것 같았다. 비록 용서까지는 아니더라도 숨통은 트일 것 같았다. 정환은 그랬다.

그때, 하얗게 핀 도라지 꽃 사이로 막 양귀비 꽃망울이 마치 여드름 돋듯 톡 불거져 나오던 때, 그렇게 날이 다르게 자라고 변하는 생명을 보는 게 신기하고 경이로워서 눈만 뜨면 들여다보던 때였다. 양귀비 꽃잎은 정환에게 치마폭처럼 보였다. 아무리 달리 보려 해도 어머니의 치마폭을 뒤집어 놓은 것이었다. 한없이 부드럽고 가볍고 겸손한 느낌이었다. 그날, 아직 해가 산마루를 넘어오지 않았는데 무슨 쭈뼛한 느낌 때문에 둔성이 아래로 눈길을 주었다. 정환은 거기 어떤 짐승 같은 게 꿈지럭 지나가는 걸 느꼈다. 순간 그의 등줄기가 서늘해졌다. 더러 오소리가 지나가긴 했었다. 들고양이도 있었다. 그러나 그런 것들과는 느낌이 달랐다. 엄습한 공포감에 정환의 오금 뼈와 살이 흐물흐물 물러앉았다. 그는 이미 밭둑에 주저앉아서 얼핏 사라져 버린 수상쩍은 짐승의 움직임을 되새겼다. 뒷짐을 진 채 찌르듯 쏘아보던 중늙은이. 그 사내. 설마.

정환은 제 눈을 의심하고 싶었다. 덩치 큰 수놈 오소리거니, 하였다. 산돼지일지도 몰라, 생각했다. 흰색 도라지 꽃. 이슬을 맞아 청초하기 이를 데 없었다. 그러나 어찌 양귀비꽃을 도라지에 비할까. 어림도 없었다. 바람에 마구 흔들려도 결코 꺾이지 않았다. 범법에 대한 두려움이나 죄책감은 씨앗을 뿌릴 때뿐이었고 포실포실 흙을 밀고 올라오는 연두색 애순을 지켜보는 때부터 그런 감정은 사라졌다. 그렇게 잊고 지낸 공포가 그 순간 싱싱하게 살아나서 정환을 옥죄었다.

출소한 후에도 정환은 '신가'를 잊지 않았다. 그러나 얼굴 한 번 보지 않고 지냈다. 한여름, 말로 할 수 없는 희망과 자유와 행복을 느꼈던 산꼭대기 도라지 밭은 다시 가 보지 않았다. 돌아올 수 없는 스무 살처럼 그 시간은 흘러간 것이었다.

민석은 고기 몇 점을 남겨 두고 손을 놓았다. 사이다를 벌컥벌컥 들이켜다 재채기까지 한 민석은 트림도 하였다.

정환은 계산을 했다.

"속이 거북하냐?"

부산돼지갈빗집 앞에서 정환이 물었다.

"아니요. 그런데 너무 많이 먹었나 봐요. 점심을 안 먹고 떠났거든요."

민석이 처음보다 몰라보게 풀어진 목소리로 말했다.

정환은 이미 셔터를 내린 약국을 바라보다가 근처의 구멍가게로 갔다. 활명수 두 병을 사고 사이다도 한 병 더 샀다.

여인숙에 오자마자 민석이 화장실부터 찾았다. 설사를 하는가 싶었는데 토하는 것이었다.

정환은 잠자리를 폈다.

"여기가 삼촌 집이에요?"

방 안에 들어오자마자 한바퀴 휘 둘러보고 난 민석이 의아스러운 목소리로 물었다.

정환은 대답하지 않았다.

민석은 아무래도 이해할 수가 없었다. 여인숙이라면 잠깐 머무는 집이다. 이런 곳에서 삼촌이 오래도록 산다니 믿기지 않았다. 이렇게 살 거라곤 상상도 못했었다. 이유 없이 그랬다.

"임마 앉어."

정환이 말했다.

"여기가 삼촌 집이에요?"

민석은 마지못해 앉으면서도 궁금증을 어쩌지 못하고 다시 물었다. 정환이 흘깃 민석을 바라보았다. 짜아식. 나무라는 기분이었다. 그래도 민석은 방바닥에 앉지 못하고 한 번에 둘러볼 방 안을 두리번두리번하였다.

"삼촌은 집이 없어. 여긴 여인숙이란 데야."

정환이 못 박듯 말했다. 민석이 엉덩이부터 내리며 바닥에 앉았다.

"실망했니?"

정환이 거의 야비한 느낌이 들게 히죽 웃으면서 말했다. 민석은 고개를 숙였다. 정환은 자신의 추리닝 바지 하나를 내주었다. 여전히 고개 숙인 민석이 바지 고무줄 단을 만지작거리다가 정환을 바라보았다. 그러다가 정환과 눈이 마주치자 얼른 고개를 숙였다. 정환이 담배를 꺼내 입에 물었다. 불을 붙였다. 휴우 연기를 뱉어 냈다. 민석이 쿨럭했다. 정환이 문을 열어젖혔다. 대문 바깥에서 술 취한 남자들의 말소리가 어수선하게 넘어왔다.

"삼촌, 왜 이런 데서 살아요?"

민석이 울적한 목소리로 물었다. 실제로 그 애는 금방 울 것만 같았다. 정환은 아직 반도 타지 않은 담배의 불을 끄고 문을 닫았다. 크게 한숨 쉬었다. 아래윗목이 따로 없어도 그는 아래쪽에 조카의 잠자리를 만들었다. 한겨울에 오지 않아 한결 낫다고 생각했다. 외풍이 세고 방바닥이 차서 잠을 자지 못할 것이다. 그런 형편을 어린 조카에게 들키지 않은 것만 다행이었다. 민석이 억지로 자리에 누웠다. 그도 윗목에 팔베개를 하고 누웠다. 때가 끼어서 애당초 어떤 색깔이었을지 짐작이 잘 안 가는 나일론 이불자락을 민석이 잡아당겨 정환의 배와 다리를 덮었다. 순간 정환은 목이 메었다. 넌 나처럼 되지 마라, 말하고 싶었다. 나처럼……. 그는 자신의 '나처럼'이 어떤 것인지 사실은 몰랐다. 다만 미래가 불안하고 나아질 길은 없었다. 그랬다. 바로 이것이 나다. 정환은 생각했다. 한 번도 진지하게 자신을 바라보지 않았던 그가 조카를 옆에 뉘어 놓고 자신의 현실이 보여서 비참했다.

"자냐?"

그가 한없이 가라앉은 목소리로 물었다. 조카가 잠들어서 자기의 목소리를 듣지 못하길 바랐다.

"아니요."

민석이 고기를 먹을 때와는 딴판으로 기죽은 목소리로 대답했다.

"사람은 형편 따라 산다."

정환이 말끝에 '인생은 그런 거야' 하려다가 말았다. 어차피 민석은 정환이 말하는 '형편 따라'도 도저히 이해할 수 없을 것이었다. 차라리 가난하다거나 부자라고 하면 알아들을 수 있었다. '사람은 형편 따라 산다'는 말이 더 어려웠다. 민석에게 정환은 얼마나 '대단한' 사람인가. 아버지는 성적이 중간으로 도는 아들에게 '정환 삼촌의 학창 시절'을 전설처럼 들려주었다.

너의 삼촌은 돈 한 푼 들이지 않고 공부했다. 손에서 책을 놓지 않았다. 헌책방에서 구한 영어 사전을 나달나달하게 갈피가 닳도록 읽고 외고 머리에 베고 잤다. 원수 놈의 신가만 아니라면 틀림없이 법관이 되었을 것이다. 아까운 인물이다…….

한평생 '펜'대를 쥐고 발바닥에 흙 한 번 묻히지 않고 살아갈 수 있었을 사람…… 그 사람의 운명을 망가뜨린 신가는 죄받아 폐암으로 죽었다…….

민석에게 정환은 세속의 죄와 벌을 떠나 삶의 등대거나 '신기루'였다. 오늘밤 민석은 자신의 등대, 혹은 신기루를 남루하고 빈천하고 질척한 여인숙에서 확인하게 되는 게 차라리 고통이었다.

민석이 말로만 듣던 삼촌을 처음 본 것은 초등학교를 졸업하고 중학 입학식 날을 기다리던 때였다. 아무 소식 없이 그가 불쑥 나타났던 것이다. 할아버지 제삿날 저녁이었다.

삼촌은 새파란 만 원짜리를 아버지에게도 어머니에게도, 또 민석에게도 주지 않았던가.

"공부 열심히 해라."

삼촌이 머리를 쓰다듬으면서 말했다.

"어떻게 살 작정이냐."

아버지가 삼촌에게 물었다.

"아직…… 작정이 없습니다……."

삼촌이 말했다.

늦은 저녁, 어둠에 묻혀 왔던 삼촌은 다음날 어두운 새벽, 식구들의 배웅을 받으며 떠났다.

그날, 민석은 고개를 넘어서도록 뒤처져서 정환을 따라갔다. 정환은 불쑥 돌아보고는 조금 기다렸다가 가까이 다가온 조카의 손을 잡았다.

"이거 삼촌 주손데, 아무한테도 알리지 말고 너만 알고 있어. 삼촌이 필요할 때 연락해. 필요할 때. 그때. 알았지?"

"네!"

정환과 민석은 뜻하지 않게 '밀약'을 하였다. 그러고 나서 정환은 그 밀약을 잊었지만 민석은 잊지 않았다. 그는 삼촌이 주소를 적어서 찢어 준 수첩 쪽지를 윗방 시렁 틈에 고이 간직해 두었던 것이다.

그리고 두 해가 지나는 동안, 민석에게 삼촌 정환은 마치 산 사람의 추억에 남은, 죽은 사람의 사랑처럼 '신비함'만 남겨 주었다.

남들보다 두 해나 늦게 들어간 중학교 졸업을 앞두고 민석은 자신의 보석, 그 신비한 힘을 가진 쪽지를 움켜쥐고 집을 나서기로 했던 것이다. 중학교를 졸업하면 자기는 어떻게 살아가야 할지, 그걸 알고 싶었던 것이다…….

정환은 눈을 감았다. 그러나 이내 떴다.

"집에는 별일 없니?"

"예."

민석은 침을 삼키고 짧게 대답했다.

"넌 학교 잘 다니니?"

"예."

"아픈 사람은 없구?"

"예."

정환은 고향의 골짜기 동네를 떠올렸다. 가난을 면할 방법이 없었다. 아이가 하나 늘면 먹고 입고 재울 짐이 하나 더 느는 것이었다. 도회지로 나갈 엄두도 낼 수가 없었다. 도회지에 나가면 집칸 마련도 어렵지만 당장 할 일이 마땅찮았다. 막노동은 비 오는 날이면 굶어야 되는 일이었다. 그나마 척박한 터이지만 고향에서는 굶어 죽을 염려는 없었다. 그 대신 희망도 없었다.

"내가 겁나니?"

정환이 불쑥 물었다. 그러나 그는 곧 후회했다. 이렇게 물어선 안 됐다.

실망했지?

이렇게 물었어야 했다. 그리고 이런 말을 덧붙였어야 했다.

괜찮아. 삼촌은 곧 좋아질 거야.

"그만 자자."

정환은 전등불을 껐다. 방 안이 캄캄해졌다.

"예."

민석이 뒤늦은 대답을 하고 돌아누웠다. 그러나 오래도록 뒤척였다.

출입구 가까운 쪽에서 떠드는 소리가 들렸다. 주정뱅이가 들어온 모양이었다.

"독채 전세 냈어요?"

"조용히 합시다!"

밖에서 종업원과 손님이 주정하는 남자에게 소리쳤다.

정환은 문득 여기가 '여인숙'이라는 사실을 떠올렸다. 여인숙에서나마 잠잘 수 없는 사람들은 담 밑이나 대문 밖, 숲이나 빈 창고에 숨어들어 고단한 몸을 누일 것이다……. 바로 옆방에서 남자와 여자의 두 몸이 맞부딪는 소리가 났다. 거칠게 내쉬는 숨소리, 앓는 소리가 섞였다. 정환은 귀를 막고 싶어졌다. 이런 소릴 처음 듣게 되는 것도 아니었고, 매일 밤의 생활 같아서 느껴지지도 않던 환경이 지금 그에겐 마치 모욕 같았다.

"삼촌, 왜 이런 데서 살아요?"

정환은 민석이 묻던 말에 뼈가 아팠다. 이런 데서 산다는 것은 단지 처지가 어렵다는 뜻만은 아니라는 게 문득 깨우쳐지는 것이었다. 사람들이 오랜 세월 동안 사람으로서 살아오면서 만들어 낸 사람다운 것, 그 '품격'이 없다는 뜻이었다. 정환은 감고 있던 눈을 비틀어 짜듯이 찡그렸다. 가난하다는 것과 사람의 품격이라는 거머리, 미꾸라지가 그의 머릿속을 사정없이 들쑤시고 헤집어 놓았다. 그는 입을 꼭 다문 채 헛기침을 하였다. 민석이 돌아누웠다.

그래. 네가 어떻게 편안히 아무렇지 않게 잠들겠니. 정환은 생각했다. 조카에게 미안했다.

"여기 온다고 얘기하고 왔니?"

정환이 불쑥 물었다.

"아니요."

잠긴 목소리이긴 해도 민석은 기다렸다 싶게 냉큼 대답했다. 문득 정환은 조카의 인생이 물체처럼 느껴졌다. 자기 자신이 아닌, 다른 사람의 인생을 이렇게 한덩어리로 그 무게를 느끼는 건 난생 처음이었다.

"삼촌."

민석이 망설이는 듯이 불렀다.

"그래."

"난…… 정말…… 앞으로……."

"말해 봐."

"전요, 어떻게 살아야 할지 모르겠어요."

"쓸데없는 생각을 다 하는구나!"

정환이 자신이 듣기에도 싸늘한 목소리로 말했다. 그러나 민석은 지지 않았다.

"삼촌, 전요, 세상이 이해할 수가 없어서요, 세상을 알고 싶어요. 왜 사람들은 부자가 되고 가난뱅이가 되는지요."

"짜식!"

정환은 짜증스럽다는 듯이 돌아누웠다. 돌아누웠지만 머릿속이 어느 때보다 불속처럼 훤했다. 그는 이를 악물었다. 세상을 알려고 하지 마라. 속으로 말했다. 외항선원 정민이 생각났다. 누구에게나 살아가야 한다는 게 치욕이어서는 안 된다고 말했다. 무슨 뜻인지 언뜻 이해가 안 됐다. 그러나 묻지 않았는데 지금 생각지도 않게 그 말이 떠올랐다. 치욕이 뭉쳐서 혁명이 된다고 그랬던 그 선원. 정환은 가끔 그가 그리웠다. 그를 그리워하면 위안이 됐다.

"아버지는 삼촌이 똥도 버릴 게 없는 사람이라고, 그랬어요. 그런데 세상을 잘못 만났다고요."

"임마, 넌 그런 생각은 하지도 말아! 아무 소용도 없는 말이니까."

정환이 엄한 목소리로 말했다. 다시는 말도 못 붙이게 싸늘했다.

"그만 자라."

"예."

민석이 말했다.

정환은 자신이 세상을 잘못 만났다는 말은 검사에게서도 들었다. 그는 법관이 희망이었다는 정환에게 '오아시스는 어디서 툭 떨어지는 게 아니라'고 했다. 앵속을 재배해서 그것으로 인간을 타락시키고 그 타락의 값으로 대학에 가서 법관이 되어 보겠다는 게 얼마나 추악한 희망인가에 대해, 살벌하되 부드러운 목소리로 설명해 주었다.

"자네에겐, 자신조차도 깨닫지 못한 죄악의 불씨가 숨어 있어. 알아듣겠나? 무엇보다 우선 따뜻한 인성을 회복해야 해! 뼈아픈 반성의 기회로 삼아서 먼저 인간이 되도록……."

정환은 검사와의 이날 대화를 잊지 못했다. 검사는 정환에게 인간이 되도록, 인간의 사회로부터 3년 동안의 '격리'를 구형하였다. 그러나 그 당시에 정환은 양귀비가 자기의 인생을 이렇게 분질러 버리게 될 줄은 상상도 못했다. 왜냐하면, 그도 가난했다고 했으니까. 처음엔 정환의 곤궁한 처지를 충분히 동정했으므로. 더군다나 인간은 존엄한 존재라고 말했었다. 사회가 잘못 됐다고도 했다. 잘살아갈 수 있는 사람을 악의 길로 빠뜨리는 건 사회 탓이라는 말도 했었다. 그러나 검사가 말하는 사회와 정민이 말하는 사회는 뭔가 달랐다.

정환은 자신에게 내려진 1년 반의 실형 선고가 가혹했다는 걸 수감 중에 수형자들로부터 알게 됐다. 인간의 존엄성이란 실재하지 않는 '관념'이라는 것도 그때 깨달았다. 제도가 다만 권력을 수행하는 가장 쉽고 적절한 장치라는 생각도 그때 배웠다. 하지만 데모를 하다가 들어온 학생들, 무슨 간첩 조직을 만들었다던 대학생들, 노조를 하다가 들어온 공장 노동자, 그들에게 정환은 말로 표현할 수 없는 소외감을 느꼈다. 그들은 이를테면 사회에 속했고 정환은 그 바깥에 있었다.

정환은 잠이 들면서 가물가물 한 가지 결심을 했다. 민석을 돌려보낼 때, 다시는 삼촌을 찾지 말라고 해야겠다는. 언젠가 자신이 집으로 돌아갈 때까지.

내가 어디에 있는지 몰라

　정환은 잠들지 않았던 사람처럼 눈을 떴다. 방 안은 어둡고 사방은 고요해서 괴괴한 느낌이 들었다. 머리맡에 풀어 놓은 야광 시계의 바늘은 일곱 시쯤을 가리키고 있었다. 비 내리는 시외버스 정류장에서 만 원짜리 열 장을 네 번 접어 그 애 주머니에 넣어 조카를 떠나보낸 이후 정환은 방 안에 틀어박혀 지냈다. 다시는 이런 모습으로 얼굴 보고 싶지 않아서, 그런 마음을 지녀야 하는 자기가 싫어서 그는 햇볕 화사한 거리로 나갈 수 없었다.

　오늘은 일요일이었다. 일요일이라는 것을, 정환은 토요일부터, 아니 그 전전날부터 점찍듯이 새기고 또 새기곤 했었다. 일요일 오전 열 시 반, 기차역 출입문 안팎에서 서로를 기다린다. 약속은 단순했다. 일요일 오전 열 시 반, 기차역 출입구에서.

그러나 정환은 이미 어젯밤부터 약속을 깨기로 작정해 두었다. 그 여자를 만난다는 게 우스웠다. 민석이 다년간 뒤로 그는 더 수영을 생각하기 싫었다. 괜스레 달뜨고 자신에 대해 덧칠을 하게 되고, '슬픔과 고통' 같은 생소한 감정에 시달리는 게 귀찮고 사기 치는 것 같았다.

정환은 수영이 제 멋대로 정한 약속 장소와 시간에 맞추지 않으면 됐다. 비록 수영이 당돌하게 한 시간…… 두 시간까진 기다릴 수 있어요. 아주 안 나오면…… 지구를 다 파 뒤집어서 찾아내겠다 말했어도 그랬다. 수영이 어머니에게 함부로 자신을 토박이가 아니라느니 논문을 쓰러 잠깐 와 있다느니 한 말을 떠올리면 피가 거꾸로 솟았다.

자네에겐, 자신조차도 깨닫지 못한 죄악의 불씨가 숨어 있어.

먼저 인간이 되도록.

김 검사의 말을 떠올렸다. 순간 정환의 몸이 메뚜기처럼 튀었다. 그는 천장을 향해 반듯이 누웠다. 증오심을 표현할 말이 따로 없었다. 먼저 인간이 되도록.

정환은 이 기억으로부터 도망가고 싶었다. 잊고 싶었다. 도마뱀처럼 그가 지우고 싶은 기억을 잘라 내고 싶었다.

만나 주지 않으면 지구를 다 파 뒤집어서 찾아내겠다던 여자도 있어.

정환은 생각했다. 여자라는 건 독한 술처럼, 혹은 독초처럼 취하게 하는 것이 있다고 생각했다. 정환의 기분은 술에 취한 듯이 무책임해졌다. 신경을 쓰게 하던 그 여자의 어머니도 무시하기로 했다. 어차피 그게 그거였다.

정환은 반 시간이나 일찍, 약속한 장소로 나갔다. 날은 화창하고 하늘은 푸르렀다. 시골과 지방 도시들을 잇는 버스들은 자주 오고 갔다. 느릿느릿 정류장의 이곳저곳을 구경하고 지나가는 사람들도 바라봤다. 가게며 물건들, 서로 다른 사람들이 다 새삼스러웠다. 일 년 반 만에 출소했을 때도 거의 이와 흡사한 기분이었다. 그는 마중하는 사람 없이 혼자 나와 그냥 걸었다. 지구를 발로 걸을 작심인 듯이 걸었다. 지루하지도 않고 힘도 들지 않았다. 익수가 남겨 준 주소가 없었다면 그는 아마 걷다가 쓰러져 죽었을지도 몰랐다.

그가 오래 기다리지 않아 수영이 팔랑거리며 나타났다. 살이 비치는 시폰 치마는 무릎 위에서 하늘거리고 허리를 조이는 반팔의 뜨개질 윗도리는 젖가슴 위에서 목을 드러냈다. 길게 늘어뜨린 검은 머리는 어깨선에서 찰랑거렸다. 정환은 먼데서 수영을 알아보고 순간 가슴이 출렁했다.

"언제 왔어요? 내가 먼저 와서 기다릴 건데."

수영이 활짝 웃으며 말했다. 정환은 잠깐 정신을 잃은 것처럼 수영을 뚫어지게 바라봤다. 웃음이 함박꽃 같았다. 웃음꽃으로 빨려드는 느낌이었다. 아찔하고 황홀했다. 바람이 수영의 치마폭을 건드렸다. 파도처럼 구불거리는 치맛자락이 살랑 들려 허벅지가 보이다 말았다. 수영이 제 옷매무새와 얼굴을 더듬었다.

"어디 이상해요?"

당황해서 물었다. 아니요. 정환은 속으로 대답했다. 여자들 속에 살면서 한 번도 느껴 본 적이 없는 여자의 향기를 맡은 것 같았다.

"어디가 이상하지요?"

다시 얼굴이 붉어진 수영이 물었다. 손가방을 열어 콤팩트를 꺼냈다. 정환이 빨려들 듯 수영에게로 다가섰다. 콤팩트를 든 손을 잡아 가만히 아래로 내렸다.

"아름답습니다."

그가 떨리는 목소리로 속삭였다. 수영의 붉어진 얼굴이 더욱 짙어졌다. 수영은 이런 상황을 상상도 하지 못했었다. 떨리고 부끄럽고 행복했다. 처음 봤을 때 너무 익숙했던 인상. 그 인상을 이야기했을 때 수영의 여고 선배 언니는 전생에 인연이 있는 남자와 여자가 만나면 그런 느낌을 받는다더라고 말했다. 그 말에 설마, 하고 내숭을 떨었지만 가슴에 전율을 느꼈다. 지금도 그때 같았다.

두 사람은 태백산 줄기를 타고 넘는 시외버스를 탔다. 정환은 민석을 돌려보내고 심란해서 그냥 이 노선의 버스를 탔었다. 그들은 나란히 앉아 한동안 아무 말도 하지 않았다. 수영이 한 번 아, 다람쥐! 소리친 게 다였다.

둘은 약사암 입구에서 내렸다. 등산복 차림의 중년 남자 둘도 함께 내려 그들 앞을 성큼성큼 지나쳤다. 정환은 약사암 길을 버리고 개울로 내려섰다. 크고 작은 돌멩이가 개울보다 넓게 널려 있었다. 햇살이 하얀 돌에 자글자글 내려앉고 있었다. 샌들 굽이 돌에 미끄러져 뒤뚱거리던 수영이 신발을 벗어 들었다.

"업힐래요?"

정환은 부신 듯이 눈을 쪼프리고 수영을 바라보며 물었다. 수영이 고개를 살래살래 흔들었다. 가게에서의 당돌함은 어디 갔을까. 이 여자는 몇 개의 표정, 얼마나 많은 성정을 가졌을까, 정환은 생각했다.

"불안하세요?"

정환이 물었다.

"저쪽엔 길이 없잖아요."

수영이 말했다.

"걱정되세요?"

"길이 아니라서요."

길이 아니라…… 정환은 하늘을 쳐다봤다. 흰 구름이 조각조각 널려서 흘러갔다. 그런 사이 수영이 구두를 벗고 스타킹을 벗어 가방에 넣었다.

"수영 씨, 길이 없는 데서 길을 바라봅시다."

정환이 낮게 말했다. 수영은 문득 목이 타는 느낌이 일었다. 말갛게 씻긴 개울가 조약돌에 잘근잘근 발바닥을 딛으며 야릇한 감정에 젖어들었다. 한 번도 경험한 적이 없어 낯설고, 그래서 두려운 감정이었다. 이 남자는 누굴까, 수영은 문득 이런 의문을 품었다. 그러나 이런 의문이 사랑일 거라고 생각했다.

"그럼 위험할 때 업히세요."

정환은 이렇게 말하고 손을 내밀었다. 수영이 그 손을 잡았다. 둘은 손을 잡고 개울을 건넜다. 그러나 개울 가운데에 이르렀을 때 수영이 비틀거려 결국 정환의 등에 업혔다. 정환은 등허리가 다른 사람의 체온으로 따뜻해지는 걸 감지했다. 여자의 냄새가 어깨를 넘어 코로 스며드는 것도 예민하게 맡았다. 문득 개울을 건너지 말고 내내 이렇게 내려가 볼까, 생각했다. 하지만 곧 건너편에 수영을 내려놓았다.

개울 건너 숲에는 부러 그렇게 만들기도 어렵게 보이는 마당바위가 있었다. 마당바위 위로 천막처럼 참나무가 가지를 뻗었다. 솔방울이 다닥다닥 붙은 소나무들이 있었다. 다래덩굴이 엉켰고 잡목들이 우거졌다. 새들은 여기저기서 우짖고 푸드득 날개 치며 날아갔다.

수영은 바위에 앉았다. 옆에 꽃무늬가 박힌 구두를 가지런히 놓았다. 구름은 사라졌고 하늘은 그저 새파랬다. 정환은 앉지 않고 바위 곁의 소나무에 기댄 채 솔잎 새순을 뽑아 이빨로 씹고 있었다. 싱그러운 바람이 지나가고 불어왔다.

"배고파요?"

솔잎을 씹는 정환에게 수영이 물었다.

"이 맛 아십니까? 솔잎 씹어 본 적 있어요?"

수영이 고개를 흔들었다. 정환은 자신을 외면한 채 고개를 흔드는 수영으로부터 완강한 떨림을 느꼈다. 그는 잠시 하늘을 쳐다보고 입 안에 든 솔잎을 뱉고 휘파람을 불었다. 수영은 언제부턴가 검지로 바위를 파려는 듯이 문지르고 있었다. 정환은 그 안쓰러운 손가락의 움직임과 수영을 번갈아 바라봤다. 수영은 먼눈을 뜨고 앞을 하염없이 바라보고 있었다.

어디선가 새들은 맑고 탁하고 가볍고 무겁고 높고 낮은, 가지가지의 소리로 지저귀다가, 화들짝 나뭇가지를 흔들어 놓고는 나무 위로 솟구치거나 숲으로 자취를 감췄다. 말갛게 닦인 바위 밑동을 핥으며 개울물이 흐르고, 멀고 가까운 데에서 아지랑이가 아롱아롱 피어올랐다간 스러졌다.

정환은 여전히 바위를 쓸고 미는 수영의 검지손가락을 바라봤다. 그리고 엉뚱한 곳을 바라보는 수영의 시선을 훔쳤다. 산기슭 바위틈의 샛노란 나리. 연둣빛 참나무 잎. 개울물 속으로 머리를 넣었다 뺐다 하는 버들가지…… 어디에도 수영의 눈길은 없었다. 하지만 정환은 수영의 안타까움과 조바심, 불안과 격정의 소용돌이가 점점 커져 가는 걸 훔쳐보는 것도 이제 숨이 가빴다.

저 불안한 손목을 잡고 말해 줘야 한다. 우리는 길이 다르다고. 내 앞엔 길이 없으니 저 잘 닦인 길로 돌아가라고. 이렇게 말해야 한다고 생각하고 또 생각했다.

생각이 움직였을 것이다. 정환이 성큼 바위 위로 올라가 수영 옆에 앉았다. 겨우 한 주먹 거리만큼 틈은 뒀다. 수영의 숨소리가 가쁘게 들렸다. 그는 불현듯 수영의 팔을 잡았다. 가늘고 말랑하고 따뜻한 감촉이 순식간에 정환의 손바닥을 거쳐 팔과 어깨와 심장으로 퍼졌다.

수영은 움직이지 않았다.

"바위가 무슨 잘못이에요. 수영 씨 지문도 다 망가져요. 닳아 버려요."

정환이 낮게 말했다. 수영은 여전히 움직이지 않았다. 시선을 거두지도 않았다.

"두려워하지 말아요."

정환이 말했다. 바로 이때 수영이 정환의 어깨로 허물어져 내렸다. 온 전신의 뼈가 마디를 허물고 근육이 낱낱으로 흩어지는 것 같았다. 정환이 흩어지는 뼈와 살을 움켜잡았다. 해체된 몸은 여전히 작고 따뜻하고 말랑했다. 정환이 그중 입술을 찾아 손으로 만졌다. 그는 그것 중에서 눈과 코와 귀를 찾아서 한 땀 한 땀 자신의 손가락에 새기기 시작했다.

"무서워요. 이러면 안 돼요."

떨리는 목소리로 수영이 말했다. 그러나 정환을 피하지 않았다. 뭐가 무섭고 뭐가 이러면 안 되는지 알 수 없었다. 정환은 한 손으로 자신의 어깨에 기댄 수영의 얼굴을 세웠다. 수영의 체온이 사라지길 기다렸다.

"난 너무 부족해요."

수영이 떨리는 목소리로 낮게 말했다. 정환은 잠시 얼떨떨했다.

"처음 보는 순간 너무 오래전부터 알던 사람 같아서 깜짝 놀랐어요. 그래서 그만…… 분수를 잃었어요. 어머니 말대로 정신을 차려야겠어요."

수영이 가녀리게 말했다. 슬픔에 가득 찬 목소리였다. 정환은 가느다랗게 휘파람을 불었다.

"나는 내가 어디에 있는지 모르겠어요. 이렇게 몽롱한 적이 없었어요. 왜 이러죠?"

다시 수영이 말했다. 정환이 수영의 얼굴을 들여다보았다. 눈이 젖어 있었다.

"혹시 화났어요?"

정환이 물었다.

"어떻게 화를 내요."

"화내면 안 됩니다. 그건 수영 씨한테 도움이 안 돼요."

"그럼 뭐가 도움이 되는지 알려 줘요."

수영이 정환을 바라보았다. 표정이 진지했다. 정환이 한숨을 쉬었다. 수영은 한숨 쉬는 정환에게서 시선을 거두지 않았다. 문득 정환이 그 여자의 머리를 만져 고개를 돌려세웠다. 그러나 수영은 곧바로 오뚝이처럼 그를 바라봤다.

"빨리 말해 줘요. 뭐가 도움이 된다는 건지."

"나는 아주 나쁜 사람입니다."

정환이 먼 하늘을 쳐다보며 말했다. 수영이 눈을 흘겼다. 파란 하늘에 언제 그랬는지 뭉게구름이 몰려와 있었다. 정환은 담배를 물었다. 불을 붙였다. 깊이 빨아 연기를 몸속 샅샅이 밀어 넣었다.

"왜 자기를 나쁜 사람이라고 말해요? 왜 그래요? 왜요?"

"그래서 내가 더 나쁩니다."

"왜요? 왜 나쁜가 말해 줘요."

수영이 정환을 똑바로 바라봤다. 눈매가 촉촉이 젖어 있었다. 정환이 고개를 숙여 수영을 바라보았다. 그리고 수영의 손을 들어 그 위에 자신의 손을 얹었다.

"어떤 말이든지 들을 수 있어요? 들을 자신이 있어요?"

"물론요!"

수영이 소리쳤다. 정환이 한숨을 쉬었다. 그는 수영의 손을 잡고 손등을 하염없이 토닥거렸다. 한참을 그랬다. 슬픔이 밀려들었다. 그는 입술을 깨물고 맘을 가라앉혔다. 그런 동안에도 수영이 몇 번 더 말하라고 보챘다.

"희망이 없으니까요."

정환이 중얼거렸다. 수영이 그를 바라보았다. 난생 처음 들어 그 뜻을 이해하지 못하겠다는 표정이었다.

"희망이 없는 사람한텐 독이 있습니다. 아름다운 수영 씬 아마 상상도 못할 그런 독이 있어요. 아주 해로운 독이……."

정환이 천천히 말했다. 순간 수영이 정환을 바라보았다. 마치 물속을 깊이 들여다보듯 치밀하고 정교한 눈초리였다.

"나쁜 사람! 너무 나빠요!"

수영이 낮게, 맵게, 고요하게 뱉었다. 순간 정환은 가슴이 서늘해지는 걸 느꼈다. 건너편 산등성이에서 까악! 까마귀가 짖었다. 희망이 없는 게 나쁘다? 누구한테 나쁠까. 나쁜 걸 가진 사람이 더 나빠지는 건 공평한가? 누가 나쁜 걸 주었나? 정환은 생각했다. 이런 생각이 들면 정환의 마음은 순식간에 수영에게서 멀어졌다. 사람들의 세상에서 훌쩍 날아올라 떠돌이가 되는 적막한 기분에 휩싸였다.

"희망은, 도대체 복잡할 게 뭐예요? 그건 만들면 돼요. 마음에 간직하면 되잖아요. 그거 몰라요? 저 새들도 풀도 나무도 개울물도 다 희망을 가졌을 거예요. 우리 엄마가 경계해야 한다고 말하는 사람들이 있어요. 차가운 사람이에요. 냉정한 사람은 경계해야 한대요. 차가우면 생명이 살 수 없다고. 그래서 차가운 사람, 냉정한 사람은 가까이하지 말라고 그랬어요. 그렇지만 희망은 자기가 만들면 돼요. 아까 한 말 취소해요. 정말!"

수영이 또박또박 말했다. 그리고 정환을 뚫어지게 바라보았다. 정확하고 진지하고 맑은 눈빛이었다.

정환은 수영의 눈을 피했다. 이 여자는 누군가, 그는 생각했다. 내가 지금 이래도 되는가, 생각했다. 차가운 사람, 냉정한 사람에 대한 경계심. 나는 그런 사람인가? 냉정하고 차가운가? 나는 누구고 이 여자는 누굴까. 우리는 무엇인가.

정환은 벌떡 일어섰다. 바위에서 사뿐 내려, 개울로 걸어갔다. 어디쯤에 쪼그리고 앉았다. 개울물이 바위를 핥으며 졸졸졸 흘러내렸다. 송사리가 물살을 거슬러 오르고 있었다. 물살을 옆으로 타거나 물살에 떼밀리지 않고 제 속도로 헤엄치거나 각각으로 놀고 있었다. 다시 태어난다면, 저 송사리가 될까. 개울물이 될까. 산골짜기 바위가 될까.

정환은 다시 태어나는 자신을 상상하기 싫었다. 태어나고 싶지 않았다.

바람에 나뭇잎이 건들거렸다. 버들가지가 흔들거렸다. 새가 푸드득 날개를 쳤다. 정환은 고개를 들고 사방을 천천히 훑어보았다. 세상은 어디인가. 사람들이 살고 있는 세상은 어디쯤일까. 갑자기 정환은 눈앞이 막막해졌다. 눈을 들어 깊은 산골을 바라보았다. 푸른 나무숲에 아지랑이 같은 수증기가 끼어 있었다. 산다는 건 저렇게 불투명한 것일지 몰라. 정환은 이런 생각을 했다.

이때 등뒤에서 불쑥 손이 나타나 정환의 눈을 가렸다. 놀라지 않았다. 뻔했다. 그러나 뭔가 유쾌한 기분이 들었다. 밝은 건 이런 건가, 생각했다. 개울에 나와 앉아 세상과 수영을 밀어내는 동안, 정작 이 여자는 나를 지켜본 건가, 생각하며 찌릿한 전율을 느꼈다.

"내가 정환 씨가 어떤 사람인지 다 알아냈어요."

수영이 말했다. 정환의 가슴이 철렁 내려앉았다. 말하지 말라고 할까, 듣기 싫다고 할까, 당장 마음이 급했다. 그럴 때 수영이 말했다.

"정환 씨는 희망이 없는 게 아니라 매정한 거 아니에요?"

정환은 후드득 웃었다. 귀여웠다. 여자에게서 귀여움을 느끼긴 처음이었다.

"맞죠?"

"문제가 어려워서 좀 생각해 보고요."

"여전히 오만하네요."

"아! 냉정은 어디 가고 오만이 나왔지? 여러 가지네!"

정환이 소리쳤다. 수영이 제풀에 손을 풀고 정환의 등짝을 후려치기 시작했다. 순간 정환은 등을 돌려 수영을 와락 끌어안았다. 한 손으로 그 여자의 긴 머리를 뒤로 넘겼다. 한 여자의 얼굴이 아주 자그맣게 바라보였다. 한 입에 삼켜도 모자랄 것 같았다. 그 작은 얼굴에서 눈이 별똥별처럼 깜물 사라졌다. 정환은 정신을 차렸다. 자신이 잠깐 의식을 잃었던 걸 알아냈다. 멀쩡하다가 이런 경우도 있다는 걸 처음 알았다. 후우우 길고 깊은 숨을 내쉬었다.

두 사람은 잠시 나락으로 떨어지거나 허공으로 사라진 듯했다. 떨어지고 사라졌다가 다시 돌아온 정환이 자갈돌을 주워 물에 던졌다. 돌에 맞은 개울물이 방울방울 높이 솟구쳤다. 정환은 또다시 그렇게 했다. 극과 극은 통한다고 했지. 정환이 세 번째 돌팔매를 하고 나서 손을 털며 생각했다. 냉정과 오만의 다른 극점은 무엇인가. 열정과 비굴? 그는 두 낱말 모두 싫었다. 이내 머릿속에서 지웠다. 옆을 보았다. 수영이 개울 속에 잠긴 작은 돌멩이들을 들추고 있었다.

"수영 씨! 잘됐네요. 우리가 가재를 잡아 가재한테 물어보기로 해요. 가재가 더 정확하고 편견도 없을 테니까. 어서 가재를 잡아요. 어디 갔지? 가재도 뭘 아나? 도무지 협조를 안하네."

정환이 말하며 부지런히 돌멩이를 들췄다. 그러나 그는 놀라서 도망치는 가재를 보고도 잡지 않았다. 그런 그를 수영이 슬픈 눈으로 바라보았다.

"난 아버지가 없어요."

수영이 나직이 말했다. 정환은 고개를 들지 않았다. 문득 담배를 피우고 싶은 충동이 일었지만 참았다.

"엄마한테 마구 울면서 대들었어요. 아빠를 만들어 내라고. 지금 생각하면 엄마한테 미안해요. 아빠는 나한테만 필요한 게 아니라 혼자 지내는 어머니에게 더 필요하다고 깨달은 게 얼마 안 됐어요. 아빠 만들어 내라고 엄마한테 발버둥치며 울 때 엄마가 회초리를 가져와서 나한테 자기를 때리라고 했어요. 다시는 아빠를 찾지 않게 될 때까지 때리라고. 그래서 때렸어요. 옆방에 세들어 사는 집 아이가 있었는데 날 보고 '아버지 없는 후레자식'이라고 욕했거든요."

수영은 말끝에 웃는 듯했다. 힘든 건 누구에게나 있겠지. 정환은 방금 들춘 돌멩이 틈에서 죽은 듯이 움츠린 커다란 어미 가재를 잡지 않았다.

"우리 엄마는 이상해요. 내가 잘못해도 꼭 엄마를 때리라고 해요. 친구들한테 물어봤는데 그런 엄마가 없더라고요."

"아버지가 어릴 때 돌아가셨나요?"

"그렇대요."

수영이 말했다. 맨발을 개울물 속에 담그고 눈길은 물속 깊은 데에 닿았다.

"수영 씨 아버지는 무얼 하시던 분인가요?"

"엄마는 자세히 말하지 않아요. 그냥 좋은 아버지라고만 해요. 왜 그런지 학교 선생님 하셨을 것 같아요. 중학교, 아니 초등학교, 고등학교일까? 사실은 몰라요. 아버지 이야기하면 엄마 표정이 슬퍼지기 때문에 말하지 않게 돼요. 그래도 엄마나 나나 아버지를 품고 살아요. 집에 불이 한 번 나서 사진도 없대요. 좀 이상해요."

"세상엔 이해하기 어려운 일도 많고 다 이해하려고 하는 것도 무리고 그럴 겁니다."

정환은 말하며 생각했다. 세상엔 불행한 사람도 많다. 그러나 희망이 없어서 불행하지도 못한 사람은 많지 않다. 그건 지옥이니까. 수영이 여인숙에 와 본다면 어떤 생각을 하게 될까. 그러고도 나를 좋아할 수 있을까. 좋아한다는 건 뭔가. 그게 사랑인가.

정환은 천천히 물에서 나와 젖은 발을 바위에 문질러 물기를 말리고 양말을 신었다. 수영이 발끝을 참방댈 때마다 튀어 오르는 물방울을 바라보면서 정환은 미애의 편지를 떠올렸다.

사랑하는 구드브란드.

어젯밤엔 당신 꿈을 꾸었어요.

그는 웃었다. 처음엔 장난처럼 쿡 터지던 웃음이 점점 더 크게 울려서 골짜기를 흔들 것만 같았다. 놀란 수영이 그를 돌아본 건 처음부터였다. 너무 웃어 얼굴이 벌겋게 물든 정환이 수영에게 다가왔다.

"가난한 사람은 좋아하는 사람에게 예쁜 걸 사 줄 돈이 없지요. 그렇지만 달빛을 엮어 목걸이도 만들고 반지도 만들 수는 있어요."

정환이 말했다. 수영이 놀란 눈으로 거의 황홀하게 바라보았다.

"가난한 노동자의 사랑을 그린 유행가인데 판매 금지 됐지요. 불온한 노래라고. 미국 노래입니다."

정환이 아무렇지 않게 나직이 말했다. 수영이 그를 빤히 올려다보았다. 혹시 정환 씨는 데모를 하다가 잘린 학생은 아닐까? 생각했다. 그래도 왜 말하지 않지? 의문이었다. 무슨 불순 단체에 가입된 건가? 순간 수영은 온몸에 소름이 돋는 걸 느꼈다. 불순(不純)이 무언진 몰라도 그건 그저 무서웠다.

"굶어 본 적 없지요?"

정환이 장난스럽게 물었다. 수영은 얼떨떨한 표정으로 그를 바라보았다. 정환은 그 얼굴을 향해 미소 지으며 고개를 끄덕였다. 쓰레기통을 기웃거린 적이 있지요. 너무 추워서 내의 하나 훔치려고 가게 앞을 한나절이나 빙빙 돌았던 적이 있습니다. 어떤 사람은 너무 먹어 배가 터지고 어떤 사람은 먹을 것이 없어 굶어야 하는지…… 나는 그걸 알아내고 싶습니다. 그게 제 야망입니다. 나는 당신과 길이 다릅니다. 내가 가는 길엔 길이 없고 당신은 저 훤히 닦인 길로 편히 가야 합니다. 정환은 생각했다.

이때였다. 수영이 정환에게 다가왔다.

"언제까지 이곳에 계세요?"

정환은 잠시 그게 무슨 말이냐는 표정으로 수영을 바라봤다. 더군다나 자신을 바라보는 순진한 수영의 표정에 그는 잠시 질리는 기분이었다. 무언가 자신이 헛발을 딛었거나 누군가의 발을 걸어 넘어뜨렸거나 한 것 같아 혼란스러웠다.

"아무 계획 없이 삽니다."

정환은 빠져나가고 싶어 이렇게 말했다.

"왜 중요한 것마다 농담으로 넘기세요. 그러지 마세요. 그러면 안 되지요."

"그래요. 수영 씨 말이 맞습니다. 미꾸라지도 아니면서 세상을 미꾸라지처럼 살아야 하는 인생도 있을지 몰라요. 세상은 아는 거보다 모르는 게 더 많을 테니까요. 수영 씨가 옳아요. 하지만 우리가 미처 몰라서 상상이 안 되는 인생도 있겠지요."

정환이 말했다. 너무 차분하고 낮은 목소리여서 수영은 문득 무섬증을 느꼈다. 그러나 이내 더 큰 슬픔이 밀려와서 무섬증을 덮었다.

이상했다. 수영은 왠지 정환을 부둥켜안고 소리 내어 울고 싶었다. 왠지 그래야 할 것 같았다.

정환은 바지 주머니에 손을 찌르고 천천히 개울을 걸었다. 그가 걷고 있는 하늘 아래 산봉우리가 세 개 나란히 보였다.

누군가의 인생은 어디쯤에서 길을 잘못 들 수 있을 것이다. 그러나 인생의 길이 무엇인가. 정환은 코가 매웠다. 그는 고개를 치켜들고 먼 산을 바라보았다. 나비가 눈앞에서 날아올랐다. 처음엔 한 마리였으나 이내 어딘가로부터 두 마리가 더 날아와 서로 여러 가지 도형을 그리며 날다가 거짓말처럼 사라졌다.

내가 나비를 보았나?

정환은 홀린 기분이었다. 나비를 쫓다가 정환은 산나리를 보았다. 산기슭 바위틈에 샛노란 나리가 하늘거렸다. 그는 나리꽃 무리로 다가가서 한 송이를 꺾었다. 처음엔 보이지 않던 나리가 그 옆에도 세 송이나 더 있었다. 나리를 들고 수영에게 다가갔다. 그는 아무 생각 없이 그저 나리의 청순함이 아름다워서 수영에게 건네주었다.

나리꽃을 받아 들며 수영이 눈물을 글썽였다. 순간 정환이 그 여자를 달랑 들어올렸다. 이 여자는 어디서 왔을까. 어디서 와서 지금 나를 온통 사로잡고 있는가. 정환은 자신이 아닌 다른 사람을 마치 흡입하듯, 영혼으로 빨아들이는 황홀한 기분에 취하기 시작했다. 가볍고 부드럽고 따뜻한 것. 그가 101번지의 여자들에게서 한 번도 느껴 보지 못한 것이었다.

그러나 두 사람이 손을 잡고 시간에 맞춰 골짜기를 나와 버스를 타고 읍내로 돌아올 때, 집들이 드문드문 나타나고 자동차들이 달리기 시작할 때, 수영의 충만한 기분과는 달리 정환은 자신이 경험한 황홀이 '비현실'이었음을 절감하기 시작했다. 모멸감이 그를 고통스럽게 옥죄었다.

양귀비

여인숙 거리나 선원의 집 근처에서는 정환이 말이 없는 사내로 기억됐다. 무엇을 골똘히 생각하는 모습인데 무엇을 생각하는지 아무도 짐작하지 못했다. 불량한 거리에 살면서 모습은 전혀 불량스럽지 않은 것도 특이했다. 그런 그가 요즘 들어 더욱 우울해 보였다.

"오빠 연애해?"

어느 날 명희가 물었다.

"연애가 뭔데?"

싫증난 듯한 목소리로 정환이 되물었다.

"그럼 누가 죽었어?"

"죽을 사람도 없다!"

"오빤 혼자 잘난 게 큰 병이야."

명희가 이렇게 욕했다. 정환은 고개를 끄덕였다. 그리고 명희를 바라봤다.

"오빠, 외로우면 내가 잠깐 짬 내서 연애해 줄게. 그런 걸루 외로워하지 말랬잖아. 정애 희옥이 미애 그년들 다 나랑 같은 맘이야. 오빠가 다른 여자랑 연애하건 결혼하건 마찬가지 맘이라니까. 우리가 의리 빼면 뭐가 있어? 알면서."

명희가 진정으로 위로하고 격려했다. 그러나 정환은 아무 말도 하지 않았다. 그는 수영과 산에 다녀온 이후 더욱 말이 없어졌고 그 이유를 그가 모르듯이 명희도 알지 못했다.

이날 오후 정환은 차로 십 분 걸리는 그 시장 거리로 두 시간이나 걸어갔다. 눈앞에는 수영이네 가게 간판 글씨가 아른거렸다. 과일 가게 좌판 앞에서도 슈퍼마켓을 바라보면서도 그는 선물의 집을 보는 착각에 빠지곤 하였다. 그러면서 정작 그는 선물의 집을 피해 골목을 에돌아 클레오파트라의 문을 밀었다. 주인은 기다렸다는 듯이 반겼다. 수영이 너무 좋아하겠다! 그 여자가 인사말로 이렇게 중얼거렸다. 언제부턴가 수영의 입에서 정환이란 남자 이야기가 실 꾸러미 풀리듯 풀려서 귀에 못이 박혔다.

"수영이도 이리 오겠네요?"

정환이 자리를 잡자 엽차 잔을 들고 온 그 여자가 들뜬 목소리로 물었다.

"수영 씨는 모릅니다. 다른 사람과 약속이 있습니다."

정환은 생각지도 않았던 대답을 하고 자기도 놀랐다. 하지만 곧 그의 머릿속에 '다른 사람'이 떠올랐다. 그는 윤 형사였다. 그는 올 때부터 이런 촌구석에서 반년 이상 썩으면 윤가 성(姓)을 갈겠다고 사뭇 거들먹거렸었다. 요즘 그는 '건수'를 올리려고 눈에 불을 켜고 다녔다. 정환도 두어 번 그를 만났다. 엊그제도 선원의 집에서 그는 정환의 옆을 비켜가며 비수(匕首)를 날리듯 한마디 던졌다.

"자네 요즘 뭐 믿는 데가 새로 생겼나? 누이 좋고 매부 좋은 게 좋은 건 줄 잘 알지?"

말은 부드럽고 가벼웠다. 그러나 날카롭고 매서웠다. 인연이란 알 수 없는 것이다. 그가 부임했을 때 익수와 함께 '정표'를 들고 인사를 갔었다. 사람을 살펴보는 날카로운 눈매 한쪽에 감춰지지 않는 욕망과 야심이 지글거렸다. 타고난 정열이었다.

"우리가 서로 공생 관계라는 건 하나 더하기 하나보다 쉽지. 자네들을 믿네! 재미는 혼자만 보지 말구."

익수는 윤 형사가 화끈해서 좋다고 말했다. 그러나 정환은 한동안 그를 생각하면 소름이 끼쳤다.

익수가 요즘 이상했다. 정환을 만나면 윤 형사가 안부를 묻더라고 전했다. 정환의 전과는 이미 파악이 끝났을 터였다. 그가 원하는 건 철마다 넘치는 이곳의 다양한 특산품만은 아니었다. 철마다 시시때때로 진상하고 널린 관광지로 유력 인사의 친인척을 적절히 초대해 꼭지가 돌게 대접하기에 부족함이 없도록 조처해 주는 것만도 아니었다. 무언가 획기적인 것, 눈에 번쩍 뜨이는 것, 누구나 흥미를 느낄 참신한 것, 그런 '사건'이 필요했다.

왜 그럴까. 정환은 윤 형사가 드리운 낚싯줄의 밑밥이 소름끼쳤다. 이유도 없이 그냥 그랬다. 익수에게도 내색하지 않았다. 그저 육감 같은 것이었다. 생각만 해도 싫은 느낌이 드는 상대가 있을 것이었다. 그래서 사람 사이엔 악연(惡緣)이란 말이 생겼을 것이다.

"차는 손님 오시면 드릴까요?"

주인 여자가 와서 물었다. 상냥하고 집요한 눈으로 정환을 살폈다. 왜 순진하기 그지없는 수영이 이 남자에게 사로잡혀 치통 앓듯 고통스러워하는지 알고 싶을 것이었다. 그러나 정환은 틈을 보이지 않았다. 그는 손님을 기다리는 중이었다. 그 손님은 물론 남자일 것이었다.

"제가 먼저 한잔 마시겠습니다. 커피로 주십시오."

여자는 재떨이를 놓아 주고 돌아갔다. 노란 알루미늄 재떨이는 가장자리가 조금씩 으깨져 있었다. 누군가 장난삼아, 혹은 화가 나서, 어쩌면 실수로 일그러뜨렸을 재떨이를 바라보면서 정환은 문득 자신을 책망하기 시작했다. 무슨 짓을 하려는가. 내가 왜 이곳으로 왔는가. 어쩌자는 건가. 밖으로 난 문은 굳건히 닫혔는데 정환은 사방에서 자신을 바라보는 시선을 느꼈다. 보이지 않는 수영과 또 다른 쪽에서의 눈, 윤 형사로부터 에워싸이는 느낌이 들었다.

곧 낮고 무겁고 비장한 핀란디아의 선율이 흘러나오기 시작했다.

소리가 점점 커졌다. 여자가 정환의 기색을 살피며 소리를 조절하는 게 틀림없었다. 정환은 핀란디아가 버거웠다. 그는 이런 친절이 불편했다. 하지만 내색하지 않았다. 곧 여자가 찰랑찰랑 흘러내릴 것 같은 커피 잔을 쟁반에 받쳐 들고 와서 내려놓았다.

"커피 좋아하실 거 같아서 많이 드렸어요. 모자라면 더 드세요. 얼마든지 드릴 테니까요."

입 안에 침이 가득 고인 듯한 목소리. 비밀을 다 안다는 듯한 표정. 비밀에 동참하고 있다는 듯한 은밀한 발걸음. 정환은 모든 것이 버겁고 싫고 부끄러웠다. 그런 감정을 누르고 커피 잔을 입에 댔다. 커피는 달고 썼다. 이것만 마시고 나간다. 그는 맘을 정했다. 이것만 마시고.

커피 잔을 다 비우기 전에 주인 여자가 그에게 다가왔다. 묻지도 않고 앞자리에 앉았다.

"커피 맛 어때요?"

"좋습니다. 그런데 여긴 늘 이렇게 한가한가요?"

"망할까봐 걱정되지요? 괜찮아요. 밤에 단골들이 와서 비싼 술 팔아 주면 돼요."

여자는 묻지 않은 말까지 하면서 정환을 지켜봤다. 그가 빈 잔을 내려놓자 더 드릴까요, 물었다. 정환은 손사래를 치며 거절했다. 그래도 그 여자는 일어서지 않았다. 정환은 부러 출입문을 흘깃거렸다.

"논문 쓰는 일은 잘 되세요?"

여자가 호기심을 웃음에 감추고 물었다. 수영보다 되바라지고 수영보다 더 세련되고 수영보다 영악하고 수영보다 똑똑한 여자라고 정환은 생각했다.

"글쎄요."

정환이 싸늘하게 뱉었다. 그는 지금 이 자리에 앉아 있는 자신의 너절함이 싫었다.

정환은 이제 일어나야지, 생각했다.

"수영이는 손님에 대해 잘 모르데요? 그렇죠?"

"네."

"그러면서 푹 빠졌더라고요."

"……."

"사람을 좋아하는 게 참 대책 없지요? 그 앤 순진한데. 시골에서 자라 여기밖에 모르니까요. 어머니가 생선 장사 해서 고이 길렀는데. 수영이 원하면 유학이라도 보냈을 텐데. 그런 어머닌 세상에 없어요. 참, 만나셨다지요?"

여자가 정환을 파고들 듯한 눈으로 바라보며 물었다. 정환은 그 눈빛이 부담스러워 고개를 떨구었다.

이때 둔한 문짝이 안으로 밀리며 환한 빛이 밀려들었다. 문을 등지고 선 정환은 여자의 시선을 따라 뒤를 돌아보았다. 수영이 웃으며 다가오고 있었다. 그의 내면이 일순간에 정지됐다. 그러나 표정은 개운하고 편해 보였다.

수영이 그의 앞에 앉았다. 그는 자신이 언제 수영의 앞에 그대로 주저앉았는지 몰랐다. 두 시간도 넘게 먼지 이는 길을 걸어서 이곳으로 와야 했던 이유가 이것이라는 걸 깨달은 것도 기뻤다.

"가게는 닫았습니까?"

"후배가 와 있어요. 그런데 여긴 들르고 저한텐 안 와요? 제가 밉보였나요?"

"아닙니다!"

정환은 부인했다. 수영의 얼굴에 웃음이 어렸다.

"여기서 약속이 있었는데 그 사람이 안 옵니다. 중요한 게 아니니까 상관은 없습니다."

"그랬군요. 전 딱지 맞게 되는 건가, 생각했어요. 하도 제가 부족하니까……."

수영은 선경이 커피 잔을 가져다 놓고 자리에 끼어들까 잠시 멈칫하다 돌아간 뒤에 잔을 두 손으로 감싸 쥔 채 진지하게 말했다.

"늦기 전에 말해 두고 싶어요. 전 고졸 출신이고 아버진 없고 친척도 귀해요. 엄마는 생선 장수이고 수학여행 가는 거 말고 이곳을 벗어난 적이 없어서, 우물 안 개구리고요."

우물 안 개구리라고 말한 뒤에 수영은 고개를 반짝 치켜들었다.

"대학에 갈 수 있었지만 어머니가 원하는 대학은 여기 지방 대학은 아니고 한 번 시험 쳤는데 떨어졌어요. 겁이 나서 다시 시험을 볼 수 없었는데 이렇게 됐어요. 불효를 했어요. 그래서 아마 정환 씨한테 호감이 더 가는 것 같아요. 나와 다르니까. 많이 배운 사람이니까. 그래서 가까워질 순 없겠지만요."

수영이 이 시간을 놓치면 영원히 말할 수 없기라도 한 듯 쏟아 내는 동안 정환은 입을 굳게 다물고 있었다. 커다란 오해의 벽에 갇혔는데 빠져나올 길이 보이지 않았다. 나도 너와 다르지 않다. 나는 전과자다. 마약 사범은 어느 나라에서도 비자를 주지 않는다. 가난하기론 네가 상상할 수 없을 것이다…….

"그런데……."

수영이 말했다. 고개를 들지 않았다. 정환의 가슴이 뛰었다.

"병든 거 같아요."

수영이 천천히 말했다.

"누가요?"

정환은 이렇게 묻고 자신의 실수를 깨달았다.

"정말 몰라서 물어요?"

수영이 쏘아보며 물었다.

"어젯밤엔 두 번이나 정환 씨 꿈을 꿨어요. 이럼 안 되는데. 그런 거 다 아는데. 엄마가 사람을 경계하라고 늘 그랬는데 왜 이렇게 됐나 모르겠어요. 화나요. 왜 우리 가게에 왔었어요?"

수영은 눅눅해 보이는 눈을 들어 정환을 바라보며 진심으로 항의했다. 정환은 입을 앙다물고 있었다. 한 여자가 자기 속으로 스며드는 것이 뼈저리게 느껴졌다. 그러나 그는 받아들일 수 없었다. 그래서 입술도 움직이지 못하고 굳어 있었다. 속으로만, 나도 몇 번 수영 씨 꿈을 꿨다고 말했다. 수영 씨는 반드시 행복해야 하고 친척 많은 남자랑 결혼하게 되길 바란다고 말했다. 그러나 정작 그가 입을 열고 뱉은 말은 딴판이었다.

"수영 씨는 혹시 양귀비를 아십니까?"

수영은 젖은 눈을 반짝 빛내며 그를 바라봤다.

"그럼요! 양귀비 모르는 사람이 있을까요? 당나라 미인을요. 현종과의 사랑도요."

수영은 꿈꾸는 표정으로 말했다. 언제 정환을 향해 심각했었는지 의심스러웠다.

"양귀비꽃은 봤나요?"

"그건 못 본 거 같아요. 그게 그렇게 아름답다고 그러던데. 내가 어렸을 때 자주 배앓이를 했대요. 그래서 엄마가 동네 할머니한테 얻었다는 새카만 양귀비 고약을 물에 타서 먹였다고 그래요. 초등학교 다닐 때도 먹었던 기억이 나요. 모기 물려 곪은 데도 바르고 그랬어요. 그런데 왜요?"

정환이 고개를 저었다. 그리고 창을 닫듯 고개를 숙였다. 이때 선경이 탁자에 접시를 내려놓았다.

"두 분이 너무 진지하게 이야기하니 끼어들 순 없고 하여튼 좀 드시며 얘기하세요."

선경이 말했다. 인절미와 절편이었다. 선경의 결혼한 이종사촌이 큰떡을 해왔었다.

"고맙습니다."

정환은 의례적으로 말했으나 마음은 벌써 양귀비 밭에 있었다. 수영이 포크에 찍어 준 인절미를 한입 베어 물고도 그는 달빛 흐드러지게 내려앉은 양귀비 꽃밭을 그렸다. 달이 휘영청 밝은 날이면 산천초목이 잠을 자지 못했다. 양귀비는 흐드러지게 가슴을 풀고 달은 밤새도록 꽃술 사이로 스며들었다. 스며들고 스며들어도 스며든 흔적이 없었다. 그 신비한 통정이 감지될 때 정환은 목놓아 울었었다.

정환은 가슴이 척척하게 젖어드는 걸 느꼈다. 그는 수영을 바라봤다. 취하고 싶었다. 무책임해지고 싶었다. 자신을 내동댕이치고 싶었다. 아무렇게나 쓰레기통 뒤지고 시장 통에서 여러 가지 상자를 뜯어 바람을 가리고 덮고 잠들면서 인생이라는 것을 잊고 싶었다. 도대체 사람이라고 부를 수 있는 사람들이 사는 동네는 있는가.

저 여자는 누군가. 나에게 저 여자는 뭔가. 어떻게 오고 어떻게 떠날 것인가. 명희와 미애와 저 여자는 다른가? 달라야 하는가? 정환은 술기운 없이 몽롱하게 취하는 중이었다.

"빨래는 누가 해요?"

수영이 무슨 상상을 했는지 엉뚱하게 물었다. 이때 갑자기 정환이 의자에서 일어섰다.

"여긴 숨이 막혀요. 너무 답답합니다. 나갑시다."

정환이 의아한 눈으로 자신을 바라보는 수영에게 단호히 말했다.

바다는 드넓고 푸르고 바람결은 청결했다. 수영은 휘날리는 긴 머리를 손으로 모아 쥔 채 걸었다.

"수영 씨를 잊지 못할 겁니다."

정환은 취해서, 어지러워서, 숨쉬기 어려워서, 토하듯이 말했다. 그는 고개를 숙인 채여서 방금 수영이 얼마나 놀라는지 순간의 표정을 볼 수 없었다. 두 사람은 제각기 자기감정에 빠져서 잠시 침묵했다. 침묵을 가르고 수영이 물었다.

"여길 떠나시나요?"

정환은 수영의 말을 이해하지 못해서 네? 묻는 표정으로 고개를 치켜들었다.

"언제 떠나세요?"

수영이 슬프고 당황한 표정으로 다그쳐 물었다. 그제서야 정환은 수영의 의문과 불안을 이해하곤 아릿한 눈길로 수영을 바라보고 손을 내밀었다. 수영은 고개를 돌렸다. 손도 잡지 않았다. 잠시 후에 신발을 벗어 앞으로 내던졌다. 신발은 몇 미터 앞에 떨어졌다.

"신발이 죄졌어요?"

정환이 물었다.

"남잔 다 그래요?"

"뭐가요?"

"그냥 겉돌잖아요."

"겉도는 게 신발이었겠죠. 그러니 내던진 거 아닙니까."

정환이 말했다. 수영은 그를 힘껏 밀쳤다. 정환의 몸은 꿈쩍도 하지 않았다. 수영은 몸을 정환의 앞으로 돌리고 마주 서서 그를 똑바로 바라보았다.

"언제 떠날 작정인가 말해요!"

"떠나긴요! 누가 그래요? 난 갈 데가 없는 사람인데."

정환이 가라앉은 목소리로 말했다. 순간 수영은 자신도 모르게 얼굴에 기쁨이 어렸다. 그러나 수영은 만족하지 않았다.

"정환 씨는 나쁜 게 한 가지 있어요."

"뭔데요?"

"뭔가 막연한 게 있어요. 떠나 버릴 것 같은 그런 게 느껴져요. 왜 그렇죠?"

정환은 길게 한숨을 쉬었다. 그리고 수영의 양쪽 팔을 움켜잡았다.

"보면 몰라요? 내가 누군지? 난 갈 데가 없는 한심한 사람입니다. 수영 씨가 욕심날진 몰라도 붙잡진 않겠어요. 그건 내 욕심일 테니까요."

수영은 웃었다. 나머지 신발을 벗어 하늘 높이 던졌다. 신발은 한 발 앞에 떨어졌다. 그 여자는 맨발로 모래밭을 마구 달려 나갔다. 정환은 따라가지 않았다. 수영을 붙잡아선 안 되듯이 따라가서도 안 된다고, 그 여자의 뒷모습을 바라보며 생각했다. 정환은 자리에 앉았다. 파도는 낮고 바다는 푸르렀다. 달려온 흰 거품은 모래톱에서 부서졌다.

정환이 도시의 아파트 건설 현장을 상상하고 있을 때 수영이 돌아왔다.

"내가 빨래 해 줄 수 있어요. 정환 씨가 어디 사는지 가 보고 싶어요. 책이 아주 많을 거 같아요. 저도 책 읽는 거 좋아하거든요."

수영이 말했다. 정환은 수영의 얼굴 앞에 두 손을 폈다.

"빨래를 해서 손이 이래요. 원래 여자 손만 빨래를 하게 만들어지지 않았어요. 그렇지요?"

정환은 자신의 말을 듣지도 않고 제 머리를 그의 어깨에 얹은 수영의 이마를 쓰다듬었다. 반듯하고 둥근 이마. 여드름 하나가 손가락에 까슬하게 만져졌다.

"수영 씨."

정환이 수영을 다정하게 불렀다. 수영이 정환을 바라보았다.

"내가 나쁜 사람 같아요?"

"왜 그런 말을 해요?"

"내 말 잘 들어요. 수영 씨, 나 같은 사람은 가까이도 하지 말고 알려고도 하지 말아요. 정도 주지 말고 정도 들이지 말아요. 왜냐면 수영 씨는 사랑받고 행복해져야 합니다. 난 수영 씨에게 맞지 않습니다."

정환이 수영의 귓밥을 만졌다. 따뜻하고 말랑하고 물렁뼈가 만만치 않은 그 여자의 귓밥에서 정환은 정겨움을 느꼈다. 이런 게 뭘까. 삼키고 싶은 여자에게 도리어 자신을 경계시키는 태도는. 이것도 애

정일까? 정환은 점점 더 혼란에 빠져들었다. 수영을 모래에 눕히고 두 팔을 눌러 그 여자의 옷을 벗기는 건 너무 쉬웠다. 그러나 그는 수영을 외면하고 그 여자에게 등을 돌리고 누웠다.

수평선이 보였다. 수평선을 바라보면서 그는 수영에게 어떻게 자신의 현실을 이해시켜야 할지 궁리했다. 외항선원에게 매춘을 알선하고, 밀수품을 운반하고, 전과를 가진 사람. 이 땅에선 희망이 없는 사람. 죽을 용기도 없는 사람. 형사의 손바닥에 운명이 놓인 사람……. 정환은 자신을 위해서가 아니라 수영을 위해서 입을 다물기로 했다. 익수를 통해서라면 얼마든지 자신을 알 수 있을 것이었다. 어떤 사람인지. 수영의 오해가 확인되기 전에 정환은 수영으로부터 멀어져야 한다고 생각했다.

먼데 고기잡이 배가 두어 척, 접안이 불가능한 외항 선박은 멀찍이 멈춰 있었다. 저녁에는 선원회관에 가 봐야 했다. 오늘은 선원들이 많이 나오기로 미리 약속이 되어 있었다. 정환은 시계를 봤다. 네 시였다. 그는 일어나 앉았다. 여태 모래를 만지고 있던 수영이 정환을 바라보았다. 한결 차분해 보였다.

"수영 씨, 내 말 잘 들어요. 남자는 우선 건강하고 성실해야 합니다. 자신이 살고 있는 사회에 뿌리가 잘 내린 그런 남자를 만나세요. 그래야 행복하게 살 수 있습니다. 난 수영 씨가 언제 어디서든 행복하게 살고 있다는 소식을 듣고 싶어요. 그럼 내가 행복해질 것 같아요."

정환이 수영의 두 손을 잡고 말했다.

"왜 자꾸 그런 말을 하세요. 그냥 싫다고 하지! 사랑하는 여자가 있다든가. 누가 책임지라고 그러지 않았는데 왜 자꾸 나를 초라하고 비참하게 만들어요? 제발 그러지 말아요. 난 그저 정환 씨가 자꾸 생각나고 보고 싶고 오래전부터 알고 지냈던 사람 같고 오빠 같고 아버지 같고 친구 같고…… 그런데."

입술을 삐죽거리며 겨우 말을 하던 수영이 급기야 눈물을 떨어뜨렸다. 정환은 입술을 물었다. 타인의 목숨이, 그 향기와 체온이, 자신의 뼈와 살과 핏속으로 뻐근하고 벅차고 뜨겁게 밀려드는 느낌이, 그는 두렵고 두려웠다.

"사람이, 어쩔 수 없는 게 있을 겁니다."

"운명요?"

수영이 수긍할 수 없다는 말투로 물었다. 정환은 쫓기듯이 고개를 끄덕였다.

"수영 씨, 나는 오늘 다섯 시에 중요한 일이 있어요. 벌써 네 시가 넘었네요. 수영 씨하고 함께 있으니 시간 가는 줄 모르겠네요."

정환이 힘없이 말했다.

"죄송해요."

수영이 일어서서 옷을 털며 말했다.

"내가 하는 일은 대개 해질녘부터 새벽까지입니다. 남이 보면 안 되는 나쁜 일들은 대개 그 시간에 일어난다는 걸 알지요? 상식이니까요."

정환이 쓰디쓴 목소리로 말했다.

"빨리 가 보세요. 다시 만날 약속 하고요."

그러나 수영은 듣고 싶은 것만 들었고 자기가 할 말만 했다.

"그래요. 일주일에 한 번."

"가게로 오셔도 돼요. 전 수요일 오후에 후배를 부를 수 있거든요."

"클레오파트라에서 오늘처럼 만나요."

수영이 먼저 택시에 오르기 전에 둘은 이렇게 약속했고 수영은 급히 종잇조각을 정환의 손에 쥐어 주었다. 택시 뒷자리에 앉은 수영이 손을 흔들고 택시가 더 이상 보이지 않게 됐을 때 정환은 종잇조각을 폈다. 수영의 '가게'와 '집'의 전화번호가 적혀 있었다.

외항선원

　　선원회관은 입구부터 이상하게 썰렁한 기운이 감돌았다. 정환은 자신도 모르게 발소리를 죽이며 걸었다. 안에서 여자들의 말소리가 들려왔다. 누가 고개만 삐죽 내밀어 바깥을 살폈다.

"오니?"

"아니."

"문 열렸잖아."

"오빠구나."

　　초조하게 선원들을 기다리는 창녀들은 바람결에도 눈을 빛냈다.

"오빠야, 니기미 목타 죽겠다아."

　　씹던 껌을 입에서 꺼내 양손가락으로 길게 늘였다가 다시 뭉쳐서 늘이기를 되풀이하던 창녀가 투덜댔다.

"오늘 나오긴 하는데 숫자가 얼마 안 되겠어."

정환이 곤혹스럽게 말했다. 오늘은 선원들이 벅적거려서 창녀들이 배짱부리고 일을 할 줄 알았는데 사정이 달라진 것이었다.

"제비 뽑아야지 뭐."

명희가 발끝을 내려다보며 중얼거렸다. 다투어 짤깍짤깍 껌 씹는 소리도 죽어 버렸다. 방 안엔 불안과 실망과 좌절감이 짙은 화장에도 숨겨지지 않고 드러났다. 누가 벽에 붙은 표어를 죽 찢어 왔다. 그것을 열둘로 나눠서 숫자를 적었다. 꼬깃꼬깃 말아서 공중에 흩뿌렸다. 한 장씩 다투어 잡았다. 1번이 만세를 불렀다. 10번과 11번이 서로 가버리자고 눈짓을 했다. 7번까지만 남고 나머지는 느릿느릿 방을 나섰다.

정환은 한쪽에서 참혹한 기분으로 그런 여자들을 지켜보았다. 선원들 숫자가 적어진 것이 자기 탓이나 되는 것 같아서 낯이 뜨거웠다.

"오빠! 난 재수 없게 7번 잡았는데…… 이거 해골이 여엉 헷갈려!"

명희였다. 오늘은 일곱 명이 나오기로 되어 있었다. 그러나 여섯 명이 될는지도 몰랐다.

"일곱이라곤 했거든."

정환이 눈을 찡그리며 자신 없게 말했다. 명희는 낫자루를 그려 놓은 것 같은 '7'자가 적힌 쪽지를 머리 위로 들고 흔들며 쓰게 웃었다.

항구의 아가씨들은 두 패로 딱 갈렸다. 한 패는 영어나 일본말 중국말 몇 마디로 몸 파는 데 거리낌이 없는 쪽과, 외국 남자는 돈을 가마니로 줘도 싫다 하는 쪽이 있었다. 양쪽은 서로 경계를 지켜 줬다. 하지만 외항선원이 씨가 마를 땐 명희도 몰래 그 경계를 허물고 거리에 나가 히빠리를 해야 했다. 명희는 그 짓이 곤혹스러웠다.

정환은 천천히 선원회관을 걸어 나왔다. 맥이 풀렸다. 이게 대체 무슨 꼴인가. 하루하루 불확실한 가능성에 목숨을 매달고 사는 인생이 하나가 아닌 게 다행일까, 생각했다. 그의 뒤로 팔짱을 낀 창녀 둘이 이야기를 하며 따라오고 있었다. 여자들은 선원의 집으로 가 볼 것이다.

선원의 집에선 창녀들이 오는 걸 반겼다. 고국의 부모 형제나 처자식에게 보낼 돈을 떼어 단지 군것질 조금 하려고 나오는 선원들을 껍데기 벗기는 건 제각각 능력과 운수 소관이었다. 선원의 집에서도 건수를 올리지 못하면 창녀는 그날 공을 치는 것이었다. 공을 쳐도 포주에겐 하루 일당을 계산해 줘야 했다.

소금기와 비릿한 피 냄새가 밴 후끈한 바닷바람이 불어왔다. 낡고 허술하고 낮고 어두운 집들 사이, 작은 소나무 숲속에서 이물질처럼 네온이 깜박거렸다. 정환은 네온이 멀찍이 바라보이는 길가에 섰다. 등뒤에는 풀이 돋은 낡은 기와지붕의 재실과 오래된 소나무와 묘지가 있었다. 2백 년 전, 딸을 왕가에 시집보낸 집안의 묘지였다.

작은 화물차가 지나갔다. 희뿌연 먼지가 피어올랐다. 정환은 눈을 쪼프렸다. 무너져 버릴 것같이 막막하고 허전했다. 끝없는 모래벌판에 버려진 듯한 불안과 두려움이 배앓이처럼 감지됐다. 그는 수영을 생각했다. 부끄러워졌다. 수영과 자신은 국도와 지방도와 마을길로 이어진 땅 위에 살지만 세상이 다르다고 생각했다. 선원의 집에서 나오는 빈 택시를 잡아 타고도 그는 잠시 행선지를 묻는 운전기사에게 대답하지 못하다가 거푸 어디로 가느냐고 할 때에야 시장 건너편이라고 대답했다.

시장 건너편은 101번지였다. 정환이 시장 앞에서 내릴 때, 건너편 101번지 앞에서 익수가 반가운 얼굴로 바라보고 있었다. 익수가 신호도 무시하고 달리는 차들 사이를 이리저리 피하며 건너왔다. 멍한 눈으로 아득한 데를 바라보던 정환은 익수를 알아보지 못했다.

"히야, 쥐약 먹은 사람 따루 없네 혀엉."

익수가 정환 앞에 바짝 붙어서며 말했다. 정환은 거의 2, 3초나 멍한 눈으로 익수를 본 다음에야 기운 빠진 목소리로 말했다.

"너구나."

"사람이 좀 어딜 가면 간다, 기별하고 댕기문 성씨가 바뀐답니까? 젠장 왼종일 찾았네그려. 이눔의 좁은 바닥을 얼마나 이 잡듯 훑었는 줄 알우?"

"날 찾았어?"

"형님은 사람이 너무 차거워서 재수 읎어. 서루 의지하고 살기루 했으면 오고 가는 데는 서루 알고 지내야 하는 거 아니우?"

"미안하다."

"미안할 건 없수. 뭐더라, 차암 김씨 말이우, 뉴 유토피아지? 지금 들어와 있는 선박에 왜, 김씨 있잖우. 형님을 되게 찾더라고."

"그래?"

"가 보지 않을래요?"

"어딜?"

"확실히 이상해."

익수가 혼자말을 하였다. 얼이 빠진 게 분명했다. 무슨 일이 있는 게 틀림없었다. 익수는 걱정스러운 낯으로 고개를 갸웃거렸다.

"그래. 가 보자."

정환은 비로소 생각이 나서 미안해 하면서 익수의 팔을 툭 쳤다. 익수가 담배를 길가에 던졌다. 그는 주머니에 손을 찌르고 반 발짝 앞서 걸었다. 횟집 골목으로 들어갔다.

"일곱 시 반에서 여덟 시 사이에 만나자고 했는데……."

익수가 말하면서 시계를 꺼내 보았다.

"시간 다 됐네. 젠장."

익수가 발걸음을 빠르게 옮기며 말했다. 그는 꺾어 신은 운동화의 뒤축으로 탁탁 소리 내며 걷기를 좋아해서 지금도 방정맞은 소리를 내면서 걸었다.

뉴 유토피아의 김씨는 십 년 경력의 2타수 선원이었다. 그는 정환을 통해 두어 번 물건을 내다 팔았는데, 이번에는 예정보다 정박 기간이 닷새나 길어져서 돈은 떨어졌고 몸이 근질거려 왼종일 정환을 찾았던 것이다.

익수는 횟집들 사이에 낀 술집 '갈매기'로 들어갔다. 문짝 위에 가로등처럼 갓을 씌운 등을 매달아 놓은 술집이었다. 서너 평 크기인데 탁자 세 개를 놓고 주방을 붙인 자그마한 곳이었다. 사십대의 주모 혼자서 일을 보았다.

"아이구 죄송해서. 먼저 와 계셨네요."

익수가 허리를 굽히며 구석자리 벽에 비스듬히 기대앉은 김씨에게 인사했다. 그는 벌써 소주를 한 병이나 비우고 두 병째 앞에 놓고 있었다. 방금 버무린 것 같은 깍두기에 데친 오징어가 담긴 접시는 군데군데 버짐 먹은 자리처럼 비어 있었다.

먹물을 들인 것처럼 새카만 머리를 목에 닿도록 길러서 고불고불 지진 주모가 보리새우를 가져다놓았다.

"저 아줌마가 보통이 아니더라고. 글쎄 날보고 대뜸 배 타시죠? 하지 않겠어. 씨팔 뱃놈은 마빡에 무슨 뱃놈자 써 붙이고 댕기나 씨팔."

김씨가 술기운을 덧들이려는 듯이 눈을 희번득이며 말했다.

"저 양반 좀 봐, 선원이 얼매나 좋아요. 공짜루 세상 구경 다 하고. 마도로스 항군데 뭘 그래요?"

주모가 능숙하게 삼숙이 두 마리를 토막 쳐서 거죽에 새까만 더께가 앉은 알루미늄 냄비에 넣으며 참견하였다. 김씨가 욕정이 번지르르 스멀거리는 얼굴로 입을 벌리며 주모를 삼킬 듯이 바라보았다.

"박형."

김씨가 고개를 턱 아래로 빼어서 정환과 익수 앞으로 대며 낮은 소리로 말을 하였다.

"여자가 저 정도루 푸욱 삭자면 사내 고역을 얼마큼이나 치렀을지 짐작이 가우?"

김씨는 말하고 나서 입을 쩍 다셨다. 세 사람은 소주에서 막걸리로 술을 바꿨다. 아는 사람만 알고 다니는 밀주집이어서 익수가 손짓만 하면 내놓았다.

"아짐씨! 찌개 냄새가 환장하겠네! 거기다 내 맘도 너서 부글부글 끓여 봐요, 힝."

김씨가 주모 쪽에 실눈을 뜨고 말했다.

"연애도 국제적으로 걸어 봐야 저 정도루 도가 틀 거다. 그렇지 형?"

익수가 김씨 듣게 정환을 보고 말했다.

"말해 뭐해. 내가 젊은 사람들 기죽일까 해서 말을 삼가니 그렇지…… 내가 태극기 꽂지 않은 나라가 읎어 미국…… 거 양년은 말할 것도 없고 독일 년 대만 년 필리핀 년 일본 년 거 뭐더라 영국 년 프랑스 년…… 나만큼 국위 선양한 놈도 많지 않을 거라. 놀기는 대만 홍콩이 그저야. 백 불 한 장이면 주지육림이라. 필리핀이나 말레이시아에 가봐. 년들이 배루 올라와서…… 히야 그거 막 골라가며 짧게 살림 사는 맛! 히얏!"

"니이미 나도 선원이나 될까? 어때요, 될 수 있겠어요?"

"양지가 있으면 음지가 있는 법. 사람은 사람끼리 부대끼며 사는 게 그중 좋은 걸세. 바다에서 풍랑 한번 되지게 만나고 나면, 바다? 오줌도 누기 싫은 데가 바다라네."

김씨는 생각만 해도 넌더리가 나는 듯이 고개를 마구 저었다.

"사람 사는 게 다 그렇고 그렇지요. 양지만 있으면 그게 어디 사람 사는 세상이래유?"

주모가 찌개 냄비를 들고 오며 끼어들었다.

"당신 정말 맘에 쏙쏙 드니 이걸 우쩐대 여보? 까짓 거 아주 가는 길에 홍콩까지 갔다 오게, 거 술 말루 갖다 놓으슈."

김씨가 주모의 엉덩이를 어루만지며 말했다.

"차암, 풍랑이 심할 땐 어떻게 지내세유? 워낙 덩치가 큰 배니까 끄떡은 읎지유?"

"얘기하자면 길어! 소설책 열 권 가지구두 안 돼!"

김씨가 정색을 하였다. 그리고 그는 주모가 옆에 앉자마자 '외항 선원살이'를 이야기했다. 예기치 못한 태풍권에 휩쓸리면 배가 제자리걸음을 한다, 파도는 5미터에서 10미터까지의 높이로 들이치고, 선원들은 초비상 상태에 들어가고, 밥도 할 수 없어 가마솥에 닭죽을 끓여서 선 채로 퍼 먹는다, 항해를 오래도록 하다 보면 바다를 건너던 새들이 지쳐서 쉬려고 배에 들어온다, 잡아도 날지 못한다, 기운이 떨어져서 그렇다, 먹을 것을 주고 며칠 보살피면 다시 날아간다, 일출과 일몰을 찍어서 전시회에 내는 선원들도 있다, 일출과 일

몰은 언제 보아도 신비스럽고 경건하다……

이때 정환이 슬며시 일어서서 화장실이 아닌 바깥으로 나갔다.

"아직 총각이지유?"

주모가 턱으로 문 쪽을 가리켰다.

"총각은 무슨 얼어 죽을 총각! 장가를 안 갔지!"

익수가 혀 꼬부라진 소리로 뱉었다.

"그럼 그렇지. 내 눈은 못 속여. 지금 애인한테 전화 걸러 갔을 거라고. 틀림없어. 눈에 꽉 씌었는데 뭘. 나 연애합니다 하고."

주모가 말했다. 익수가 고개를 갸우뚱거렸다. 주모의 말이 믿기진 않지만 믿지 않기엔 뭔가 미심쩍은 게 느껴졌다.

정환이 공중전화를 두어 바퀴 돌다 그냥 갈매기집으로 돌아왔을 때, 그들은 한창 '밀항'에 대해 이야기하고 있었다.

"그게 정해진 값은 없어. 워낙 목숨 내놓고 하는 일이니 이백 받았다는 눔, 오백 받았다는 눔, 심지어 오천만 원 받았다는 눔도 있대. 이 땅덩어리에서 저 땅덩어리루 감쪽같이 빼내 주는 건데 들통 나 봐. 같이 영창 살지…… 골치 아픈 일이야."

"제길! 한 장만 있으문 여기 이 동네 떠서 팔자 한번 고쳐 볼 텐데……"

익수가 기지개를 늘어지게 켜며 말했다.

오미자, 다섯 가지 맛

뗏목 같은 작은 배 땜마는 새벽 두 시에 띄우기로 했다. 일은 넉넉
잡아 한 시간 반이면 끝날 것이었다. 동트기 한 시간 전에는 모든 일
이 '없었던 것처럼' 끝나야 했다. 모처럼 생긴 큰일이라서 정환은 긴
장되고 또한 기분이 좋았다. 그는 새로 사 입은 유명 상표의 여름 양
복을 차려입고 여인숙을 나섰다. 여인숙 앞을 비질하고 있던 종업원
아줌마가 허리를 펴고 정환을 바라보았다.

"역시나야. 어딘가 달라! 소문이 맞는 거여."

아줌마는 정환의 등뒤에 대고 그에게만 들리게끔 말했다. 그 여자
는 정환이 왠지 시건방져 보여서 좋아하지 않았는데 연애한다는 소
문 듣고 되려 좋게 보기 시작했다. 자신은 춤바람으로 미쳐 나돌다
가 택시 기사인 남편에게 쫓겨났고 카바레에서 배를 맞춘 남자와도

헤어지고 전라도에서 충청도 경상도로 떠돌며 이판사판 살다가 결국 101번지 여인숙에 일자리를 얻어 든 게 두어 달 되었지만 사람은 음양이 만나면 사단이 나야 인간이라고 떠벌이기를 주저하지 않는 여자였다. 이 바닥에다 정환이 연애질에 도끼 자루 썩어나는 거 모른다고 소문 낸 건 윤 형사일 거라고 정환은 믿었다. 클레오파트라에서 수영과 만나고 있는 정환을 두 번이나 본 건 그 사람뿐이었다.

"혀엉, 야 이거 정말 장가 갈라나?"

익수가 골목에서 튀어나오다가 정환을 위아래로 훑으며 말했다. 정환은 까불지 말라는 눈짓을 했다.

"혀어엉! 들었어? 깡다구네 경아가 튀었다는데…… 형은 알우?"

경아? 정환은 포주 깡다구네의 창녀들을 떠올렸지만 누군지 얼굴이 그려지지 않았다.

"온 지 한 일 년 되었다는데…… 참하게 생긴 년들이…… 독할 땐 더하대."

"언제 갔다니?"

정환이 물었다.

"여관에 출장 갔다가 토꼈대. 오토바이가 여관 앞에서 대기하고 있었다던데 그년이 튀었네. 얼마나 대단한 깡다군데 앉아서 삼백을 절대로 안 날리지! 피를 보더라도 잡고 말걸?"

익수가 말했다. 그 말이 맞았다. 선금으로 데려온 창녀가 도망가면 한 패는 고향집으로 가서 부모 형제를 괴롭혔다. 포주들은 지역

끼리 선을 잇고 선은 다른 지역과 연결되었다. 그래도 서너 번 도망가고 또다시 잡혀 와서 죽도록 매 맞아 골병들고 서서히 목숨이 시드는 아가씨들도 있었다.

경아는 별명이 팥망아지였다. 겁 많게 큰 눈에 눈썹이 짙었다. 깡다구는 경아가 들어온 뒤로 그 애가 말없이 일을 잘한다고 침 흘리며 자랑했다. 값도 백만 원이나 더했다.

"깡다구네나 가 볼라우?"

익수가 물었다.

"가 봤자지 뭐."

정환이 우울하게 말했다.

"어디…… 약속 있수?"

익수가 무슨 기미라도 잡을까, 정환의 표정을 살피며 물었다. 정환은 경아를 생각하고 있었다. '탈출'을 생각했다. 일 잘하던 창녀 경아가 도망칠 수밖에 없는 이곳, 101번지. 정환은 이곳의 벽, 이곳의 담, 이곳의 경계를 마음으로 그려 봤다.

"혀엉, 왜 그러고 있수?"

여인숙을 나올 때의 말쑥함과는 딴판으로 말없이 땅이 꺼지게 한숨을 내쉬는 정환에게 익수가 물었다.

"아침 먹었니?"

정환이 물었다.

"몇 신데 아침이래유? 점심이라문 몰라두. 봐유, 열두 시가 다 됐네. 보나마나 맨속이겠네. 가유."

익수가 발부터 떼며 말했다. 익수는 앞장서서 시장 안에 새로 문을 연 쇠고기 따로국밥집으로 들어갔다.

"혀엉, 요즘 혀엉이 깔치 생긴 건 분명한데 나한테 소개시켜 주문 안 되겠수? 나두 형수씨루 깍듯이 뫼시고 할 테니까."

정환은 대답하지 않았다. 익수 앞에 마주 앉은 그는 조간 신문으로 상반신을 가리고 있었다. 익수는 반주 한잔 하겠다며 소주를 달라고 하더니 제가 냉장고에서 소주를 꺼내 오고 유리잔도 앞앞이 놓았다.

"혀엉, 한잔 합시다."

익수가 술을 채운 잔을 들고 말했다.

"빈속인데."

정환이 신문을 내려놓고 중얼거렸다.

"언제 우리가 빈속 찬속 가리고 살았수?"

익수가 빈정거렸다. 곧 김이 무럭무럭 오르는 따로국밥 뚝배기가 앞에 놓였다. 중년의 주인 여자가 송송 썬 파 그릇과 다진 양념 그릇을 앞에 놓아 줬다. 양념을 치고 간을 본 익수가 먹기 좋다고 칭찬했다. 밥을 말아 퍼먹고 이마의 땀을 훔치고 밥 한 공기를 더 시켰다. 마침내 뚝배기를 들어 국물까지 마신 익수는 물로 입가심하고 배를 불쑥 내밀었다.

"이제 속이 풀리네. 사람은 그저 배때지 부르고 등이 따수워야 사는 게 사는 거지! 안 그래요?"

익수가 주인에게 그저 한마디 건넸다.

"너 영미하고 싸웠니?"

정환이 익수의 빈 잔에 술을 부어 주며 물었다.

"혀엉, 난 여자 재미 못 봤수. 그게 우리 남자하곤 달라서 요물이 맞어. 그놈의 변덕을 어떻게 맞추우. 돈만 있으면 세상에 맛있는 게 널렸겠다, 여자 지천으로 내깔렸겠다, 뭐가 아쉬워서 비위 맞추고 살우?"

정환은 빙그레 웃었다. 익수 말도 틀린 건 아니라고 생각했다.

"왜 싸웠는데?"

"내가 뭐 불안하다나요? 젠장 불안하지 않은 인생이 어디 있수? 결국 내가 돈을 제대로 못 번다는 타박인데 월급쟁이는 죽었다 깨도 못하는 거 지도 다 알고 살림 채린 거 아니냐고. 인연이 여기까지지 싶어."

익수는 술이 오른 얼굴로 인상을 쓰며 말했다.

"임신했다고 그러지 않았나아?"

"몰라요. 다시 물어보지도 않았으니까. 나 같은 눔은 애당초 태어나길 잘못 태어나서 그런데 나 같은 거 세상에 다시 만들어 봐야 뭘 하우. 난 이렇게 살다 아무 데서나 뒤질래."

정환은 아무 말도 하지 않았다. 그는 '유전무죄 무전유죄'를 생각했다.

"내가 보기에 혀엉은 증말루 이런 데 사는 게 어울리지 않는 사람이우. 내가 뭘 몰러도 느끼는 건 있수."

익수가 말했다. 그에겐 이 바닥에서 '혀엉'이라고 부르는 남자가 많았다. 그런데 정환이완 딱 부러지게 정이 들지 않았다. 무언가 '삐딱하고 생각이 많고 기름처럼 돈다'는 느낌이 들어서일지 몰랐다.

뚝배기도 비우고 해장술도 걸친 그들은 말없이 거리로 나와서 헤어졌다. 익수는 깡다구네로 가고 정환은 가는 데를 정하지 않고 느릿느릿 어디론가 걸었다. 걸으면서 정환은 경아를 생각했다. 경아는 틀림없이 잡혀서 돌아올 것이라고 생각했다. 멀리 가지 못해서 잡히지 않으면 연고지에서 잡힐 것이고, 집에 갔더라도 적응을 못해 다시 사창가에 돌아올 것이고, 다른 유곽에 들어가면 포주들의 그물망에 갇히게 되어 이내 다시 돌아오게 될 것이었다.

정환은 버스를 탔다. 배낭을 진 여행객과 가벼운 바다 나들이 차림의 젊은 사람들이 많았다. 그가 짙푸른 산과 숲과 나무들을 바라보고 경아를 생각하고 다시 차창을 바라보는 동안 차는 종점에 닿았다. 정류장에서 내린 다음에야 그는 지금 자기가 어디로 왔는가를 깨닫고 스스로 놀랐다. 수영의 가게가 있는 거리였다. 그러나 그는 그 길로 들어서지 않으려 반대편으로 발길을 떼어 놓았다.

어젯밤에도 그는 잠들기 전까지 수영을 이리저리 생각했다. 생각의 끝에 그는 언제나 수영은 환상이다, 환상은 거짓이다, 이런 결론을 내렸다. 이젠 습관 같았다. 그런데 지금 그는 다시 자신도 모르게 수영이네 가게 근처로 가고 있었다. 여러 번 와 봐서 이젠 낯이 익은 야채 가게. 좌판 위에 놓인 두부는 함지 물에 잠겨 있었다. 포장 상자에 든 배추는 잎이 시들어 늘어졌고 자전거포에선 라디오 소리가 높고, 중국집에선 중년의 계꾼으로 보이는 여자들이 두셋씩, 너댓씩 발을 맞추어 나오고 있었다. 슈퍼마켓과 양복점도 지나쳤다.

　가게 둘을 더 지나면 거기 수영이 있을 것이었다. 정환은 천천히 앞으로 걸음을 떼어 놓았다. 그의 가슴이 조여들기 시작했다. 선물의 집 바다. 쇠줄에 매달린 나무 간판이 풍경처럼 흔들리고 있었다. 시야에서 사라졌다 나타나곤 하는 간판을 보며 그는 가슴이 타들어가는 걸 느꼈다. 아무 소용 없는 짓이다. 그는 자신을 책망했다. 왜 이 시간에 이곳으로 왔는지, 왜 아침에 양복을 차려입었는지. 위로가 필요했을 익수, 그리고 경아를 놓친 포주 깡다구, 뉴 유토피아 선원 김씨, 밀항, 큰 거 한 장, 민석, 희망……. 어느 결에 선물의 집 앞에 이른 정환은 걸음을 멈추고 한꺼번에 달려드는 모기떼 같은 이런 것들의 상념에 정신이 아뜩해졌다. 부질없는 짓. 그는 구두코를 내려다보며 자신에게 말했다. 아무것도 기약할 수 없는 인생에서 이게 무슨 짓인가. 그는 문득 고개를 치켜들고 하늘을 쳐다봤다. 너 박정환, 다시는 이런 무모한 일에 마음을 흔들리지 말아라! 그는 나무라고 또 나무랐다. 분노와 슬픔, 책망과 그리움이 뒤범벅으로 엄습했다. 돌아가라. 그가 자신에게 말했다. 돌아가서 현실을 직시하고 현실을 살라, 자신에게 명령했다. 명령을 받는 순간 내면으로부터 뜨겁고 차디찬 덩어리가 울컥울컥 치밀었다. 그는 입술을 아프게 깨물었다. 돌아가라. 그가 발에게 말했다. 돌아가라. 마음에게 말했다. 그러나 발도 마음도 꿈적하지 않았다.

이때 미풍에 흔들리듯 유리문이 슬며시 안쪽으로 밀렸다. 정환은 잠결에 햇살을 본 사람처럼 놀란 표정이었다. 유리문 안쪽으로 얼굴 하나가 그림자처럼 어렸다. 낯익고 익숙한 얼굴이었다. 저게 난가? 그의 뇌리에 말도 되지 않는 엉뚱한 상상이 스쳐 지나갔다.

"왜 안 들어오고⋯⋯."

얼굴이 유리문 바깥으로 나와서 미소 지었다. 조용하고 고요한 말소리였다. 여태 한 번도 들어 보지 못한 목소리. 진짜 수영일까? 발랄하고 겁 없어 보이던 수영은 가랑비에 몸을 씻은 산속 원추리 꽃처럼 빛과 자태가 함초롬했다. 정환의 내면에 태풍이 일었다. 한 번도 경험한 적이 없는 강렬한 태풍이었다. 경험이 없어서 어떻게 대피하고 어떻게 처신해야 할지 엄두가 나지 않았다.

그러나 그는 수영이 놓아 준 둥근 나무 의자에 엉거주춤 엉덩이를 댔다. 순간순간 정신이 몽롱해지고 아득해졌다. 고개를 숙이고 공연히 삼면의 벽을 둘러봤다. 자꾸만 마른침이 삼켜지고 목울대의 바튼 움직임은 한사코 거슬렸다. 수영이 냉장고에 넣어 둔 오미자차를 흰 사기잔에 담아 왔다. 붉지만 붉기만 하지 않고 분홍이지만 분홍이지만은 않은 오미자의 투명함을 깊이 들여다봤다.

"드세요. 꿀을 탔어요."

수영이 말했다. 목소리는 떨렸고, 정환을 바라보지 못했다. 그건 정환도 마찬가지였다. 설렘이나 달뜸, 두려움과 용기, 환상과 현실의 충돌은 벅찼다. 정환은 잔을 입에 대고 기울였다. 오미자. 달콤 시큼 쌉싸름 떫음 짭짜름. 붉은 피와 흰 진액의 혼합.

"괜찮으면 더 드세요."

"대단한 맛입니다."

정말요? 수영이 이런 얼굴로 정환을 바라봤다.

"처음 마셔 봅니다."

정환이 수줍게 말했다. 오미자 탓일까. 정환은 진정이 됐다. 그는 심호흡을 했다. 사물이 정밀하게 보이기 시작했다. 끝 모르게 달아 오르던 몸과 맘이 편해지는 것 같았다. 수영이 냉장고를 열고 오미 자가 든 페트병을 바라봤다. 아침에 정환을 생각하고 두 병이나 들고 나왔었다.

"갈 때 한 병 드릴게요. 사실은⋯⋯."

수영이 말을 매듭짓지 못했다. 정환이 그 여자의 말이 끝나기도 전에 자신이 자주 와서 다 마셔 버리겠다고 큰 소리로 말했기 때문이다. 편해졌다고 여겼던 그의 맘은 어느 순간 몸을 떠나 허공에 둥둥 떴고 목소리는 공중에서 웅웅 울렸다.

"수영 씨, 내가, 자주, 와서, 다, 마시죠, 뭐."

정환은 이미 말한 것을 다시 톡톡 잘라서 말하고 있었다.

"사실은 집에서 나올 때 정환 씨 주려고 한 병 가져왔거든요."

"내가 올 걸 알았습니까?"

정환이 수영을 바라보며 확인하듯 물었다.

"막연하게 느껴졌어요."

수영이 수줍게 말하고 고개를 숙였다. 그 여자의 떨림이 먼지처럼 우수수 떨어지고 있었다. 정환은 손가락을 꺾었다. 딱딱 소리가 났다. 고개를 들지 못했다. 그는 숨이 막혔다. 자신도 모르게 한숨을 몰아쉬었다.

"이상해요. 이런 말, 해도 될지 모르겠는데 누가 자꾸만 곁에 느껴지는 거 첨이에요. 정신병이 아닌가 생각돼요. 사람은 이렇게 미치는 건지. 미치고 싶지 않은데. 미치면 안 되는데. 잠자다가 깨요. 누가 곁에 있는 거 같아요. 눈뜨면 늘 혼잔데요. 엊그제는 그래서 새벽에 엄마 방에 갔어요. 꿈꿨느냐고 그러시더라고요. 무서운 꿈 꿨다고 그랬더니 그건 내가 어른이 되는 과정이래요. 사실 꿈꾼 건 거짓말이었는데. 엄마한테 진실을 말할 수 없더라고요. 지금까지 거짓말한 적이 없는데 거짓말을 하기 시작했어요. 엄마에게 슬픔을 드릴까 봐 제일 겁나요. 엄마는 나만을 위해 살고 계세요. 엄마 목숨보다 나를 더 소중하게 여겨요. 해 드린 거 하나 없는데. 요즘 들어 엄마를 생각하면 왜 슬퍼지는지, 정말 모르겠어요."

수영은 말하는 내내 왼손 검지로 엄지의 손톱 테두리를 긁었다. 말하다가 아랫입술을 잘근 씹었다. 눈은 내리뜨다가 아득하게 바라보기도 했다. 정환은 아무 말도 하지 않았다. 공기는 움직이지 않는 것 같고 두 사람의 숨소리는 허공에서 바닥으로 곤두박이곤 하였다.

"손 잡아도 돼요?"

정환은 수영이 말하는 동안 하염없이 바라보던 수영의 왼손에 시선을 고정하고 물었다. 수영이 눈을 동그랗게 떴다. 아주 사소하고 아무렇지 않은 것, 개울가 바위 위에서도 잡았던 그 손을 남자가 원하고 있는 것이었다. 수영은 오른손을 내밀었다. 정환이 손을 잡았다.

"수영 씨, 꼭 행복해져야 합니다."

정환이 말했다. 수영에게서 침을 삼키는 소리가 났다.

"수영 씨는 반드시 행복하게 살아야 합니다."

다시 정환이 꼭꼭 다지는 목소리로 말했다. 이때 수영의 손을 잡은 그의 팔에 물방울이 툭 툭 떨어졌다. 정환의 가슴이 무너져 내렸다. 가슴이 맵고 쓰라렸다. 세상에서 가장 아름답고 청결한 여자, 순수하고 단순한 여자, 수영 씨를 위해 내가 무언가 할 수 있을 때, 그런 때가 오기를! 정환은 소리 없이 눈물을 떨어뜨리는 수영에게 속으로 말했다. 한 사람이 다른 사람에게 스며들고 속속들이 박히고 서로 짓이겨져 섞이고 있었다. 그 순간에 둘은 그저 흐르는 시간에 침잠할 뿐이었다.

정환이 티슈를 뽑아 수영에게 건넸다. 수영이 눈물을 닦고 콧물을 훔치고 계산대 뒤로 갔다. 고개를 숙이면 바깥에선 보이지 않았다. 그 속에서 십 초를 지내고 일 분을 보내고 이 분을 보냈다.

"떠나나요?"

수영이 말했다. 말소리가 계산대를 너머 가게 안으로 퍼졌다. 정환은 말하지 못했다. 나도 수영 씨처럼 잠자다가 깼다고 말할 수 없었다. 가난뱅이이며 대학원생이 아니며 마약 전과를 가진 사람이라는 걸 말할 수 없었다. 이 땅에선 평범하고 건강하고 아름답게 살아갈 수 없다고, 뿌리내릴 곳이 없다고, 그러니 사기꾼이라고 그는 말해야 한다고 결심했지만 말할 수 없었다.

다시 시간이 흘렀다. 수영이 무언가를 주섬주섬 챙기는가 했더니 민소매 위에 얇은 블라우스를 걸치고 가게 이름이 적힌 종이에 볼펜으로 이렇게 썼다.

우리는 누군가요.

곧 정환은 수영이 내민 종이의 글자와 마주 봤다.

우리는 누군가요.

그는 아랫입술을 깨물었다. 그도 모르게 깊은숨을 쉬었다. 비장한 표정의 수영은 계산대 뒤로 가서 '문닫음'이라는 팻말을 유리문에 붙이고 문을 안에서 잠갔다. 안에서 잠금쇠가 걸리는 소리에 정환은 그쪽을 바라봤다. 수영의 단호하고 완강한 뒷모습이 보였다. 커튼을 치고 돌아서는 수영을 그가 바라봤다. 수영의 얼굴은 창백했다. 나를 용서해. 정환은 창백한 얼굴로 말없이 말했다. 용서해 수영. 그가 다시 속으로 말했다. 이때 수영이 정환에게 다가와 그의 무릎에 얼굴을 묻었다.

"이러지 말아요. 이렇게 가게 문을 닫으면 난 여길 다신 못 와요."

정환이 수영의 머리를 어루만지며 애끓는 소리로 말했다.

"미치는 거보다 나아요."

수영이 대답했다. 정환이 수영의 머리를 쓰다듬었다.

"어떤 땐 죽을 거 같아요."

수영이 말했다. 정환이 입술을 깨물었다. 사랑한다고 말해선 안 된다고, 그는 자신의 혀를 깨물었다.

"말해 줘요. 내가 어떡해야 할지. 우리는 누군지 말해 줘요. 우리가 누군지요. 우리가……"

수영이 뜨겁게 말했다. 말소리가 점점 잦아들었다. 정환의 손이 저절로 수영의 검은 머리에서 이마로 뺨으로 콧날로 입술로 미끄러져 내리고 있었다. 그는 자신의 손이 하는 일을 느끼지 못했고 수영은 그 느낌에 정신을 잃기 시작했다. 그의 손이 수영의 얼굴을 들어 올리고 그의 몸이 밑으로 가라앉고 그가 수영의 몸을 뜨겁게 끌어안고 마침내 두 개의 입술이 하나로 포개졌다.

시간이 흘렀다.

뜨겁고 격렬하고 혼곤한 시간이 흘렀다.

시간과 사물에 이름을 붙이기 이전으로, 시간과 사물이 형태로 상상되기 이전으로, 그들은 까마득하게 돌아갔다.

마침내 돌아가서 그들은 의식의 창고에 미어지도록 쌓인 감정들, 온갖 정의들, 규정과 가치들의 격정 떨림 의구심 두려움 슬픔이 녹도록, 사라지도록 거기서 그냥 그저 그렇게 있었다.

이윽고 익은 열매처럼 둘은 개운하고 개운하게 분리됐다. 꺼풀은 꺼풀로 알맹이는 알맹이로.

두 사람은 나란히 앉았다. 수영은 편해 보였고 정환은 따뜻해 보였다.

"만약 이게 사랑이라면……"

정환이 차분한 목소리로 말하기 시작했다. 수영이 귀를 쫑긋 세웠다.

"난 사랑을 해 본 적이 없었네요. 이제 확연해집니다."

"사랑……"

수영이 말 배우는 아이처럼 읊조렸다.

"오늘 밤부터 편하게 단잠을 잘 수 있었으면 좋겠습니다. 수영 씨도 나도."

정환이 말했다. 수영은 커피를 끓였다. 쌉싸름하고 구수한 커피 향기가 가게 안에 가득 찼다. 커피를 잔에 따르며 수영은 결혼에 대해 생각했다. 결혼을 진심으로 생각해 보긴 처음이었다.

"세상엔 수영이라는 사람은 하나지요."

커피 잔을 받아들며 정환은 애틋하게 중얼거렸다.

"어떤 경우에도 지금 이 순간을 기억하고 이 순간의 진실을 믿어요. 믿어야 합니다."

다시 정환이 커피 잔을 내려다보며 낮은 소리로 말했다. 내면으로부터 맑게 솟아오르는 생명과 운명의 기운이 선연하게 느껴져서 정환은 새롭게 태어난다는 게 이런 건가, 생각했다. 그는 조용히 커피로 입술을 적신 뒤에 수영의 눈을 들여다보았다.

"앞으로 혹시……."

그가 나직이 말했다. 순간 수영의 눈에 불길한 빛이 어렸다. 표정이 순식간에 어두워졌다. 정환은 이내 자신의 실수를 깨달았다.

"앞으로 혹시, 그리고요?"

수영은 그냥 넘어가지 못했다. 떨리는 목소리로 물었다. 그동안 정환을 만날 때마다 뭔가 불충분하던 것, 한 발은 땅에 딛고 다른 발은 허공에 들고 선 것 같던 느낌이 생생하게 살아나는 것이었다.

정환은 아랫입술을 깨물었다. 행복이라는 것, 조금 전에 느꼈던 생명과 운명의 선연한 기운이 흐릿하게 날아가는 것 같았다. 내가 무얼 가져. 그는 자신에게 말했다. 수영이라는 순진한 여자가 간직한 자신에 대한 터무니없는 환상에 맞춰 살 수는 없다고 그는 자신에게 말했다. 찬물을 끼얹은 것처럼 정신이 번쩍 들었다. 차라리 개운했다. 이때 문득 그에게 내면의 비굴함과 싸우라던 정민의 말이 떠올랐다. 부당하게 삶을 고통으로 몰아넣는 모든 틀에 저항하는 힘을 길러야 자존을 지킬 수 있다던 형. 틀을 바꾸는 게 사랑이라고 말한 사람. 그는 정민이 형이 그리웠다. 정직하고 소박하고 정결한 남자. 그가 꿈꾸는 세상은 어디 있을까.

정환은 정민을 떠올린 뒤로 편안해졌다.

"정환 씨, 괜찮아요. 사람에겐 누구한테나 혹시, 어떤 일이 생길 테니까요. 그때 누구나 자기가 믿는 대로 될 것 같아요. 일은 언제쯤 끝나요?"

수영이 몽환에서 깨어난, 그 여자의 늘 그런 순진한 표정으로 물었다.

"일이요?"

정환이 몸을 움찔하며 되물었다. 그는 아무것도 모른 채 그저 '일'이라는 낱말만으로도 속이 켕겼다.

"논문 쓰고 있는 거요. 언제나 끝나는지, 그거 끝나면 곧장 떠날 건지 늘 궁금했거든요."

수영이 수줍어하며 말했다. 정환은 가슴에 불덩이를 덮어쓴 것처럼 얼굴이 활활 달아올랐다. 그는 당장 수영의 눈앞에서 사라지고 싶었다. 정환의 표정의 변화에 의아해 하며 자신을 바라보는 맑은 눈. 저 눈에 대고 자신이 저지른 천박함이 가증스럽고 치욕스러워서 앉아 있을 수가 없었다. 아무래도 설마 내가, 도덕적으로 추악한 짓을 내가 했을까. 수영이 다른 남자랑 헷갈린 건 아닌지, 그는 물어보고 싶었다.

"왜 그래요?"

수영이 걱정스럽게 물었다. 그 여자가 한 손을 정환의 뺨에 댔다. 정환은 자신도 모르게 그 손을 떼어 냈다.

"정말 내가 그렇게 말했나요?"

그는 진지하게 불그레해진 눈으로 수영을 바로 보지 못한 채 물었다.

"그럼요! 첫날에 내가 공부하러 온 분이냐고 물었더니 그렇다고. 그래서 논문을 쓰는 중이냐……."

수영이 떨리는 목소리로 말했다. 자기가 무슨 중요한 잘못을 저지른 게 아닌가 의심했다. 그 잘못 때문에 정환이 자기를 싫어하고 헤어지게 되는 건 아닌가 불길한 예감이 스쳤다.

"미안해요."

수영이 낮게 말했다. 뭐가 미안하다는 거지? 정환은 허공을 바라봤다. 마치 수영의 목소리가 허공에서 울린 것처럼.

"논문 끝내면 떠날 거라고 그랬기 때문에 난 그저 그 논문이라는 게 영원히 안 끝났으면 하고 바라서요."

수영이 고개를 숙인 채 잘못한 아이가 선생님에게 제 잘못을 말하듯 그렇게 말했다.

"괜찮아요. 서로를 존중하니까. 난생 처음 여자한테 느낀 감정입니다. 이미 내 피가 되어 몸에서 돌고 있으니…… 버리는 것도 잊는 것도 불가능합니다."

정환이 중얼거리듯 말했다. 수영이 그의 얼굴 앞에 새끼손가락을 내밀었다. 정환은 작고 가늘고 하얀 새끼손가락을 바라봤다. 손가락이 파르르 떨고 있었다. 정환이 고개를 숙여 그 손가락을 입에 넣었다. 갑자기 눈앞이 아득했다. 그는 눈을 감았다. 초라하고 너절하고 뿌리 뽑힌 자신의 생이 너무도 명징하게 보였다. 앞은 캄캄하고 뒤는 막혔으며 위는 아득하고 아래는 무서웠다. 그는 눈물이 입 안에서 목을 타고 아래로 내려가는 걸 느꼈다. 정환은 보이지 않는 눈물의 길을 느끼며 속으로 간절하게 말했다.

제발 당신이 먼저 나를 떠나길.

나를 버리고 나를 배반하길.

정환은 수영의 새끼손가락을 문 채로 흡사 주문을 외듯, 기도하듯 생각했다.

당신이 내게서 먼저 떠나길. 나를 버리고 배반하길.

떠나고 버리고 배반하길…….

항구의 밤

캄캄했다. 아무것도 보이지 않았다. 축대에 와서 부서지는 파도 소리 외엔 어떤 소리도 들리지 않았다. 저만큼 떨어진 항구에는 등 댓불이 죽었다가 되살아나고 죽었다가 되살아났다. 정박등은 보일 듯 말 듯 멀었다.

어두운 바다 위로 푸른 기운의 탐조등이 신념 없는 염탐꾼처럼 스쳐 지나가고 다시 돌아와 같은 해수면을 부챗살같이 핥았다.

거의 한 시간쯤 걸어 이곳에 닿은 정환은 등대와 정박등과 철책과 탐조등을 바라보고 있었다. 철책은 항구가 끝나는 데로부터 여러 겹으로 쳐져 있었다. 탐조등은 철책 바로 앞까지 혀를 대고 미끄러져 되돌아가곤 하였다.

땜마는 언제나 그랬듯이 겹겹으로 둘러친 철책이 끝나는 데에서 띄울 작정이었다.

생선 횟집들이 줄지어선 유흥가는 길지 않았다. 야트막한 산이 치 맛자락처럼 바다로 퍼져 내린 곳. 산 중턱으로 철길이 있고, 철길 밑 에는 가난한 무허가 판잣집들이 있었다. 그 아래로 좁은 찻길, 찻길 밑으로 올망졸망 여러 채의 집이 납작하게 앉아 있었다. 그곳의 어 부들은 작은 어선을 부리고 살았다. 애당초 자갈과 모래가 뒤섞였던 자그마한 벌에 커다란 바위가 방파제처럼 쌓여 있었다. 해일이 아니 면 풍랑에는 까딱없이 견딜 만했다. 어부들은 대부분 이곳에서 대를 이어 살고 있었다. 개중에 고등학교라도 다닌 자식들이 다른 고장으 로 나가지만 그곳에서 겉돌다가 나이 들면 돌아와 배를 탔다.

정환은 철책이 끝나는 데로부터 십여 미터를 더 걸어 나왔다. 저 앞쪽, 어부의 마을 꼭대기에 가로등이 켜 있었다. 정환은 야광 시계 를 보았다. 새벽 두 시였다.

정환은 앞으로 걸었다. 축대를 쌓아 바닷물이 넘지 못하게 만든 찻길 옆엔 낡은 공장 건물이 있었다. 길을 가운데 두고 축대에 잇대 어 있던 집은 어느새 헐려 빈터만 남았다. 정환은 일을 시작하기로 약속한 뒤로 벌써 두 번이나 다녀갔었다. 눈을 감아도 지형지물이 훤했다. 그래도 그는 다시 건물, 빈터, 축대의 높낮이, 장애물 같은 것을 찬찬히 확인했다.

정환은 만족스러웠다. 위험은 긴장하게 하고 긴장하면 인생이 손 에 만져졌다. 그는 손에 감촉되는 인생의 느낌에 매료되기 시작했다. 그가 이 촉감을 즐기며 걷다가 그만 발길에 채는 것이 있어서 넘어질 뻔했다. 나무토막이었다. 불길했지만 그는 액땜이라고 돌려 생각했다. 미리 들뜬 마음을 가라앉혀 주는 것, 결코 쉽지 않다고 각성하게 하는 것. 정환은 여기까지 살아오면서 이런 게 액땜이라는 걸 알아차렸다. 그는 허리를 굽히고 한주먹에도 잡히지 않는 각목을 들어 공장 처마 밑 깊숙이 치워 놓았다.

이제 더 살필 것이 없었다. 시간도 됐다. 그는 축대 끝에 섰다. 바다에서 눅눅한 바람이 무겁게 밀려왔다. 비릿한 피 냄새가 스며 있는 항구의 바다 냄새. 탐조등도 잡을 수 없는 게 있다고 생각하며 그는 쓰게 미소 지었다. 그리고 깊은숨을 쉬었다. 곧 신호가 올 것이었다. 그는 신경을 날카롭게 곤두세우고 신호를 기다렸다. 날카롭되 편안하게, 편안하되 긴장을 풀지 말 것. 그의 몸은 이 규칙에 길든 지 오래였다.

그는 입을 다물고 목젖을 열었다가 닫았다. 고요한 밤바다. 그의 낮고 짧은 인기척은 파도 사이의 침묵을 겨냥했다. 두 번. 축대 아래를 살폈다. 무슨 인기척이 올라왔다. 흔들리는 그림자도 보았다. 정환은 축대 끝에 한 손을 짚고 가볍디가볍게 몸을 들어올려 먼지처럼 아래로 내려섰다. 자갈돌 하나가 굴드러지는 소리가 났지만, 괜찮았다.

"이쪽으로."

말을 한 건 선원이었다.

두 사람은 땜마에 올라탔다.

땜마는 기다렸다는 듯이 이내 속력을 내기 시작했다. 정환은 세븐스타 호의 정박등을 바라보았다. 살갗으로 축축하고 툽툽한 공기가 마구 엉겨 붙었다. 눅눅한 안개가 촘촘하게 내리는 중이었다. 작업을 할 때 안개는 반갑고 두려웠다. 먼 거리가 아니더라도 방향을 놓치는 사고는 순간이었다.

탐조등의 부챗살이 핥지 못하는 데를 지나 작은 땜마는 고목에 붙은 매미 한 마리처럼 세븐스타 호의 옆구리에 닿았다. 파도가 세븐스타의 옆구리를 철렁철렁 치면서 무료를 달래고 있었다.

기다릴 것도 없이, 따로 신호를 보낼 필요도 없이, 배에서 라이터 불이 두 번 깜박였다. 정환은 그것을 받아 자신도 두 번 그렇게 하였다.

잠시 후에 밧줄에 매인 물건들이 내려왔다. 어떤 것은 무겁고 어떤 것은 가벼웠다. 정환은 물건을 받아 땜마에 쌓았다. 30분이나 그랬다. 물건이 가득 찼다. 이윽고 빈 밧줄이 배로 올라가서 다시는 내려오지 않았다. 정환은 배를 바라봤다. 라이터 불이 동그라미를 크게 그렸다. 정환도 그걸 받아서 동그라미를 크게 크게 그려 보였다.

땜마는 둥근 지붕을 씌운 모양으로 변한 채 다시 바다 위를 미끄러졌다. 탐조등은 무심하게 검은 해수면을 훑고 지나갔다.

땜마가 바위 사이에 닿았다. 정환은 땜마에서 내렸다. 축대 위에서 이쪽으로 나는 그림자가 둘.

"수고."

한 남자가 말했다. 대답은 필요 없었다. 물건은 축대 위로 올려질 것이며 짐차에 실려야 했다. 선원은 땜마로 돌아가고 정환은 축대 위에 홀연히 섰다.

"수고했어."

어두운 그림자가 다가와 정환에게 속삭였다. 그는 정환의 일 솜씨를 믿었다. 그는 봉투를 정환의 손에 쥐어 줬다. 정환은 봉투의 두툼한 두께를 감지했다.

"타고 갈래?"

그가 발을 떼어 놓는 정환에게 물었다. 그냥 해 보는 말이었다. 일을 끝내면 어떤 경우든 찢어져야 살았다. 그리고 이 모든 걸, 깡그리, 없던 일로 잊어야 했다.

정환은 항구의 중심을 향해 걸었다.

지금 짐차에 물건을 부리고 있으련만 낙엽 스치는 소리 하나 들리지 않았다.

정환은 땜마 주인이나 세븐스타 호의 선원을 알지 못했다. 그에게 어깨를 치며 수고했다고 말한 사람은 이 지방에 살지 않는 전회장이라는 남자였다. 전회장은 덩치가 큰 물건들은 정환을 통해 받아 가곤 하였다. 사람은 무뚝뚝하고 진실하거나 살살거리며 뒤통수치거나 둘 중에 하나라고 그는 믿었다.

수평선 쪽은 아직도 어둡고 부두의 어판장 쪽에서 어수선하고 분주한 기운이 밀려왔다. 자동차는 그곳으로 몰려들고 나왔으며 긴 고

무장화를 신은 사람들의 모습이 어릿어릿 비쳤다.

정환은 몸이 무거웠다. 어디 가서 쓰러져 세상모르게 쉬고 싶었다. 빈 택시가 그의 옆을 쭈뼛거리며 지나갔다. 차창에 팔을 걸친 기사는 행여 태워 볼까 기대하다가 속도를 내곤 하였다.

어판장 어귀의 뼈다귀, 선지, 북어, 해장국집도 서둘러 문을 열었다. 목조 이층 건물의 어부 숙소에서 어부들이 하나 둘 나오고 있었다. 무릎을 다 덮은 고무장화를 신은 사내, 담배를 피워 문 어부, 팔을 치켜들고 하품하는 남자, 리어카를 밀고 오는 한겨울 옷차림의 아낙네. 그들은 동트기 전에 모두 바다로 나가거나 돌아오는 배를 맞이할 준비를 하려는 것이었다.

정환은 바지 주머니에 손을 찌른 채 계속 걸었다. 그사이 어둠은 한겹 더 벗겨졌고 어판장 부근의 싱싱한 새벽 불 꺼진 거리가 부옇게 드러나기 시작했다. 그는 바다로 튀어나온 돌산의 끝자락을 쳐내고 만든, 가파르게 휘어진 길에서 문득 발을 멈췄다. 인도와 차도 사이의 턱에 무어가 시커먼 것이 버려져 있었다. 누가 망가진 그물을 버리고 간 게 틀림없으려니 여기고 지나치는데 발굽에 스치는 감촉이 달랐다. 정환은 금방 술 취한 남자라는 걸 알았다. 운이 나쁘면 속도를 내는 차에 다리 하나라도 치일지 몰랐다. 정환은 그냥 가려다 돌아서서 사내를 흔들어 깨웠다. 사내는 알아들을 수 없는 소리를 지르며 옴짝을 하지 않았다. 정환이 사내를 억지로 끌어 인도 쪽으로 옮겨 놓았다. 옮겨 놓고 그는 뭉쳐서 버린 그물 덩어리 같은 사내를 내려다봤다. 취해서 천지사방을 분간하지 못하는 이 사내. 이 인생. 누군지 알지 못할 사내의 인생이 빛바랜 탐조등처럼 그의 내면을 훑기 시작했다. 그는 고개를 돌려 동쪽을 바라보았다. 먼 수평선에 오징어배의 불빛이 반짝였다. 가물가물 사라졌다 돋는 빛도 있었다.

인생의 가치는 무언가. 그는 생각했다. 이때 언제 논문을 끝내느냐던 수영의 말이 불쑥 떠올랐다. 그의 코에서 일 초도 참아 내지 못하고 핑, 코웃음이 빠져나갔다. 인생의 가치는 수없이 많거나, 가치라는 건 애당초 있지도 않을 거란 생각이 들어서였다.

"건달!"

그의 입에서 그도 모르게 이런 말이 튀어나왔다. 그는 속에서 취기가 올라오는 걸 느꼈다. 술이 아니라도 사람을 취하게 하는 건 많은 모양이었다. 그는 소형 용달차가 지나가고 서울의 수산 시장으로 가는 활어차들이 지나갈 때 문득 자동차 바퀴에 짓이겨지는 자신의 몸을 상상했다.

정환은 휘청거리며 걸었다.

"논문이라니! 건달 새끼!"

그는 빈 거리에서 소리쳤다.

"치사하고 비열한 놈!"

"죽어!"

"죽을 가치도 없어!"

정환은 주정꾼처럼 고래고래 악을 썼다. 그는 치사하고 비열한 자기가 싫어서 죽이고 싶었다. 자신을 한 번도 건달이라고 생각한 적은 없었는데 지금 그는 건달이었다. 빌붙을 곳을 찾고 빌붙고 속이고 숨고 도망가고⋯⋯. 정환은 치밀어 오르는 자괴감 때문에 피가 마를 지경이었다.

그 여자만 만나지 않았어도. 그러면 나를 이해하고 용서할 수 있나? 정환은 이렇게 묻고 고개를 저었다. 바닷가에서 느꼈던 살 떨리던 순간들, 타인이 자신에게로 스며들던 뼈저리던 느낌을 정환은 토하고 싶었다. 정환은 길바닥에 앉았다. 그는 아무렇게나 한 군데를 쏘아보았다. 수영의 몸을 모래 위에 눕히고 그 여자의 다리 사이로 파고들고 싶던 느낌을 다시 떠올렸다. 그는 손에 잡히는 돌을 건너편으로 힘껏 던졌다. 사랑이라고. 우스웠다.

정신병 같은 혼란에 휘말려 거의 한 시간이나 앉아 있었을까? 날이 밝고 지나가는 차들이 늘어나고 사람들도 눈에 띄기 시작했다. 잠이 부족해 보이는 학생, 허리가 휜 노동자, 쓰레기를 뒤지는 거지, 외박을 하고 돌아가는 남자, 그리고 절망과 혼란에 휘둘려 정신없는 정환이 있었다.

정환은 천천히 밝아오는 해변으로 내려가서 걸었다. 소금기 머금은 바닷바람에 그의 머리카락은 아무렇게나 들떴고 그의 얼굴은 푸석푸석했다. 요즘 윤기를 더하던 인상은 칙칙해졌고 절망과 자기 환멸도 칙칙함에 덮였다. 그가 걷고 걸어서 101번지가 시작되는 근처까지 왔을 때, 단단한 결심 하나가 그의 심장에 생겼다.

이곳을 떠나리.

반드시 떠나서 나를 지우고 나를 다시 태어나게 하리.

새벽 한두 시면 제철을 만나는 포장마차와 수제빗집은 남들이 일어날 시간에 뒤늦은 잠에 빠졌다. 거리는 가게와 술집과 간이음식점이 모두 문을 닫아 을씨년스럽고 가게 앞마다 내던져 버린 쓰레기는 차라리 재앙 같았다. 쓰레기봉투를 뒤지던 몇 마리의 쥐는 움찔 경계를 하다가 이내 먹을 것을 찾았다. 고양이가 낡은 담장에 먼지처럼 올라섰다.

정환은 누더기 같은 이 거리, 이 골목이 역겨웠다. 자기 학대와 책망에 곪은 목숨들과 뒤엉키고 싶지 않았다. 그러나 그의 발길은 토닥토닥 앞으로 나아갔다.

환멸도 병일지 몰랐다.

붉은 등불이 켜진 어두운 여인숙 앞에서 그는 역겨움 때문에 잠시 서 있었다.

그가 여인숙 헐거운 문을 밀자 문 위에 붙은 종이 딸랑거렸다. 손님을 받는 내실이 캄캄했다. 빈 방이 없다는 뜻이었다.

정환은 희미한 복도 불에 의지해 자물쇠를 열었다. 퀴퀴한 내가 코를 찔렀다. 지린내와 곰팡내와 술내. 그는 냄새에 코를 박기 전에 돈 봉투를 비닐 장판 속에 넣었다.

그가 잠결에 나무판자를 두드리는 듯한 소리를 들은 건 한 시간쯤 지난 뒤였다. 그는 잠을 놓치기 싫어 담요 속에 고슴도치같이 파묻혔다.

"혀엉! 여태 자?"

익수의 말소리가 들렸다. 그는 귀찮았다. 계속 못 들은 척할까, 생각하면서 고리쇠를 벗겼다. 걸지 않으면 닫히지 않는 문이 기다렸다는 듯이 벌어졌다. 익수가 쓱 얼굴을 디밀었다.

"혀엉 어디 아프우?"

"몸살이 나려는지. 불 좀 켜라."

정환은 익수를 바라보며 말했다. 익수가 형광등의 줄을 잡아당겼다. 한동안 깜박거리던 형광등이 환하게 방 안을 비췄다.

"야아, 혀엉. 어디 남아도는 여자라도 붙들고 사슈. 방 안이 이게 뭐유. 여기선 항우장사래도 몸살 나겠수."

익수가 지저분한 방 안을 둘러보며 말했다. 정환은 낯을 찡그리며 목덜미를 쓸었다. 진득한 땀이 손바닥에 묻어났다.

"별일 없니?"

"별일이야 뭐……."

익수는 중얼거리고 입을 닫았다. 그는 유치장에서 정환을 만나 몇 마디 이야기를 나누자마자 그의 딱한 처지를 짐작했었다. 익수는 마침 이민을 가게 된 지게꾼 최씨의 일을 정환에게 넘겨줬다. 이렇게 정환에게 밥벌이를 하게 해 준 자신의 공을 익수는 한시도 잊지 않았다.

"경아 잡혀 온 거 알우? 하여간 그년들은 뛰어 봤자 벼룩이라니깐."

익수는 신바람 난 일이라도 만난 것처럼 말했다.

"깡다구 기둥서방이 얼마나 늑신하게 팼는지…… 거품을 물고 늘어지면서도 경아년이 제발 죽여 달라고 했답디다. 여자가 독하다니깐."

정환은 아무 말도 하지 않았다. 그는 이미 꽁초가 넘쳐나는 재떨이에 꽁초를 비벼 껐다. 보나마나 포주들은 이참에 경아를 제물로 재수 고사를 지낼 셈이 뻔했다. 당분간은 어느 누구도 도망갈 생각을 못할 것이며, 그런 염려 때문에 눈에 불을 켤 수고도 덜어질 것이었다.

"여긴 시끄럽지 않겠수?"

정환이 다리를 펴고 벽에 기대앉아 익수를 바라봤다.

"임검(臨檢)을 이 잡듯 했는데. 윤 형사가 약이 바짝 올라서……. 그 새끼 심심하문 한 번씩 곤조를 부리고 지랄이네. 거어 차암."

익수의 말을 들으며 정환은 비스듬히 몸을 뉘였다. 형사라면 그도 반갑지 않았다. 형사에다 임검 소리까지 들으면 공연히 소름이 돋는 느낌이었다. 임검이 나오면 창녀들은 반타작도 못하게 마련이었다. 사내들은 질겁해서 입 씻고 가정으로 돌아가고 골목은 파리만 날리게 됐다.

"윤 형사가 왜?"

정환이 낮고 무거운 목소리로 물었다.

"제길, 누가 알았어야지…… 거 뭐 불순분자라나 그런 놈이 이 골목에서 닷새나 지내다가 갔다나? 씨이팔 엉뚱한 데 가서 잡혀 가지고 멀쩡한 윤 형사가 징계 먹게 됐대. 사실 그게 형이나 내 책임이냐고. 우리가 그런 불순분자 잡아다 바치는 군번이냐고. 그럼 우리도 형사나 해쳐먹지. 안 그래 혀엉?"

정환은 벌떡 일어나 앉았다. 그는 다시 담배를 피우려다 빈 곽을 구겨 던졌다. 익수가 제 담배를 꺼내 불을 붙여 정환에게 건넸다.

"그래도 윤 형사가 형은 봐줬네. 소란 떠는 거도 모르고 자게 해줬으니."

익수가 정환의 표정을 살피며 말했다. 정환은 자기가 방을 비웠다고 말하려다가 말았다. 임검은 자정부터 새벽 세 시 사이에 있었을 것이었다. 그는 사소한 물품을 지게 질 땐 익수에게 얘기하지만 오늘 같은 것은 비밀에 붙여왔다. 딱히 이유 없이 그랬다. 만약에 걸렸을 때 공연히 익수까지 귀찮아질까 염려해서였다.

"불순분자라니."

정환이 물었다.

"뭐라더라? 간첩은 아니고 뭐 좌우간 정치하고 관계가 있는 모양입디다."

정환은 듣기만 했다.

"요샌 거 왜 대학생들이 그 지랄들인지. 뭐가 부족해서 대통령 물러나라고 하질 않나, 무슨 간첩질들을 하지 않나. 하여간 배때지에 기름이 꺼서 그런다니까. 우리처럼 하루 벌어 하루 먹기 바쁜 인생들은 대통령 그까짓 거 사실 있거나말거나 아니우? 우리끼리 하는 말이지만."

정환은 한숨을 쉬었다.

"윤 형사가 뭐라고 하기 전에 혀엉이 한번 찾아봐. 술이래도 한잔 사고. 우리가 다 협조해서 진급시키고 다른 데로 보내 줘야 하는 거 아니우?"

익수가 말했다. 정환이 고개만 끄덕였다.

"혀엉은 더 잘라우?"

익수가 일어났다.

"요샌 낮에 통 못 보겠습디다. 정말 깔치 생겼수?"

익수가 새끼손가락을 들어 보이며 물었다.

"이 바닥에 혀엉 깔치 생겼다고 소문이 쫙 퍼졌는데 혀엉만 몰르지?"

"심심해서들 그러지 뭘."

"더 눈 붙이고 심심하문 당구장으로 나오슈. 삼숙이 매운탕이나 먹으러 갑시다."

"그래."

익수는 문을 닫았다. 문이 닫히는 순간 익수는 등뒤로부터 교도소의 철문을 느꼈다. 그 써늘한 기운이 여지없이 등판을 후비는 것이었다. 윤 형사가 자신에게 정환을 살피라고 했던 말, 최수영이라는 여자와 사귄다는 말, 그 여자의 내력이 심상치 않다는 귀띔들이 날 벼락처럼 익수의 등짝을 때렸다. 만약에 정환에게 무슨 일이 생긴다면, 편안할 순 없을 것 같았다. 정환을 결코 깊이 좋아하지 않아도, 오래도록 헤어지지 말고 가까이 보면서 살고 싶었다. 그런 사람이 정환이었다. 그런데 요즘 들어 까닭 모르게 뭔가 불길하고 불안했다. 잠을 자다가도 정신이 말짱해지곤 하였다.

익수는 그답지 않게 발자국 소리를 죽이며 여인숙의 열린 대문 바깥으로 걸어 나갔다.

익수가 떠난 뒤 정환도 그와 다르지 않았다. 자기 인생의 막막한 느낌 때문에 쫓기는 기분이었다. 방 안은 적막하기 그지없었다. 한 번 떠오른 막막한 상념은 사라지지 않았다. 외항선이 들어오길 기다리고 밀수품을 운반하고 매춘부의 연애편지를 써 주고 형사의 개로 사는 인생. 너무도 간단했다.

정환은 콧방귀를 뀌었다. 문득 잡혀 왔다는 경아가 떠올랐다. 제발 죽여 달라고 빌었다는 청춘도 있었다.

깡다구는 수입을 늘리기 위해 여러 가지 잔꾀를 피웠다. 한 달 매상액을 정해 놓고 그것 이상 벌어들이면 금반지 반 돈을 해 주겠다고 사탕발림을 했다. 그 포상의 첫 번째가 경아였는데, 경아가 받은 반지는 도금을 한 가짜였다. 명희가 고스톱을 치러 갔다가 그걸 밝혀냈는데 깡다구는 장난 한번 쳐 본 것이라고 얼렁뚱땅 넘기며 그 자리에서 진짜로 바꿔 주었다.

경아는 어머니가 재가를 해서 외할머니 손에 자랐다. 가난한 외가에서 자라는 남동생을 공부시킨다고 열세 살에 남의집살이를 하다가 주인집 아저씨로부터 강간을 당했다. 열다섯 살 때였다.

경아가 그 집에 들어갈 때 외가에선 선금을 받아 갔고, 주인네는 살림 가르쳐서 시집을 보내 주겠다고 약속했었다. 그러나 주인아저씨와의 관계가 주인아주머니한테 탄로나서 실컷 매 맞고 쫓겨났다. 주인아주머니는, 자신의 남편은 '남자들은 원래 그래서' 뒤로 감춰 두고 경아만 족쳤다. 아무리 힘센 아저씨가 달려든다 해도 울며불며 살려 달라고 애원하면 네년이 몸을 망쳤겠느냐, 마빡에 피도 마르지 않은 년이 아래가 헤퍼 벌려 줬으니 너 같은 건 나가서 몸이나 팔고 살라며 내쫓았다.

"논문은 언제 끝나지요?"

이 순간 왜 또다시 수영의 목소리가 떠올랐을까. 정환의 얼굴이 수치심으로 뜨겁게 달아올랐다. 그는 지금 창문 없는 방에서 수치심 때문에 죽고 싶었다. 책갈피가 나달거리도록 사전을 읽고 외운 적은 있었다. 하지만 그 사전도 이미 어지간히 닳아빠진 상태로 그의 손에 들어왔다. 희랍어 공부를 시작한 사상범이 전방을 가면서 그에게 선물했던 것이다. 그가 언뜻 말했었다. 사람은 사람답게 살 수 있어야 하며 그런 환경을 만들기 위해 싸워야 한다고. 정환은 코웃음을 쳤다. 익수 말대로 배때지에 기름이 끼면 그런 생각 할지 모른다고 생각했다. 사람이 하루 세 끼 먹기 위해 세상 어느 틈에 박혀 바둥대는지 상상할 수 있다면 차마 그런 말은 못할 거라고 생각했다.

정환은 아랫입술을 잘근잘근 씹었다. 그의 눈이 빛나기 시작했다.

"사람 대접 받고 살자면 펜대를 잡아야 한다."

절름발이 영환은 보리알이 실수처럼 붙은 감자밥을 고추장 벌겋게 푼 찬물에 말아 먹으며 비장하게 말하곤 했다. 동생 정환이 펜대만 잡게 되면, 첩첩산중 척박한 골짜기의 자기네 짐승 가족이 갑자기 '사람'으로 환생할 것처럼.

정환은 담요를 걷어찼다. 형광등 빛에도 먼지가 구름같이 일었다. 순간 도망가고 싶다는 충동을 느꼈다. 그러나 그는 그 충동을 딛고 일어나 방을 치우기 시작했다. 신문은 바로 펴서 접고 담요도 개켰다. 언제 물 구경을 해봤을지 상상도 안 되는 걸레를 억지로 펴서 방바닥을 밀었다. 기다랗고 뻣뻣한 머리털과 돼지꼬리 같은 거웃이 함께 섞였고 죽은 파리와 개미 쥐며느리 동강 난 노래기도 여러 마리 쓸렸다. 그는 먼지가 달라붙은 걸레를 세면대로 들고 나가 물이 하얗도록 빨았다. 다시 방을 닦은 뒤에 발도 씻고 머리도 감았다.

젖은 머리를 수건으로 털면서 그는 방 안을 들여다봤다. 말끔하다 못해 청결하기까지 하였다. 그의 마음도 어느 결에 방 안을 닮았다. 문을 닫아걸고 그는 고즈넉이 앉았다. 문득 적막감이 밀려들었다. 멍한 눈으로 앉아 있다가 불현듯 비닐 장판을 들췄다. 납작하게 눌린 만 원짜리들이 적지 않았다. 통장도 꺼내 펼쳤다. 1년 반을 부은 적금 통장도 들췄다. 현금을 세고 통장의 돈을 합쳐 보았다. 정환은 놀랐다. 생각보다 많았다. 그는 자기도 모르게 빙그레 웃었다. 힘이 생겼다. 새벽 바닷가에서 동쪽을 바라보며 자신을 짓이겼던 감정들은 흔적도 남지 않았다. 절망과 치욕도 사라졌다. 기분이란 것은 회오리도 되고 태풍도 되지만, 결국 바람이었다.

사랑한다면 행복해야 한다

"술을 좀 마셨습니다, 수영 씨."

정환은 정확하게 선물의 집 바다 건너편에서 멈춘 택시에서 내린 뒤, 불 밝은 진열장을 바라보며 속으로 말했다. 그러나 그는 선뜻 길을 건너지 못했다.

거리엔 이제 땅거미가 짙게 깔렸고 전등불은 한꺼번에 경주하듯 켜지고 있었다. 정환은 상점의 불빛, 가로등, 자동차의 전조등 불빛을 보면서 엉뚱하게 사람들의 두려움을 연상했다. 어두워도 대낮처럼 살아 보려는 사람들의 탐욕을 연상했다. 어둠을 죽음으로 여기게 된 사람들의 공포감을 연상했다. 그런 탐욕과 두려움이 전등을 발명했을 거라 생각했다.

정환은 그가 왜 더 이상 자신을 책망하지 않기로 했는지 그건 스스로도 잘 몰랐다. 술기운 때문일지 몰랐다. 그는 가볍게 이곳으로 온 것이었다. 택시 기사에게 고맙다는 인사까지 하고 내렸던 것이다.

가게에서 여학생과 어머니가 함께 나오고 있었다. 그들과 엇비껴서 정환이 가게로 들어갔다. 손님들이 이것저것 꺼내 놓고 보던 물건을 정리하던 수영이 인기척에 등을 돌렸다. 정환을 보고 놀란 눈빛이었다.

"술을 좀 마셨습니다."

정환은 벌 받는 학생처럼 말했다.

"……."

"좀 마셨습니다. 기분이 좋습니다. 그렇지만 취하진 않았습니다. 좀 앉아도 되겠습니까?"

"……."

"제가 지금 실수했나요? 수영 씨, 물 좀 주실 수 있어요? 예전처럼. 녹차 같은 거요."

정환이 술기운을 과장하는 동안 수영은 겁에 질린 아이같이 고개 숙인 채 좀체 그를 바라보지 못했다.

"물 좀 주세요. 목이 탑니다. 술을 너무 마셨습니다."

정환의 눈빛이 흔들렸다. 그는 만취한 사람처럼 쓰러질 것 같았다. 한 손을 벽에 붙였다. 수영은 여전히 고요했고 말없이 냉장고에서 물을 꺼냈다. 정환은 거푸 두 잔이나 마셨다.

"내가 수영 씨 장사를 망치는군요."

빈 유리잔을 건네며 정환이 말했다.

"왜요?"

수영이 비로소 떨리는 목소리로 물었다.

"내가 들어오니까 손님이 나가고 다시 들어오는 손님이 없으니까요."

수영이 처음으로 정환을 바라보았다. 그의 눈이 젖어 있었다. 수영의 눈도 마찬가지였다.

"어머니가 사람만 망하지 않으면 된다고⋯⋯."

수영이 여전히 떨리는 목소리로 말했다. 정환은 고개를 크게 자꾸자꾸 끄덕거렸다. 사람만 망하지 않으면 된다, 그는 끄덕이면서 속으로 씹어 봤다. 사람만 망하지 않으면.

"지금 나갈 수 있습니까? 저녁밥 먹으러. 내가 수영 씨 좋아하는 거로 살게요. 나는 지금 돈이 좀 많게 된 사람입니다."

"학생이 뭐해서 돈이 많아요? 집이 부잔가 보죠?"

수영이 말했다. 정환은 날벼락을 맞은 얼굴이 되었다. 누가 날더러 학생이라고 했지요? 정환은 불같은 화가 치밀었지만 따지지 못했다. 수영은 나갈 채비를 했고 정환은 머릿속이 멍해져서 정신을 잃을 것 같았다. 가게를 나와 거리를 걸을 때도 그 진공 상태는 나아지지 않았다. 길거리에서 자주 수영이 아는 사람을 만나 낭랑한 목소리로 인사를 할 때야 정환은 조금씩 정신을 차리고 상식적인 일상을 감지하기 시작했다.

"유명하시네요."

정환은 농담도 했다.

"여긴 바닥이 좁잖아요."

"이렇게 다니는 것도 좋지 않겠습니다. 소문이 나서 좋을 게 하나 없으니."

정환이 진심으로 말했다. 수영은 엉뚱한 대답을 했다. 어머니 몸에선 늘 상한 생선 냄새가 났고 중학교 1학년 때엔 짝꿍이 교복에서 생선 비늘을 떼어 보여 줬다고. 그때 죽어 버리고 싶었다고.

"어머니께서 생선을 팔지 않으면 사람들은 어떻게 생선을 먹지요?"

수영이 걸음을 멈추고 정환을 똑바로 바라봤다. 그게 말이 돼요? 이런 눈빛이었다.

"참, 우린 지금 어딜 가는 거예요? 뭘 먹을 건가 결정해야지요."

정환이 화제를 돌렸다. 수영은 대답하지 않았다.

"해물잡탕은 어때요?"

정환이 가볍게 물었다. 그들은 곧 해물탕집 문간의 작은 방에 마주 앉았다. 해물탕 냄비가 휴대용 가스 불 위에 얹히고 김이 오르기 시작하고 냄비 뚜껑이 들썩이고 국물이 넘치도록 두 사람은 아무 말도 하지 않았다. 밑반찬 위로 파리 두 마리가 윙윙 날았다. 한주먹 들락거릴 만큼 열어 둔 문짝이 확 열렸다.

"쏘주 시켰지요?"

종업원이 깜빡했다는 듯이 미안해 하며 냉기가 감도는 소주병을 밀어 넣고 대답도 듣지 않고 문을 닫았다. 소주를 시킨 적이 없어서 두 사람은 빤히 바라보다가 웃었다.

"마시지요 뭐."

정환이 식탁 위 쟁반의 양념통 사이에 놓인 유리잔 네 개 중에 두 개를 집어 수영과 자기 앞으로 놓았다. 술을 채웠다. 마시죠? 정환이 건네다보고 눈짓했다. 해물탕 구수한 내가 진동했다. 둘은 잔을 부딪쳤다. 정환은 단숨에 잔을 비우고 수영은 입에 대고 내려놓았다. 정환은 빈 잔에 다시 술을 따르고 수영은 해물탕 뚜껑을 열었다.

"시간이 무서워요. 엄마는 무슨 일이 생기면 늘 때가 있다, 때가 해결한다, 그랬어요. 어렸을 땐 그 말이 참 싫더라고요. 덮어놓고 때를 기다리라니 꼭 미신을 믿는 것처럼 엄마가 싫었어요. 그런데 요즘 그 말을 다시 나 자신에게 해 주면서 살아요."

수영이 빠르게 말했다. 그사이 해물탕의 뜨거운 김이 모두 걷혔다. 정환은 듣지 않는 것처럼 대접에 해물탕을 떴다. 새우를 건져 수영의 그릇에 넣었다.

"처음엔 미칠 것 같았어요."

수영이 고개를 숙인 채 말했다. 정환이 한숨을 쉬었다. 그는 수영이 고개를 들지 못하고 말도 잇지 못하는 걸 보면서 자신의 실수를 깨달았다. 오래도록 잘 참았는데 더 참지 못하고 불쑥 택시를 탄 게 술 탓만일까.

"정환 씨가 떠났거니 생각하기로 했어요. 나랑은 어울리지 않는다고 생각했어요. 말없이 떠나서 잘됐다고 생각했어요."

수영의 목소리는 점점 더 젖어들었다. 정환은 술을 마셨다. 소주
는 달고 쓰고 감질났다.

"내가 잘못했습니다."

정환이 말했다.

"뭐를요?"

"뭐든지요."

"그렇게 말하지 마세요. 나쁜 사람 같아요."

"맞아요. 나쁜 사람입니다. 나쁜 사람이 나쁜 짓을 했습니다!"

"왜요?"

"그렇게 다그치지 말아요. 그럼 정말 나빠질지 몰라요."

두 사람은 해물탕엔 손도 대지 않았다. 정환은 두 병째 소주의 뚜
껑을 땄다. 그의 얼굴색이 창백해졌다.

"수영 씨는 자기를 미워한 적이 있습니까?"

정환이 크게 말했다. 그가 수영을 타는 눈길로 쏘아보았다.

"내가 수영 씨에게 나쁜 짓을 했다면 아마 내가 나 자신을 미워하
는 사람이기 때문일 겁니다. 미워하지 않고는 살 수 없는 사람이 됐
기 때문일 겁니다."

정환은 곧 울 것 같았다. 수영에겐 그의 목소리가 그렇게 들렸다.
그 여자는 자신이 정환에게 무슨 일을 했나, 깜짝 놀랐다.

"정환 씨가 보고 싶었어요. 나한테 찾아오지 않으면 만날 수 없다

는 사실이 너무 슬프고 화가 났었어요. 그래서 그래요. 내가 잘못했어요."

수영이 울먹이며 말했다. 정환이 무너지게 한숨을 쉬었다.

"아닙니다."

그가 낮게 말했다.

"내가 나쁜 사람입니다. 잘 보았어요."

정환의 말소리엔 힘이 없었다. 조금 전 불타는 눈으로 수영을 쏘아보던 때와는 정반대였다.

"제발 그렇게 말하지 좀 말아요. 정말 화가 나요. 슬프고요. 난 정환 씨 보고 싶어서 잠도 못 자고 밥도 잘 못 먹고 숨도 제대로 못 쉬었다고요!"

수영이 소리쳤다. 정환은 서리 맞은 푸성귀처럼 어깨를 떨구었다. 둘은 한동안 아무 말도 하지 않았다. 바깥에서 한 무더기의 남자들이 뒤엉켜 들어오는 소리가 들렸다. 어서 오세요, 오랜만이오, 화장실이 어딥니까 등등.

"어떤 사람이 사기꾼이 되었습니다. 누구한테 돈을 빌렸어요. 일이 잘돼서 언제까지 갚을 거란 자신이 있었어요. 그런데 예상을 뒤엎고 일이 잘못됐습니다. 약속을 지키지 못해 사기꾼이 되었지요. 누구나 이렇게 사기꾼이 될 수 있고, 죄인이 되는 것도 간단합니다."

정환이 말했다. 그는 더 이상 술을 마시지 않았다. 수영은 정환이 술을 더 이상 마시지 않는 것, 그의 표정이 비장해진 것, 턱을 고이는 것 등을 보지 않았다.

"수영 씨는 세상에 하나뿐입니다. 그날 내가 했던 말 기억나세요?"

한동안의 침묵 끝에 정환이 차분하고 냉정한 목소리로 물었다. 수영은 고개를 숙였다. 가슴이 뜨거워지고 매웠다. 잘못하면 울고 말 것 같아 손가락도 까딱할 수 없었다. 이 남자에게도 말 못할 고통이 있을 거란 생각이 문득 들었다. 불쑥 어머니가 떠올랐다.

요즘 수영의 어머니 귀옥도 딸이 걱정됐다. 잠을 자는가 싶으면 불이 켜 있고 귀에서 이어폰을 빼지 않았다. 멍하니 바깥을 내다보고 밥상머리에서 생각에 잠겼다. 그 청년 때문이니? 귀옥은 속으로만 물었었다. 설마 딸이 헛길로 나갈까, 믿었다.

"요즘 힘드니?"

며칠 전 겨우 이렇게 물었다.

"좀 우울한데 이럴 때도 있겠지 뭐."

딸의 이런 무심한 대답에 어머니는 딸의 우울이 결코 단순하지 않을 거란 짐작을 했다.

"가게 잘 안 돼도 마음 끓이지 마라. 재물은 망해도 다시 살아날 수 있지만 사람이 망하면 끝이다."

귀옥은 자신의 울적한 느낌을 둘러서 이렇게 말해 줬다. 다음날인가 그 다음날인가 수영이 어머니에게 '혼자 살까? 수녀님이 돼서 어려운 사람 도우며 살까' 했을 때 귀옥은 듣지 못한 것처럼 멀뚱히 바라보고 지나쳤었다. 때가 지나면 해결되겠지. 그 여자는 어려움이 닥치면 언제나 시간에 의지했다. 요즈음 부쩍 때를 기다리며 살았다. 이보다 더한 세월도 지났으니. 그 모진 세월에 더한 것이 닥치랴, 닥쳐도 못 견딜 게 없다, 자신을 믿었다. 자신이 낳은 자식을 믿었다.

수영은 식어 버린 해물탕을 보고 껐던 가스 불을 켰다. 가스 불이 파랗게 냄비 밑동을 달구기 시작했다. 정환이 앞에 놓였으나 손도 대지 않은 해물탕을 냄비에 도로 부었다. 자기 앞의 것도 그렇게 하였다. 국자로 고르게 펴고 뒤적였다. 새우, 게, 오징어, 조개, 버섯, 콩나물, 미나리, 쑥갓, 당근, 떡국 떡. 그런 것들 위로 김이 오르고 냄새가 피어올랐다.

만약에 버림받으면 결혼하지 말고 그땐 나보다 더 불행한 사람들을 위하며 살아야지. 끓어오르는 해물탕 국물을 안으로 떠서 올리며 생각했다. 한숨을 폭 내쉬었다. 바로 앞에서 그런 수영을 바라보는 정환도 전염된 것처럼 한숨을 내쉬었다. 그는 담배에 불을 붙여 물었다. 연기를 깊이 빨아 삼키고 숨을 멈췄다가 연기와 함께 내쉬었다.

"죄송해요."

수영이 말했다.

"너무 보고 싶었기 때문에 그랬어요. 찾아갈 수도 없고. 생각해 보니 정환 씨에 대해 내가 아는 게 하나도 없더라고요. 사는 곳도. 전화번호도. 찾아오지 않으면 난 정환 씨를 만나지 못하잖아요. 이런 불공평 때문에 화가 났어요. 너무 시달려서요."

수영이 침을 삼켰다. 정환은 꽁초에 새 담배를 댔다.

"죄송해요. 난 권리가 없는데. 생각해 보면 참 뻔뻔해요. 정환 씨가 그리워하라고 한 적도 없잖아요. 그런데 못 견디……."

수영이 말을 맺지 못했다. 정환은 수영을 바라보다가 손에 잡혀 있는 국자를 빼앗았다. 국자로 해물탕을 떠서 수영에게 주었다. 자기도 덜었다. 새우를 껍질 까서 수영의 밥공기 위에 얹었다.

"자아 수영 씨, 날 봐요."

정환이 일부러 짐짓 아무렇지 않게 말했다. 그러나 목소리는 물먹은 솜보다 더 무거웠다.

"우리가 함께 한 술갈씩 먹어요. 날 봐요. 이렇게. 먹고 죽은 귀신이 때깔이 좋다는 이야기 못 들었어요? 난 때깔 좋은 귀신이 되는 게 삶의 목표인데."

정환은 웃자고 말했다. 그러나 자신도 웃지 못하고 수영도 웃기지 못했다. 그는 갈피를 못 잡고 또다시 침묵한 채 수영을 바라보고 해물탕을 들여다보고 수영을 바라봤다.

"수영 씨, 날 봐요. 내 얼굴 좀 봐요. 제발."

정환이 간절하게 말했다. 수영이 천천히 무겁게 고개를 들었다.

"사랑이 뭔지 알아요?"

그가 물었다. 짐짓 웃음을 지어 보였다. 수영은 심각했다.

"난 알아요."

정환이 말했다. 수영이 그를 불현듯 바라봤다.

"행복해지는 겁니다. 그게 사랑입니다. 만약 우리가 사랑한다면 지금 행복해야 합니다. 그러니 내가 까 준 새우를 먹어요. 그럼 내가 수영 씨의 사랑을 믿을 수 있습니다. 수영 씨의 사랑을 믿을 수 있게 어서 새우를 먹어요. 밥도 한 공기 먹고 해물탕도 남기지 말고 다 먹읍시다. 자 이렇게요!"

정환이 밥을 한숟갈 떠서 입에 넣었다.

"말도 안 돼!"

수영이 소리치며 웃었다.

"성공했다!"

정환이 큰 소리로 말했다.

"날 바보로 알고 놀리는 거죠."

수영이 눈물이 번진 눈을 똑바로 뜨고 말했다. 정환이 고개를 설레설레 흔들었다.

"지금은 그렇게 말해도 됩니다. 하지만 알게 될 날도 있을 겁니다. 사랑한다면 행복해져야 한다는 걸."

정환이 말했다. 수영은 새우를 집어 들었다.

"이 젓갈이 뭐죠? 소화에 좋을 것 같은데."

말하면서 정환이 아가미 젓갈 다진 것을 수영의 밥공기에 올려놓았다. 그리고 자신도 먹기 시작했다.

밥을 먹고 해물탕의 해물들을 발라 먹고 젓갈을 먹자 밥 한 공기가 금방 없어졌다. 둘은 마주 보고 오랜만에 웃은 것 같았다. 기운도

나고 기분도 개운했다.

그들은 천천히 거리를 걸었다. 위로 가면 산이 나오고 아래로 내려가면 바다에 닿을 수 있었다. 여름 한철 사람들이 바글거리고 내내 한산한 해수욕장이 가까웠다.

"늦으면 어머니께서 걱정하시겠죠?"

정환이 물었다. 그는 수영과 모래밭에 눕고 싶었다. 누워서 하늘의 별을 보고 수평선의 오징어잡이 배의 집어등 빛을 보고 수영의 숨소리를 듣고 싶었다. 현실이 아닌 것에서 현실을 느끼며 휴식하고 싶었다.

"그래도 지금 들어가라고 하진 말아요. 지금 헤어지고 싶지 않아요."

수영이 단호하게 말했다. 정환의 몸이 삽시에 뜨거워졌다. 지나가는 빈 택시를 잡았다. 해수욕장까지는 십 분도 채 걸리지 않았다. 소금기를 머금은 해풍이 수영의 긴 머리카락을 휘날려 댔다. 수영은 어두운 모래밭을 달려갔다. 신발이 벗겨져도 모르고 달렸다. 정환이 벗겨진 수영의 신발을 찾아 들었다. 그는 한가운데 우뚝 멈춰서 달려가는 수영의 어두운 그림자를 눈에 가득 품었다.

어디쯤에서 수영이 돌아섰다. 그 여자는 문득 '행복을 보았다.' 행복이 품에 가득 차는 느낌에 아뜩했다. 행복해야 사랑이라던 정환의 말, 사랑한다면 행복해야 한다던 말이 떠올랐다.

수영은 세상을 향해 두 팔을 벌렸다. 사랑을 향해 달려가기 시작했다. 두 눈에서 소리도 없이 뜨거운 눈물이 줄줄 흘러내렸다.

"정환 씨이!"

수영이 소리쳐 행복을 불렀다. 파도가 그 소리를 품고 수평선으로 흘러갔다.

"정환 씨이!"

수영이 그를 외쳐 불렀다. 외쳐 부르며 달리다가 그만 숨이 차서 쓰러졌다. 수영은 하늘을 향해 누웠다. 두 팔을 활짝 펴서 모래 위에 놓았다. 저건 카시오페이아. 수영은 하늘을 보고 생각했다. 북두칠성을 따라가다가 북극성도 만났다.

"아파요? 왜 그렇게 급히 뛰어요. 소화도 안 됐을 텐데."

정환이 옆에 와 앉아서 수영을 내려다보며 물었다.

"행복하니까."

수영이 떨리는 목소리로 말했다. 정환은 수영의 목소리로 그 여자의 울음을 눈치 챘다. 손으로 눈을 더듬었다. 눈물을 닦아 주었다.

"수영 씨는 눈물도 많네요."

"행복해서요."

수영이 말했다. 정환이 수영의 옆에 누웠다.

"북두칠성을 봐요. 소원을 이룰 수 있을 겁니다."

정환이 말했다. 그는 행복했다. 그저 행복하기만 했다.

"만약 나한테 무슨 일이 생겨도 날 믿을 수 있어요?"

정환이 수영의 손가락을 만지며 물었다.

"네에!"

수영이 아이처럼 대답했다. 정환이 장밋빛 인생이란 노래를 휘파람으로 불었다. 수영은 휘파람 소리를 들었다. 휘파람이 멈추면 파도 소리가 들렸다. 모래를 쓸고 흐르는 물소리가 쏴르르 들려왔다. 이때 정환은 어두운 밤 밀수품을 나르던 일을 떠올렸다. 탐조등을 피하고 작은 어선 땜마를 이용해 이름도 성도 모르는 사람들과 교역하는 자기. 그 긴장과 절망과 슬픔의 시간들이 떠올랐다.

"가끔 이런 생각을 해요. 깊은 산에 들어가서 원시인처럼 사는 거."

정환이 너무도 고요하게 말했다.

"원시인이 뭐죠?"

수영은 아직 정환의 휘파람에서 깨어나지 못했고 원시인은 너무 뜻밖이어서 어리둥절했다.

"문명을 등지고 사는 거죠."

"어떻게요?"

"우선 전깃불이 없고 전기로 사용하는 게 없겠지요. 전기 에너지를 사용하는 게 없는 생활이겠죠."

"상상이 안 돼요."

"먹을 것만 농사짓고 자급자족하지요."

"모르겠어요."

"그냥 해 본 소립니다."

정환은 수영의 이마에 입술을 댔다. 두 눈에 입 맞췄다. 코와 뺨과

입술에 입 맞췄다. 수영의 몸이 바람에 떠는 이파리처럼 떨고 있었다. 정환은 자신의 몸을 덮어 수영의 떨림을 여몄다.

"어떤 경우에도 자기를 포기하지 말아야 합니다. 그건 자기 자신에게 짓는 죄니까요."

정환이 수영의 손을 잡고 말했다. 무슨 뜻일까. 수영은 속으로 질문했다.

"전과자들은 버틸 힘이 딸릴 때 다 팔자라고 말해 버립니다. 운명의 힘을 부정할 순 없지만 그것이 자기를 아무렇게나 놓아 버리는 거라면 죄인이 됩니다. 죄 중에 가장 큰 죄가 자기 자신에게 짓는 죄라고 생각해요."

무슨 뜻일까. 왜 전과자를 이야기할까. 물어봐야지. 수영은 이렇게 생각하고도 말로 옮기지 못했다. 그가 하얗고 보랏빛으로 피는 도라지꽃에 대해 이야기하기 시작해서였다. 양귀비는 도라지꽃이 필 때 그 속에서 핀다고 말해서였다. 양귀비는 줄기에서 나오는 액에 중독성이 있지만 꽃은 세상에서 가장 순박하다고 말해서였다.

"아 저기 별똥별 봤어요?"

이때 수영이 소리쳤다. 별똥별이 오른쪽에서 왼쪽으로 둥글게 눈 깜짝할 사이에 떨어져 내렸다. 정환은 별똥별. 작은 소리로 중얼거렸다. 유년의 밤. 집 마당에 나가면 수도 없이 보게 됐던 것. 정환은 양귀비 이야기를 더 이상 하지 않았다.

둘은 자정을 한 시간쯤 앞두고 헤어졌다. 수영의 집 앞 대문이 바라보이는 가장 먼 곳에서 정환은 대문 닫히는 소리를 듣고 돌아갔다.

　이날도 수영은 방에 들어와서야 자신이 정환에 대해 아는 게 없다는 사실을 깨달았다. 어디에 사는지, 전화번호는 무엇인지. 하지만 더 이상 불안하지 않았다. 슬프지도 고통스럽지도 않았다.

내 이불 속에 빼곡히 찬 사람

수영은 자리를 본 다음 불을 끄고 누웠다. 누우니까 정신이 더 맑아졌다. 수영은 자신의 이마를 만져 보았다. 정환이 입술을 대었던 자리였다. 손바닥에는 아직도 그의 크고 거칠게 감촉되던 손이 고스란히 느껴졌다. 수영은 온몸의 살갗으로 물결이 밀리는 것같이 저리고 간지러운 느낌에 몸을 옹송그렸다.

나는 사랑하는 사람이 생겼어요.

수영은 속으로 말했다.

사랑하는 사람이 있어요.

다시 말했다.

그는 지금 부풀어서 아무것도 느낄 수 없고 생각할 수도 없었다.

수영은 자궁 속에 든 아기처럼 다리를 모아 웅크리고 손도 앞가슴에 모아 쥔 채 홑이불 속에 숨었다.

박정환.

수영은 마음에 그의 이름을 새겨 보았다. 이 세상이 그 사람과 그 이름으로 가득 차 보였다. 수영은 생각지도 않다가 정환이 찾아와서 함께 해물탕집으로, 해수욕장으로 다녔던 순간순간을 모두 되살려 냈다. 영화 화면을 되돌리듯이 그렇게 했다. 개울가 마당바위에 앉아 있던 것, 집 앞 골목에서 지켜보아 주던 것.

수영은 이불 속에서 즐거움이 보글보글 떠오르는 게 보여서 손으로 잡으려 하다가 문득 자신의 착각에 정신을 차렸다. 그러나 또다시 환상에 빠져들었다.

수영은 입 안에서 '정'자를 소리 내 보았다. '환'자를 또 소리 내었다. 이번엔 '정환' 하고 불렀다.

새끼손가락만한 사람이 이불 속에 나타났다. 그 옆에 또 한 사람, 또 한 사람, 또또또 한 사람…… 이불 속에 빼곡히 작은 사람이 가득 찼다. 모두 정환이었다. 정환은 반딧불처럼 몸에 환한 불을 켜고 있었다. 그래서 이불 속은 달처럼 환했다. 수영은 너무 기뻐서 정환을 만지려고 살며시 손을 뻗쳤다. 그러자 갑자기 수많던 정환이 사라졌다. 이불 속이 캄캄해졌다.

수영은 잠깐 동안의 몽환에서 깨어났다. 허전하고 황망했지만 이 느낌은 오래가지 않았다. 금방 자기 곁에 정환이 왔다. 수영은 정환의 목소리를 들었다.

산에 가서 원시인처럼 살 수 있어요?

원시인처럼. 그래. 수영은 원시인을 상상했다. 단 한 번도 호기심이나 의문을 가져 본 적이 없는 원시인에 대해 수영은 바로 곁에 있는, 사촌 같은 이웃, 오래된 친구 같은 편안함을 동시에 느꼈다.

원시인은 말을 할까? 글자는 없을 거야. 그럼 말도 안해? 표현은 할 거야. 소통해야 하니까. 입으로 소리를 낼 거야. 표정으로 나타내고, 손과 발로도 표현하겠지. 땅이나 바위나 나무 잎사귀 같은 데에 그리지 않을까? 그림. 춤. 노래. 연극.

사람끼리만 소통하는 말을 가지지 않았으니까 살아 있는 것들과 다 소통했을 거야. 풀과 나무, 새와 뱀, 호랑이와 곰하고도 이야기를 할 수 있을지 몰라. 물고기와 가재하고도.

언제 태풍이 불고 장마가 지고 가뭄이 들고 눈이 오고 우박이 떨어지는지 알아야 할 거야. 그래서 하늘과 땅과 별과 달과 해와 소통했을 거야.

그렇게 살 수 있을까? 그런데 왜 정환 씨는 그런 상상을 할까? 짓궂어서?

수영의 호기심과 상상은 여기서 멎었다. 더 앞으로 나가지 못했다. 왜……?

'왜'에서 벽에 부딪친 수영은 이불 속에서도 몸이 서늘해지는 걸 느꼈다. 이런 느낌이 싫었다. 혹시 정환 씨는 말하지 못할 뭔가가 있을까? 그는 정직하지 않나? 뭔가 감추고 속일까?

이때 문득 번개 같은 게 스쳤다. '교도소'와 '전과자'라는 말들이 떠올랐다. 그가 어떻게 알까. 남자들은 여자와 생각하고 상상하는 게 다르다니까. 그는 특별히 책을 많이 읽었을 테니까. 그렇지만 자기한테 무슨 일이 생겨도…… 이런 말은 왜 자주 하는 거지? 무슨 비밀이 있을까. 초조하고 어딘가로 떠날 것 같고. 왜 자기의 연락처를 알려 주지 않을까. 왜 사는 곳도 말하지 못할까. 왜 감춰야 할 게 그렇게 많을까. 나를 무시해서? 차이가 많이 나서?

수영은 '무시'와 '차이'에서 한동안 마음을 묶었다. 가슴에 찬바람이 횡횡 돌았다.

그 사람한테선 여행자 같은 분위기가 느껴졌어. 내가 거기에 반했을지 몰라. 아무것도 지니지 않은 단순한 여행자. 그런 사람의 홀가분함, 허전함, 쓸쓸함, 그런 거.

수영은 문득 자신의 뺨을 때렸다. 때리고 또 때렸다. 안방의 어머니에게 들리지 않도록 신경 쓰면서 거푸 때렸다. 나쁜 생각, 그런 생각을 하는 사람의 벌이야. 좋은 생각을 해야 좋은 일이 생겨. 엄마가 그랬어. 좋은 생각만 하라고.

수영은 벌떡 일어났다. 도저히 누워 있을 수가 없었다. 책상의 갓을 씌운 전등을 켰다. 종이를 꺼냈다. 볼펜을 손가락 사이에 으스러지도록 힘주어 잡았다. 흰 종이를 노려보았다. 한 글자도 써지지 않았다. 무언가 분명 쓰고 싶은 게 있었다. 솟구치던 그 마음은 어디 갔을까.

박정환.

수영은 이렇게 썼다. 그 뒤에 저절로 양귀비라는 글자가 씌어졌다. 그 뒤에 잇달아 원시인이라고 썼다.

박정환 양귀비 원시인.

수영은 이 세 마디의 이름을 닳도록 들여다보았다. 그냥 그랬다. 박정환은 박정환이고 양귀비는 꽃이며 그의 말대로 소박한 꽃이었다. 원시인은 원시에 살던 사람들을 부르는 이름이었다.

수영은 박정환이라는 글자 밑에 자신의 이름을 썼다.

최수영 짝사랑 별똥별.

수영은 짝사랑에서 '짝' 자를 까맣게 지웠다. 별똥별에서 '별똥'을 까맣게 지웠다.

박정환만 남기고 양귀비와 원시인을 지웠다. 종이 위에 남아 있는 글자들을 읽었다.

박정환. 최수영. 사랑. 별.

남아 있는 글자들을 눈으로 삼켰다.

수영은 종이를 접어 들고 불을 껐다. 불빛이 사라지자 어둠이 팽창했다. 문득 밤 바닷가 모래펄을 떠올렸다. 수영은 바다를 품고 모래 속에 종이를 묻고 이불 속으로 들어갔다. 눈을 감았다. 팔에 무엇이 닿았다. 손으로 팔을 살며시 만져 보았다. 아무것도 없었다. 닿는 느낌은 팔에서 허리와 다리와 가슴으로 퍼졌다. 투명하지만 투명하다고 말할 수도 없는 것이 닿는 느낌. 무게도 형체도 소리도 없는 것, 그러나 분명하게 느껴지는 이것…… 수영은 자신의 몸에 감기는 것이 정환이라고 생각했다.

수영은 다른 날보다 한 시간 늦게 가게 문을 열었다. 늦잠을 잔 것도 그랬지만 미장원 앞을 지나치다가 즉흥적으로 들어가서 머리를 잘랐다. 어깨에 찰랑거리는 길이지만 아주 짧아 보였다. 그래도 수영은 날아갈 것처럼 시원해서 불만이 없었다. 진열대를 정리하며 선경 언니를 생각했다. 머리 모양 바뀐 것도 알려 주고 간밤에 꾼 꿈 이야기도 해 주고 싶었다. 그러나 전화를 건 쪽은 선경이 먼저였다.

"왜 늦었어? 전화 열 번도 더 했다아!"

선경이 소리쳤다. 그 말소리가 다급하게 들려서 수영은 머리 자른 이야기는 꺼내지도 못했다.

"요새 그 새끼 만났니?"

선경이 벌레 씹은 목소리로 물었다. 수영은 당황했다. 얼핏 그 새끼가 정환으로 들렸지만 설마 했다.

"너 지금 가게로 올래? 아니 내가 갈까? 주방 아줌마 나왔으니까."

"그래 언니. 그런데 무섭다."

수영은 정말 무서웠다. 선경의 밀어붙이는 목소리며 그 기세가 두려웠다. 수영은 이유도 모른 채 앉지도 못하고 우두커니 서 있었다. 무슨 일인지, 상상도 안 됐다. 하지만 몸이 떨렸다. 그에게 사고가 났나? 그렇다면 그 새끼라고 하진 않겠지.

수영의 상상력이 사방으로 더 퍼지기 전에 선경이 들이닥쳤다.

"야 야! 너 큰일 날 뻔했다. 그놈하고 어디까지 갔니? 어디까지 간 게 뭐 대수야? 요새 세상에. 애를 낳고도 헤어지는데."

"언니, 그러지 말고 찬찬히 말해 봐. 언니, 무서워 죽겠어."

"너도 뭔가 짚이는 게 있구나?"

"아니."

선경은 찬물을 들이켰다. 그리고 어젯밤 익수에게 들은 이야기를 듬성듬성 전했다. 정환이 전과자라는 것. 고등학교 출신에 현재는 중앙시장 101번지에서 펨프 짓을 하며 그곳 여인숙에서 창녀들과 산다는 것. 밀수 물건 취급하는데 경찰의 감시를 받고 있다는 것.

그러나 수영의 반응은 기이했다. 깔깔대고 웃어서 선경이 불쾌감을 느낄 지경이었다.

"너 미쳤니?"

선경이 정색을 하고 수영에게 물었다.

"아니. 그렇지만 언니, 웃기잖아."

수영이 말했다. 하지만 수영의 여유는 여기까지였다. 얼굴색은 어두워지고 커피 잔을 들어올리는 손은 마구 떨렸다. 진한 커피를 거푸 두 잔째 마시고 수영은 울기 시작했다. 선경은 수영의 울음이 그치기를 기다렸다. 진열장은 열어 두고 가게 문 앞에 'close'라는 팻말을 내걸었다. 그런 걸 걸지 않아도 손님들은 점심 이후에나 드문

드문 들렀다.

선경은 '깊은 관계'인가를 알고 싶어 했다.

"언니, 뭐가 깊은 건지 몰라."

이렇게 말하고 수영은 선경에게 기대어 흐느꼈다. 선경은 울고 있는 수영에게 여러 가지 이야기를 해 줬다. 정환은 제비일 거라는 것, 부랄 두 쪽밖에 없는 놈이 수영을 봉으로 잡으려 했다는 것, 익수가 의리 지킨다고 말하지 않으려는 걸 겨우 알아냈다는 것, 수렁에 빠지기 전에 이렇게 되어 천만다행이라는 것 등이었다.

수영은 아무 말도 듣지 못했다.

"너 진정제 사다 줄까?"

선경이 말했다.

"언니 나 괜찮아."

축축하게 젖은 벌건 눈을 들어 선경을 바라보며 수영이 말했다.

"너를 지켜. 네가 어떤 딸이냐."

"알았어, 언니. 나 영악해. 우리 엄마가 누구야. 날 어떻게 키웠다고."

수영은 아무렇지 않게 말했다. 선경은 수영과 정환의 관계가 자기가 상상했던 것보다 시시한 게 아닐까 생각해 봤다.

"남자는 참 많다. 헌신짝도 짝은 있고."

선경은 언니로서 이런 말을 해 주고 돌아갔다. 수영은 가게 문을 닫았다. 진열장의 커튼을 내렸다. 가게 안은 어두웠다. 오래도록 침묵 속에 앉아 있었다. 선경이 숨 가쁘게 전하고 간 말. 그리고 정신 없이 흐느껴 울었던 것이 모두 아득한 옛날처럼 느껴졌다. 그리고 수영은 여태 가던 길이 예고도 없이 툭 끊긴 걸 비로소 알았다. 길이 없어서 갈 수 없다는 것도. 갈 수 없어서 가게 안에 앉아 있어야 한다는 것도.

수영이 중앙시장 앞에서 택시를 내린 것은 이른 저녁이었다. 택시 정류장에서 백 미터도 지나지 않아 바다로 난 우중충한 골목길이 나섰다. 저 골목에도 사람들이 산다는 게 믿기지 않았다. 낡은 시멘트 블록 담에 철판에 적은 사류배판 간판 하나가 붙어 있었다. 고향여인숙. 들어 본 이름 같았다. 선경이 부르르 떨며 말한 그 여인숙이련만 수영은 기억하지 못했다. 골목 끝에서 짙은 눈썹 문신을 한 중년 여자가 급히 걸어 나왔다. 수영을 흘깃 바라보고 지나쳤다. 수영은 숨이 막혔다. 저 여자와 이 골목과 저 여인숙과 정환이 무슨 상관일까…… 수영은 늪으로 발을 밀어 넣는 기분으로 한 발 한 발 다가갔다. 가슴이 옥죄어들었다. 발을 밀어 넣으면 다시는 빠져나올 수 없을지 몰랐다. 녹슨 푸른 철 대문이 열려 있었다. 여인숙 간판은 아크릴 네모 판이었다.

수영은 소름이 끼치는 걸 느꼈다. 박정환이란 남자의 알몸 같은 인생이 훅 덮쳐 오는 것 같았다. 수영은 숨고 싶었다. 피하고 싶었다. 도망치고 싶었다. 그 골목에서 어떻게 빠져나왔는지 수영은 정신이 없었다.

수영은 가게로 돌아가지 않았다. 고깃배가 들고나는 부둣가를 오래도록 걸었다. 아무 생각도 하지 않았다. 모든 것이 먹먹했다. 그 남자는 누구며, 그에게서 느껴지던 묘한 그늘은 무엇이며, 서늘한 비현실감은 왜인지, 이해할 것도 같고 이해하기 싫기도 했다. 어린 날 갑자기 어머니를 잃은 아이처럼, 이 현실이 무의미했다.

그리운 솔거리

　정환은 수영을 만나지 않고 가끔 전화만 했다. 수영은 놀랍게도 아무렇지 않게 인사하고 안부를 묻고 이런저런 말을 했다. 그동안 늘 입에 붙었던, 언제 올 것이냐, 정환 씨 있는 데로 가겠다, 이런 말도 하지 않았다. 아무것도 모르는 정환은 수영의 편안해진 모습에 만족감을 느꼈다. 사랑한다면, 어머니와 자식처럼 편해져야 한다고 생각해서였다.

　그러나 이런 안정감도 정환의 긴장을 풀어 주진 못했다. 그는 자주 체했다. 지금도 정환은 모퉁이 약국에서 소화제를 샀다. 활명수에 알약까지 받아서 삼켰다. 고객의 대부분이 사창가 사람들과 이곳을 들락거리는 고객인데 환갑이 넘은 약사는 면허증과 자격증을 걸어 두고 종업원에게 약국을 맡긴 채 여행을 다니거나 식도락을 즐겼다. 소문에 하버드 대학에서 의학박사를 딴 외동아들은 미국 시민이 됐고 약사였던 두 살 연상인 아내는 그곳의 복지 혜택이 효자보다 낫다고, 한국 풍속이 싫다고, 일 년에 한두 번 들락거린다고 하였다.

정환이 여인숙으로 들어섰을 때 머리를 박박 민 중년 남자가 바지춤을 움켜쥐고 화장실에서 나왔다. 그는 못 본 척 지나쳤다. 어디서 관상을 보는 중이 왔다던 명회의 말이 떠올랐다. 흘깃 호기심이 동했다. 등뒤에서 공연한 헛기침 소리가 울렸다. 정환은 저도 모르게 뒤를 돌아보았다. 그가 허연 이를 드러내고 웃었다. 정환은 머리를 숙였다.

"여기서 짱 박고 지낸다는 젊은이구만."

그가 고개를 든 정환을 뚫어지게 바라보며 중얼거렸다. 그리고 고개를 절레절레 흔들었다. 정환은 자리에 붙박였다. 그는 정환을 외면하고 돌아섰다.

"저어어."

정환이 그를 이렇게 불렀다. 그래서 일 분 후에 정환은 그가 묵는 방으로 들어갔다. 담요 한 장과 나일론 홑이불이 둘둘 말려 있고 먹물 들인 스님의 옷이 축 늘어진 채 벽에 걸려 있었다. 어깨걸이 끈이 달린 검정 여행 가방은 윗목에 놓였다. 그게 전부였다.

"난 사기꾼은 아니고……."

그는 이렇게 시작해서 무릇 성직(聖職)은 낮은 곳으로 임해야 한다고 말했다. 왜냐하면 성직이란 속세의 세간에서 시달리는 사람들을 위로해 줘야 한다는 것이었다. 정환은 예를 갖춰 공손한 얼굴로 듣기만 하였다.

"참 아깝네. 아까워. 세월을 잘못 만났어."

그가 혀를 차며 말했다. 입을 벌릴 때마다 어금니 빠진 왼쪽 잇몸이 휑해 보였다.

"상(像)이 맑은데 그게 탈이란 말이야."

그가 말했다. 정환은 웃었다. 상이 맑다는 건 뭐며 탈은 뭔가. 사내는 정환을 가까이 불러 이마를 들쳐 보고 귀를 만져 보고 눈썹을 매만지고 뒤통수를 쓸어 보았다. 그리고 한숨을 쉬었다.

"귀골(貴骨)인데 어려움이 도처에서 기다리니. 그래도 마흔 넘어 오십 바라보게 되면 잘산다, 큰소리칠 거요. 여자는 맘만 먹으면 따라오게 되어 있고. 보자, 당신은 전생에 너무 잘살아서 이생에선 그거 좀 갚으려고 태어났네! 인생은 그런 거요. 눈에 보이는 게 다가 아니고 안 보인다고 없는 게 아니지. 내 말 알아듣겠지? 살다 보면 생각날 때 있을 거요."

정환은 어떻게 인사해야 할지 쭈밋거렸다. 그가 먼저 눈치 채고 곰탕 값이나 놓고 가라고, 그래야 서로 개운하다고 말해 줬다.

정환은 그 방을 나와 제 방으로 들어갔다. 한동안 방 가운데에 우두커니 섰다. 세월을 잘못 만났다거니, 귀골인데 어려움이 도처에 기다린다거니, 전생에 너무 잘살았다거니 하는 말들이 지워지지 않았다. 여인숙을 전전하며 남의 인생을 샅샅이 들여다보고 한 마디

해서 밥값 버는 그 중은 어떤 전생을 살았을까.

정환은 털썩 주저앉았다. 전화만 하느냐고 짜증내던 수영 생각이 났다. 막막했다. 연애는 배불리 밥 먹고 등 따뜻이 지질 수 있는 인생들이나 하는 거지. 연애는 뭐고 사랑은 무슨.

그는 담배를 물고 불을 붙였다. 실핏줄까지 연기를 몰아넣고 다시 뱉었다.

내가…… 수영을 속인 게 있었나?

어젯밤 정환은 언제 어떻게 잠들었는지 기억이 나지 않았다. 새벽에 눈을 떠서야 입은 채로 잠들었던 게 기억났다. 혼수 상태에 빠졌던 거 같았다. 이런 날은 누가 죽여도 그냥 죽을 것 같았다.

심호흡을 하면서 정환은 정신을 가다듬었다. 전생. 귀골. 세월. 그런 낱말들이 떠올랐다. 그리고 방에 들어와서……. 비참했었다. 화가 났었다. 그러다가 깨었다. 아직 새벽이었다.

정환은 주머니에 돈을 넉넉하게 넣었다. 옷을 입고 거리로 나갔다. 박명의 새벽 골목은 쥐와 개들이 분주했다. 빈 택시가 오고 갔다. 그는 터덜터덜 장거리로 갔다. 막 문을 연 해장국집에서 우거지 해장국을 먹었다. 그새 날이 밝았다. 술기운에 절은 남자와 여자가 들어왔다. 여자가 숨 죽인 소리로 무어라 말했다.

정환은 거리에 섰다. 소금기와 비린내와 휘발유 냄새가 바람에 묻어 활갯짓으로 날아다녔다. 휘발유 냄새는 정환에게 슬픔이나 그리움이었다. 산길 삼십 리 남짓을 걸어 나와야 자동차를 볼 수 있던 고향 솔거리. 정환은 열다섯에 솔거리를 떠나 중학교가 있는 읍내로 나올 때 처음 자동차를 탔다. 자동차가 풍풍 내뿜던 휘발유 냄새. 그후 정환은 휘발유 냄새를 타고 고향을 그렸다. 자동차로 두 시간 걸리는 그곳을 돈이 없어 방학에도 가지 못했다. 신문을 돌리고 우유를 배달하고 세차를 하고도 배가 고팠다. 중학교를 졸업할 때, 다리를 저는 형이 축하하러 왔다. 낡은 헝겊 가방에 말린 산나물, 말린 버섯과 당귀에 백봉령 같은 약재를 바리바리 싸서 인심 사나운 주인집에 허리 굽히고 진상했다. 철부지 동생이 혼자 자취한다고 신세많이 졌을 텐데 드릴 것이 없다고 비굴하기 짝이 없는 인사를 하였다. 정환은 주인이 자기에게 화장실과 전기와 수도세에 대해 어떻게 인색한지, 형에게 말하지 않았다. 그저 그는 형에게 그동안 연탄 한장 아끼고 라면 한 개 덜 먹고 모은 통장의 돈을 찾아 주었다. 고등학교를 졸업할 때도 그랬다.

"니가 우리의 희망이다."

언제나 형은 훌쩍이면서 이렇게 말했다.

"한눈 팔지 말고 죽기 살기로 공부해라. 사람 대접 받고 살려면 펜대를 굴리고 살아야 한다."

형은 울었고 정환은 고개를 떨군 채 입술을 깨물었다.

아직도 정환에게 희망은 영 아득하고, 슬픔은 진창말이로 엉겨 붙었다.

정환은 문득 급한 일이 생긴 사람처럼 급한 손짓으로 지나가는 택시를 잡았다.

"솔거리 가실 수 있습니까?"

그는 태어나고 자란 산골 마을 이름을 댔다.

"타요! 불경기에 돈 가려서 벌겠수?"

기사가 말했다.

"솔거리 누구네 가우?"

운전기사가 말을 걸었다. 솔거리를 잘 아는 사람 같았다.

"솔거리에 상(喪)이 났나요?"

정환이 다소 놀란 목소리로 물었다. 두 사람은 뒷거울로 눈을 맞추고 말했다.

"어느 집에 상이 나서 가우?"

"아 아닙니다. 그냥 얼떨결에 나왔습니다."

"일찍 그리루 들어가니. 대개 너나 읎이 사람들 급한 걸음이라는 게 다 상이 아니문……."

"한나절에 다녀오려고요."

정환이 말했다. 차는 점점 산속으로 깊이 들어갔다. 길은 비좁아지고 비탈졌으나 차창의 풍광은 청결했다.

"솔거리에 전기가 들어옵니까? 몇 해 전에도 깜깜하던데."

운전기사가 물었다. 정환은 뭐어 들어오겠지요, 하고 어물쩡 넘겼다. 그가 고향을 떠나올 때도 전기가 들어가지 않았다. 두 해 전에 갔을 때는 군에서 전주를 심는 공사를 한다고 했다. 고개 너머 일곱 집이 모여 사는 골짜기엔 경비 전화도 놓였다고 하였다. 전기가 들어오면 텔레비전을 볼 수 있겠다고 좋아하던 조카들 얼굴이 떠올랐다. 그들의 꿈이 이루어졌나? 정환은 아이들에게 텔레비전을 사주겠다던 약속을 지키지 않은 사실을 방금에야 깨달았다.

유년기의 솔거리. 가난도 궁핍도 몰랐다. 모두 고만고만 살아서 구태여 잘살고 못 살고가 없었다. 정환은 개구리와 가재를 잡아먹고 칡뿌리를 캐고 머루 다래 버섯을 따고 산토끼와 꿩을 잡던 산천을 차창으로 바라보았다. 아직도 눈에 선한 흰색과 보라색의 도라지꽃과 양귀비꽃들……. 아, 그는 문득 깨달았다. 솔거리를 찾아오는 건 앞 남산 등허리께가 그리웠던 것이구나. 양귀비꽃. 아침 이슬. 다람쥐.

정환의 가슴이 축축하게 젖어들기 시작했다. 여기서 형처럼 살까. 조카들을 자식처럼 돌보며. 그 애들 뒷바라지하며. 이렇게 생각하고 피식 웃었다. 기사가 고개 치켜들고 뭐라고 물었지만 정환은 듣지 못했다. 그는 이마와 코끝이 차창에 짓눌리도록 모르고 생각에 잠겨 있었다.

정환은 양봉(養蜂) 치기를 떠올려 봤다. 돈이 되려면 토종벌이 낫지만 번식이 쉽지 않고 일 년에 한 번 떠서 부르는 게 값으로 팔자면 서울 부자와 줄이 닿아야 할 것이었다. 토종벌은 양봉에게 다 잡혀 죽었다. 정환은 벌치기를 포기했다. 요즘 유행하기 시작하는 고랭지 채소, 장뇌삼, 당귀 같은 약초, 곰취 같은 산나물.

키우는 것과 돈은 다른 곳에 있었다. 그는 두 개의 멀고 먼 거리를 넘나들 자신이 없었다. 수영이 장난기 넘치게 호기심을 보인 원시적 삶은 이런 게 아닐 것이었다. 그는 자신의 철부지한 내면이 수치스러웠다. 휘영청 달 밝은 밤에 달빛과 통정을 하던 양귀비꽃을 그리워하는 자신과 텔레비전을 목 빠지게 기다릴 조카들 사이에 그가 설자리는 없었다. 그는 숨이 막혔다. 차창을 내렸다. 바람이 휘몰아 들었다. 길지 않은 머리카락이 풀풀 날렸다.

"산골도 좋은 건 있네. 공기 하난 돈 주구두 못 사겠네. 일본 동경 백화점에선 맑은 공기를 깡통에 담아 판다더라만. 그기 사람 살데나?"

기사가 혼자 말했다. 정환은 듣지 못했다. 그는 자꾸 울고만 싶었다. 울려고 여기 온 것은 아니었다. 그저 불쑥 솔거리가 보고 싶었다.

"안죽도 더 들어가우?"

가파르고 울퉁불퉁한 비포장 산길에 기사는 짜증이 났다. 아무리 솔거리라도 아늑한 데가 있고 사나운 데가 있었다. 이렇게 꼭대기까지 올라가서 무슨 편편한 바닥이 있을까. 그는 비웃게 됐다.

"아닙니다. 돌릴 수 있는 데서 돌리십시오."

정환이 갑작스럽게 말했다.

"여기야 어디 몰라서나 오지 원…… 이런 데서 뭘 해 먹고 사는지. 세상에 사람만큼 독한 거도 읎단 말이 맞어."

기사가 끝내 심통을 숨기지 못했다. 산기슭을 깎아서 짐차 하나

서게 넓힌 곳에서 차를 돌렸다. 그 옆으로 들깻잎이 바람에 하늘거리는 손바닥만한 밭이 보였다. 들깨 밭 둔덕에 호박 덩굴이 기어가고 누렇게 오갈이 든 잎이 누워 있었다.

"어차피 오늘 돌아갈 거라문 내가 기다리고. 얼매나 걸릴라우?"

기사가 시계를 보며 물었다. 그러나 정환은 대답하지 않았다. 기사가 반응 없는 뒷자리가 기이해서 돌아다보았다. 아니나다를까, 손님이 차창에 코를 박고 무슨 생각에 잠겨 있었다. 혹시 우는 게 아닌가 싶고 무슨 사연이 있나 궁금하기도 하였다. 그리고 순식간에 자신이 알고 있는 사람 중에 솔거리와 상관있는 사람을 생각해 봤지만 알 만한 사람이 떠오르지 않았다. 아무래도 이곳과 무슨 사연이 있긴 있을 텐데. 물어볼 수도 없고 감질만 났다.

"안 내려요?"

기사는 딴에 일 분쯤 시간을 뒀다가 잠 깨우듯 소리쳐 물었다. 정환이 화들짝 고개를 치켜들었다. 눈이 붉어 보였으나 운 기색은 없었다. 기사는 다행이다 싶어 표정이 다 피어났다.

"미안합니다."

"미안할 거야 뭐. 난 어차피 빈 차로 내려가느니 기다렸다 모실까 하고."

기사가 연신 눈치를 살피며 말했다.

"그냥 돌려 내려가시지요."

정환이 말했다.

"여기까지 왔는데 내려서 흙이라도 밟아 봐야 할 거 아니유. 뭔 사연인진 몰러두."

기사는 이렇게 말하고 멋대로 시동을 껐다. 그가 먼저 문을 열고 내렸다. 담배를 입에 물었다.

"라이타 좀 있수?"

그가 앉아 있는 정환을 들여다보며 물었다. 정환이 라이터를 꺼내 줬다. 새끼. 싸가지 읎긴. 불을 켜 주문 어디가 덧나냐? 하여간 이 나라는 학교란 게 읎어져야 해. 그누무 학교에선 멀쩡한 아덜 데레다가 말짱한 사람 못쓰게 맹그는 데라니! 기사는 라이터를 받아 불을 붙이며 속으로 욕했다. 그는 불붙은 담배를 힘차게 두어 번 빨고 나서 라이터를 돌려주며 다시 한마디 했다.

"날이 가문 밭에다가 거름도 뿌려 주고 갑시다. 좋은 일도 하민서 살어야지."

기사는 몇 발 앞으로 갔다. 그는 말처럼 밭으로 가지 않고 산딸기와 칡넝쿨이 엉킨 길섶에 오줌을 누었다.

정환은 끝끝내 차에서 내리지 않았다. 그는 양귀비가 무리지어 달빛에 떨던 등성이가 어딘지 알고 있었다. 가 보지 않아도 눈에 밟혔다. 절름발이 형. 형수. 조카들 인생. 펜대 굴리는 데서 나올 거라 믿는 형의 희망. 정환은 목이 메었다. 이를 악물었다. 발끝이라도 움직이면 눈물이 쏟아질지 몰랐다. 긴장을 놓치고 엉엉 소리쳐 울게 될까 정환은 겁이 났다.

낯선 남자

운전기사는 갈 때보다 더 속력을 내었다. 그는 라디오를 켰다가 노래 테이프도 틀었고, 가끔 정환을 훔쳐보기도 했다. 정환은 턱을 괴고 창밖을 내다보고 있는데 한 번도 자세를 바꾸지 않았다. 적지 않은 택시 요금으로 먼 산골까지 가서 그대로 내려오다니, 참 기이했다. 오줌보는 동해 바다만 한가. 그것도 우습고 궁금했다.

택시가 솔거리를 돌아 나올 때 뒷산에서 까마귀가 짖었다. 낯선 사람이 오가는 걸 산천에 알린다는 새, 까마귀. 영물(靈物)이라고 했다.

정환은 여전히 턱을 괴고 차창에 이마를 댄 채 차가 흔들리는 대로 몸을 맡기고 있었다. 문득 수영이 보고 싶어졌다. 어젯밤, 한동안 미워하고 한동안 자신과는 상관없을 사람으로 밀쳐 뒀는데 점점 그리움이 사무쳤다. 별똥별을 보고 소리치던 여자. 그 순간 함께 살 수 있을 것 같았다. 정환이 엉뚱하게 원시인을 떠올린 건 그래서였다. 살 길이 있을 것 같아서.

신기루는 사막에만 있지 않았다. 택시가 읍내로 가까워질수록 정환은 자신의 욕망이 신기루라고 생각하기 시작했다. 수영은 없다. 그런 여자를 만난 적도 없다. 나는 태어나지 않았다.

정환의 생각이 여기쯤 이르면 그는 언제나 숨이 막혔다.

101번지 거리. 한영 사전을 들춰 가며 써대는 영문 편지, 밀수품 지게 지기, 윤 형사 비위 맞추기, 포주에게 빚을 다 갚고 독립해 혼자 영업을 하는 매춘부 명희…… 정환의 머릿속에 이런 것들이 쏟아져 내린 넝마처럼 스쳐지나갔다. 그는 자신도 모르게 넌더리를 냈다. 불과 몇 시간 전에, 피난처로 찾아갔으나 발도 대지 못하고 돌아선 고향처럼, 희망과 평화는 천리만리 도망갔다.

택시는 예정된 네거리에서 신호등에 걸려 멈췄다. 정환은 시계를 보았다. 세 시였다. 좌회전을 해서 되돌아갈까, 잠시 생각해 봤다. 하지만 그는 차에서 내렸다.

정환은 천천히 걸었다. 그러나 눈앞에 뿌연 안개가 가린 듯이 사물이 잘 보이지 않았다. 여기가 어딘지 깜박 머릿속이 먹통이 됐다. 수영이네 가게가 있는 중앙통인지 101번지 앞 시장 거리인지 분간이 안 되곤 하였다. 한꺼번에 어둠과 빛이 오락가락하는 것처럼, 절망과 희망이 뒤슬러 대는 것처럼, 그는 혼란스러웠다.

전파상에서 유행가가 흘러나왔다. 그는 언젠가 들어 본 적이 있는

노래를 기억하려고 애썼다. 그러나 알 수가 없었다. 가방을 어깨에
멘 중학생 서넛이 서로 어깨를 치고 떠들며 지나갔다. 그 뒤로는 아
이를 업은 젊은 부인, 양산을 쓴 아주머니……. 정환은 사람들을 아
무 생각 없이 스치며 걸어갔다. 그러다가 그는 깜짝 놀라 붙박여 섰
다. 저 앞쪽에서 수영이 가게의 간판들을 두리번거리며 다가오는 것
이었다.

수영.

정환은 수영을 불렀다. '수' '영'이라는 말이 그의 가슴에서 목덜
미까지 돌멩이처럼 공처럼 오르내리는 걸 그는 느꼈다. 이렇게 느끼
면서 그는 허겁지겁 수영에게로 달려갔다. 수영! 그가 황망히 이름
을 부르려 할 때, 전혀 낯선 여자가 그를 경계하는 빛으로 바라보면
서 급한 걸음으로 걸어갔다.

이날 정환은 항구집까지 걸어가면서 두 번이나 이렇게 수영을 헛
보았다.

"이 사람 보게나 야아, 자네 상판이 왜사 그렇나아?"

주렴을 들치고 들어서는 정환에게 양씨가 놀란 목소리로 물었다.
정환은 양씨에게 웃어 보였으나 되레 우거지상이 되었다.

"장가간다더니 야아, 그래서 어디……."

양씨는 바가지 물을 집 앞에 흩뿌리고 돌아서며 걱정 반 농 반으
로 말했다. 미처 앉지도 않고 냉장고에서 맥주 한 병을 들고 자리를
잡은 정환은 속으로 물었다. 장가요? 정환은 맥주병을 따서 잔에 가

득 붓고 단숨에 들이켰다. 장가요? 누가요? 정환은 거품만 남은 빈 잔을 탁자 위에 올려놓으며 속으로 다시 물었다.

손님은 없고 밥 때도 아닌 시간, 식당은 한가했다. 양씨가 부엌 쪽 문으로 들어가더니 안에서 말소리가 났다. 곧 그의 아내가 유리 그 릇에 미숫가루를 타서 수저로 저으며 나왔다.

"미스타 박!"

양씨의 아내가 정환을 기다렸다는 듯이 부르며 다가왔다. 정환이 다가서는 그 여자에게 눈인사를 했다.

"그 사람 만났수?"

양씨의 아내가 미숫가루 잔을 탁자에 얹어 놓고 정환의 빈 잔에 맥주를 채우며 물었다.

"누굴 만나요?"

정환이 눈을 둥그렇게 떴다. 양씨의 아내는 정환의 놀란 마음은 아랑곳하지 않고 마시던 미숫가루를 마저 들이켜고는 손으로 입을 쓱 문질렀다.

"아주머니, 누가 절 찾았다고요?"

그 여자가 고개를 끄덕였다.

"누구죠? 혹시 여자던가요?"

"여잔 무슨 여자! 찾아올 여자가 증말루 있구만. 장가간다더니."

여자는 더 이상 상대하지 않고 주방으로 들어갔다. 정환의 마음이 순식간에 뒤숭숭해졌다. 찾아올 사람이 누군가. 수영이나 수영의 어머니가 아니라면 형님이나 조카였다.

"어른이면 형님이구요, 아이면 조칼 텐데요."

"혈육은 아니야. 안 닮았어."

대답은 다른 쪽에서 났다. 양씨가 이렇게 말하며 정환에게 다가왔다.

"여기 근방 사람 같진 않어. 지가 급하문 또 오겠지 뭐. 맥주 한 병더 할 거여?"

그가 마주 앉으며 물었다. 정환은 넋이 나간 얼굴이었다. 양씨는 정환의 과민한 반응이 더 이상했다.

"집에서 안 왔으면 저를 찾을 사람은 선원밖에 없거든요."

정환이 중얼거렸다.

"아니야! 내가 똑바루 봤어. 선원은 아니야. 선원을 해먹자문 선원을 해먹게 생겼거든."

양씨도 정환의 심각함에 물이 든 듯 진지하게 생각하는 표정이었다.

"저 양반은 죽어야 저 버릇 고채! 아니 누가 낯짝에 뭐 해먹는다고 써 붙이고 댕기나? 그럼 누가 사기를 당하고 강도를 만나고 그래유? 남자가 어떻게 된 기 세상을 저렇게 쉽게만 보는지 몰러! 나니까 여태 붙어살지 다른 년 같애 봐, 벌써 줄행랑을 놔도 골백 번은 놨을걸!"

양씨 부인은 내친김에 퍼댔다. 허우대 멀쩡한 남자가 속에 야무진

구석 한 군데 없어 늘 당하고만 산다, 외상 주고 못 받고 화투 치면 무조건 잃는다, 술값은 먼저 내고 싫은 소린 못한다, 요즘은 밤일도 못해 허수아비랑 산다고 궁시렁거렸다. 그래도 양씨는 아내를 미워하지 않았다. 아내가 하는 말은 언제나 바람처럼 흘려보냈다.

"일본 배가 들어왔다지?"

"어제 한 척 들어왔어요. 며칠 있으면 또 하나 들어올 겁니다."

"아가씨들만 바쁘게 생겼지 뭐 우리 장사는 별볼일 없어. 하긴, 불경기도 세계적이라니, 세계가 다 불경기란 건데 그거 믿을 수 있나? 정치 잘못해서 우리나라만 죽 쑤고 있을걸."

정환은 양씨를 빤히 바라보기만 했다.

"바쁘잖으면 장기나 한판 두지."

양씨가 군침 도는 목소리로 은근히 말했다. 정환은 대답하지 않고 벌떡 일어났다. 그는 정신이 없었다. 앉아 있는 것이 불안하고 좀이 쑤셨다. 자신을 찾는 사람이 누군지, 궁금하고 불길했다. 항구집 앞에 하루살이가 까맣게 맴을 돌다 흩어지고 다시 뭉쳤다.

"미스타 박만큼 셈이 깨끗한 사람도 없지 여보?"

양씨의 아내가 남편에게 말했다.

"사람이 맑기만 하믄 단 줄 알어? 물이 맑으믄 괴기가 못 사는 법이여. 본래 인생이란 기 지저분하고 지저분한 거여."

양씨가 중얼거렸다. 그의 아내가 눈을 하얗게 흘겼다.

항구집을 나선 정환은 그저 도망가듯 그 집에서 여나믄 발자국 걸어 나왔지만 골목 어귀에서 발이 바닥에 딱 붙었다. 당장 갈 데가 생각나지 않았다. 요즘 수영은 가게를 자주 비우는 것 같았다. 전화를 할 때마다 잘 받지도 않고 신호만 울리다 끊어지기도 하였다. 차라리 잘됐다고 생각했다. 어차피 그래야 했다. 하지만 전화를 걸고 나면 마음이 혼란스러워졌다. 아무리 잘됐다고 해도 진정되지 않았다. 윤 형사의 얼굴이 눈앞에서 흐릿흐릿 나타났다 사라지곤 하였다. 도대체 자신을 찾았다는 마흔 줄의 남자는 누군가. 쫓길 죄를 지은 건 아닌데 도망려 하는 건 뭔가.

정환은 바지 주머니에 손을 찌르고 입을 악물었다. 생각해 보면 나쁜 짓이라는 게 밀수품 운반이었다. 형사도 다 알았다. 관세청도 알았다. 밥 먹고 사는 사람은 밥 먹고 사는 일이 가지각색이라고 이해할 것이었다. 범인은 필요할 때 만들어졌다. 술집에선 누구나 이웃이고 한평생 살다 가는 나그네 같은 인생들이었다. 나빠 봤자, 교도소겠지. 정환은 한숨을 내쉬며 생각을 정리했다. 거기도 사람 사는 곳이다. 먹고 자는 일이 작은 공간에서 '규칙'에 묶여 있다는 것뿐이었다. 자율성이 박탈된다는 것이었다. 그런데 정환은 지금 자율적으로 사는가? 그는 좀 더 넓은 공간에서 불안하게 먹고 살려고 바둥댈 뿐이었다.

그래! 죽기박에 더하랴!

그는 초조하고 겁먹은 자신에게 말했다. 그리고는 한쪽 발을 들어

올려 앞으로 내놓고 다른 발을 들어 앞으로 내놓았다. 인생은 이렇게 갈 수 있는 데까지 한 발 한 발 걷는 것이라고 생각했다.

마음을 이렇게 먹자 정환은 한결 가뿐해졌다. 어차피 형사나 검사에게 모욕을 받거나, 그래서 교도소로 가거나, 스스로 죽거나였다. 아무래도 좋다! 어떤 상황이 닥쳐 와도 좋다. 그는 성큼성큼 발을 떼어 놓았다. 다리 사이에서 바람이 휙휙 일었다.

"박정환 선생인가요?"

정환의 앞으로 걸어오던 낯선 남자가 앞을 가로막으며 물었다. 정환은 설마 이렇게 지나치는 남자가 자기에게 말을 걸리라곤 상상도 못했기 때문에 소스라치게 놀랐다.

"놀라셨습니까? 죄송합니다."

그가 말했다. 정환의 입술이 파르르 떨렸다. 남자가 정환을 친근한 표정으로 바라보았다. 정환이 한발 뒤로 물러섰다. 괜찮다. 정환은 자신에게 말했다. 남자의 표정은 따뜻하고 인상은 단정했다. 넥타이를 매지 않은 양복 차림의 남자 얼굴에선 미소가 떠나지 않았다.

"누구시지요?"

정환이 떨리는 목소리로 물었다. 고향 솔거리의 뒷산 둔덕 밭에서, 자신이 돌아설 때까지 지켜보고 있었을 그 남자, 그리고 눈이 마주쳤을 때의 그 오싹한 놀라움이 먼 세월을 휙 가로질러 되살아났다. 그래서 오늘 거길 갔었던가?

"박정환 선생이시지요."

"그런데요."

"반갑습니다!"

그가 손을 내밀며 함박웃음을 지었다. 정환은 어리둥절한 채 그의 손을 맞잡았다. 그의 손은 부드러운 인상과는 달리 살집이 두툼하고 컸다. 그 감촉만으로도 정환은 주눅이 드는 느낌이었다.

"잠깐 얘기 좀 하실까요? 뵙고 싶었습니다."

그가 여전히 부드럽게 물었다. 정환은 얼어붙은 얼굴로 입을 열지 못했다.

"누구…… 신데요?"

"여기선 좀 그렇고 어디 찻집이라도 들어가서 말씀을 나누십시다."

남자가 말했다. 정환이 이곳에선 보이지 않는 항구집을 돌아보았다.

"저쪽에 괜찮은 다방이 있더군요."

남자가 말했다. 정환은 그와 함께 걸었다. 걸으면서 자신의 발자국 소리를 들었다. 마음이 야릇해졌다. 뭔가 벅차고 두렵고 흥분됐다. 죽기 아니면 교도소라고 절박하게 몰아붙여야 했던 공포감은 어느새 엷어졌다. 정환은 그의 등을 바라보며 길가의 호수다방으로 들어갔다. 그가 먼저 창가 자리를 잡았다. 정환도 그의 맞은편에 앉았다. 다방 주인이 정환을 알아보고 요즘 왜 뜸했느냐고, 섭섭하다고 아양 섞어 인사했다. 그들은 커피를 시켰다. 남자가 담배를 탁자 위에 얹었다. 태우십니까? 눈으로 물었다. 정환은 아무리 정신을 차려도 아직 어리둥절했다. 그는 맞는지 틀린지 생각도 않고 고개만 까딱해 보였다.

"지내시긴 어떠십니까."

남자가 정감 어린 목소리로 물었다.

"늘 그렇습니다. 그런데 누구신지요."

"아이구우, 제 정신이 이렇습니다. 정환 선생을 만나 반가운 마음에 예도 잊었습니다. 전 김정민 선생의 부탁으로 정환 선생을 뵈러 왔습니다만……."

"정민이 형 말입니까?"

정환이 비로소 긴장을 풀고 물었다. 남자의 얼굴에 미소가 번졌다. 정환의 가슴이 왈칵 뜨거워졌다. 때때로 인생의 부적처럼 기억하게 되던 사람. 정환은 자신도 모르게 탁자 위로 손을 뻗었다.

"아, 전 그것도 모르고. 반갑습니다. 제가 박정환입니다. 정민이 형을 아시는 분이라면…… 죄송합니다. 제가 겁이 많아서 엉뚱한 상상을 했습니다. 정말 죄송합니다."

"괜찮습니다. 도리어 제가 갑자기 방문해서 놀라게 해 드린 것 같습니다."

남자는 탁자 위에 놓인 정환의 손을 두 손으로 맞잡았다. 두 사람은 잠시 뜨겁고 단호한 악수를 나눴다. 두 사람의 심장을 통해 전신을 돌던 피가 손바닥에서 서로에게 스며드는 것 같았다.

"정환 선생에 대해선 김정민 선생한테서 많은 이야기를 들었습니다."

이때 정환의 눈이 젖어들었다. 자신의 깊은 절망과 깊은 슬픔을 이해해 주고 가치를 높게 보아 준 한 사람, 김정민은 생각만 해도 가슴이 뜨거워지는 사람이었다.

"정민 선생은 늘 정환 씨를 그리워하며 정환 씨의 훌륭한 품성에 대해 말하곤 했습니다. 정환 씨는 놀랐을지 몰라도 전 하도 자주 말씀을 들어서 늘 만나 온 사람처럼 편안합니다. 정말 반갑습니다."

정환은 이렇게 말하는 소리를 들으며 공연히 울고 싶었다. 정환은 자신의 삶의 바탕이 모욕이라는 것, 그것이 얼마나 자존심에 상처를 내는지, 그 쓰라림을 낱낱이 고자질하고 싶었다. 더군다나 정민이 자신에게 사람을 보내리라곤 상상도 못했던 것이다.

그날 정환은 선원의 집에서 정민이란 남자를 처음 만났다. 일을 시작한 지 얼마 안 된 펨프 정환은 '좋은 여자' 있다고 접근했다. 정민은 좋은 여자 대신 정환을 선택해 그의 여인숙에서 하룻밤을 묵었다. 정민이란 남자에겐 이상한 데가 있었다. 처음부터 느낌이 이상했다. 그는 선원이라기보다 무슨 교수 같은 분위기였다. 아니면 감방에서 스쳤던 운동권 학생, 붉은색 수인(囚人) 번호를 단 사상범, 꼭 그랬다. 그런데 이상했던 건, 그가 낯설지 않았고 또한 오래전부터 알고 지낸 것처럼 스스럼없었다는 것이다. 정환이 지저분하고 냄새나는 여인숙 방을 부끄러워할 때, 그는 도리어 편안해 했다. 방에서 쥐포와 노가리포를 놓고 소주를 다섯 병이나 마실 때 정환은 그가 묻지도 않은 자신의 '꼬인 인생'을 줄줄이 늘어놓았다. 그렇게 늘어

놓고 마지막으로 자신은 '이 땅에선 사람답게 살 수가 없다'고, 울먹이며 말했다. '자기의 땅에서 유배당한 사람'이라고 말하곤 흐느껴 울었다. 자기가 가난한 화전민 집안의 유일한 희망이었다고, 나이가 젊은 게 싫다고, 하루가 십 년씩 갔으면 좋겠다고, 다시는 사람으로 태어나지 말았으면 한다고, 치미는 대로 말하고 한껏 취해서 울었다.

이때 정환의 저 밑바닥 감정까지 들쑤셔 뱉어내게 했던 정민은 정작 아무 말도 하지 않았다. 그는 듣기만 했고 나중에 꾸역꾸역 토하는 정환의 입에 비닐 봉투를 대 주고 그것을 버리고 휴지를 물에 적셔 입을 닦아 줬을 뿐이었다.

정환은 다음날 정오가 지나서 깨어났다. 그런데 방 안이 고요했다. 정민은 자취도 없이 사라졌다. 그는 자신이 잠들었던 자리마저 말끔히 치우고 없어진 것이었다.

정환은 귀신에 홀린 것 같았다. 정민이란 선원이 있기나 했었나? 그는 어제라는 시간을 의심했다. 하지만 시간이 흐를수록, 제 삶이 절망적일 때 그 남자 정민이 그리웠다. 설명할 수 없었다. 그가 청연(淸緣)한 느낌으로 그리워지는 것이었다. 그리고 토막토막 떠오르는 말을 가슴에 품고 가끔 더듬어 보았다. 사람답게 살게 만드는 사회, 생산적인 삶, 자주성……같은 말들.

정환은 남자가 건네는 담배를 받아 입에 물었다. 그가 라이터 불을 대 줬다. 정환은 송구함을 감추지 못하며 담배 연기 사이로 그를 바라보았다. 그는 미소를 머금고 있었다.

"형이 잊혀지지 않습니다. 저는 여태 그런 사람을 본 적이 없습니다. 형은 아직 배를 타겠지요?"

"아닙니다. 김 선생은 교토에서 연구를 하고 있습니다."

연구? 정환은 선원과는 도무지 이어지지 않는 '연구'라는 말에 눈을 둥그렇게 떴다. 그 표정을 보고 남자가 소리 없이 웃었다.

"머지않아 민족 문제에 대한 커다란 연구 성과를 내보일 겁니다."

그가 말했다.

"민족 문제요?"

"그렇습니다. 민족의 자주성과 자결성에 대한 논문 중엔 아주 값진 것들이 있습니다."

정환은 고개를 숙였다. 민족의 자주성과 자결성. 너무도 생경했다. 그리고 두려웠다. 무언가 인생의 새로운 국면이 열리는 것 같고 무언가 함정에 빠질 것만 같은 수상쩍은 기미도 느껴졌다. 그랬다. 이상했다. 외항선원과 민족 문제와 연구 성과. 민족의 자주성과 자결성. 무엇이 진실이고 무엇이 허구일까. 정환은 발밑의 흙이 물에 조금씩 씻겨 내려가는 걸 느꼈다. 발밑이 허전해지고 마침내 발은 허방에서 푹 꺼져 내려 늪에 빠질 것만 같았다. 그는 자신도 모르게 아랫입술을 오래도록 잘근잘근 씹고 있었다. 이렇게 정환이 갈등하는 동안에도 그 남자는 이야기를 계속했다.

"……정민 선생은 정환 씨 같은 우수한 인재를 어떻게 하면 키울 수 있을까 고민을 많이 했습니다. 저하고도 그 방법을 생각해 봤습니다. 그런데 마침 좋은 기회가 와서 정환 선생을 만나니 반갑기 그지없습니다. 왜 정민 선생이 정환 선생을 애틋하게 그리워했는지 알 만합니다. 하하하."

남자가 말끝에 유쾌하게 웃었다. 놀란 정환이 그를 바라보았다. 그가 고개를 끄덕였다. 정환의 얼굴이 붉어졌다가 이내 창백해졌다.

"정민 선생은 정환 씨를 만나고 싶어합니다."

남자가 말했다. 그는 벌써 이 말을 두 번째나 하고 있었던 것이다.

"정환 씨가 원한다면 교토에 가실 수 있습니다."

잔잔하게, 사람의 마음을 편안하게 하는 웃음을 지은 얼굴로 남자가 말했다. 그러나 그 말을 듣고 있는 사람, 정환의 얼굴은 말이 아니었다. 그는 완전히 굳은 표정으로 남자를 바라보고 있었다.

"아마 거기 가시면 전혀 새로운 인생이 시작되겠지요."

남자가 나직이 말했다. 정환은 깜짝 놀랐다. 그의 둥그렇게 열린 눈은 허공에서 움직이지 못했다.

"제가요?"

"물론입니다. 그 사업을 수행하려고 왔습니다!"

그가 힘차게 말했다. 정환은 손바닥으로 얼굴을 가렸다. 그의 손바닥에 축축하게 젖은 속눈썹이 닿았다. 교토라고? 거긴 일본이다. 그곳에 갈 수 있다고? 이 땅을 떠날 수 있다고? 정환은 어두워지는 거리로 나와 가로등 아래를 걸으며 내내 한 번도 가 본 적이 없는 교토를 상상했다.

"어디 가서 제가 식사를 대접하겠습니다. 사실 점심도 제대로 못 먹었습니다."

남자가 말했다. 정환은 겨우 손을 얼굴에서 뗐다. 그리고 젖은 눈으로 남자를 바라보았다. 의구심과 격정과 기쁨이 뒤엉켜 아지랑이처럼 피어오르는 정환의 눈을 그 남자는 거의 감동적으로 마주 바라보았다.

십여 분 후 두 사람은 길에서 택시를 타고 중국 음식점 동보성 이층의 작은 방에 마주 앉았다. 정환은 아직도 제 정신을 차릴 수가 없었다. 살다 보면 희한한 일도 많을 것이었다. 그러나 어떻게 이런 일이 생길 수 있단 말인가? 혹시 뭐에 홀린 건 아닌가? 정환은 남자가 식단표를 살피는 동안에도 현실감을 확인하려 애썼다. 심장은 튀어나올 듯이 뛰고 숨은 자주 가빴다. 갑자기 엉엉 울고 싶고 와아 소리치고 싶고 아무 데나 달리고 싶어졌다.

두 가지 요리와 소주 한 병을 시킨 남자가 흥분으로 얼굴빛이 마구 흔들리는 정환을 바라보았다.

"괜찮으십니까?"

그가 물었다. 정환은 딱히 마땅한 대답을 찾지 못해 소리 없이 웃었다. 행복합니다. 꿈만 같습니다. 이게 다 현실인가요? 정말 저를 만나러 오셨습니까? 정환은 속으로 확인하고 또 확인했다.

요리는 이내 나왔다. 두 사람은 소주를 채운 잔을 들어 마주쳤다. 술이 서너 순배 돌고 다시 한 병을 주문하는 동안 정환은 자신의 생활을 궁금해 하는 그에게 이곳 생활의 어두운 면을 강조해서 들려줬다. 자신이 얼마나 막막하게 사는지, 자기 자신에게 부끄러울 때가 있다고 말했다.

"뒤를 돌아보면 살아온 날이 짧고 앞을 보면 아직도 까마득해서 절망할 때가 있습니다."

"결혼은 하셨습니까?"

"생각도 못해 봤습니다."

정환은 아득한 눈을 뜨고 자신의 절망 어디쯤에 흐릿한 모습으로 보였다 사라지곤 하는 한 사람, 최수영을 생각했다. 가슴이 쓰라렸다. 그러나 수영을 자신의 절망 속으로 손짓할 수는 없다고, 늘 그렇듯 지금도 그런 생각을 했다.

"정민 선생이 얼마나 반가워할지 눈에 선합니다."

남자가 낮은 소리로 말했다. 정환이 고개를 번쩍 들었다. 정말 그곳으로 갈 수 있습니까? 남자는 정환의 눈에서 이런 간절함을 읽었다.

"딱히 정리할 것이 없다면 머뭇거릴 필요가 없습니다. 새로운 세계를 만나실 건데 사실 정리도 필요 없을 겁니다."

그가 차분하게 말했다. 정환은 술잔을 만지작거렸다.

"교토는 여기서 아주 멀겠지요."

정환이 중얼거렸다. 그가 낮은 소리로 웃었다. 정환이 그를 안타깝게 바라보았다.

"멀지 않습니다. 그냥 툴툴 털고 일어서십시오. 다시 태어나는 것처럼, 그렇게 말입니다."

"언제 갈 수 있습니까?"

정환이 자신도 모르게 비밀스런 목소리로 물었다.

"결정되면 금방입니다."

그가 아무렇지 않게 말했다. 정환은 그를 빤히 바라보았다. 자신이 뭘 잘못 들은 것 같아서였다.

"정환 선생이 운이 좋아서 마침 이곳에서 떠나는 배가 있습니다. 필요한 것은 이미 준비됐습니다. 마음만 정하시면 됩니다. 이십육일 밤입니다. 대략 삼 일 후입니다. 길다면 길고 짧다면 짧은 시간입니다. 어쩌면, 아마도, 퍽 지루하실지 모릅니다."

이렇게 말하는 남자를 정환은 넋을 잃고 바라보았다. 한참을 그랬다. 방 안은 침묵에 묻히고 그 남자는 혼자 술잔을 비우고 다시 채우고 그랬다.

"정말…… 정말 갈 수 있을까요?"

정환이 자신의 염려가 스스로 부끄러우면서도 확인하지 않을 수 없어서 이렇게 물었다. 남자가 웃었다. 정환은 순간 부끄러웠다.

"가겠습니다."

이렇게 그가 대답한 건 혹시 부끄러움 때문이었을지 몰랐다. 정환이 부끄러움의 여진(餘震)에 잠겨 있을 때 그가 '밀항'에 대해 설명하기 시작했다. 이번 기회를 놓치면 다시 준비해야 하는데 그게 늘 쉽지 않다고 하였다. 이번 기회는 마치 정환 선생을 위해 누가 이렇게 짜 놓기라도 한 것 같다고 그가 말했다.

정환은 남자의 말을 들으며 고개를 끄덕거렸다. 밀항. 꿈 같은 말이었다. 얼마 전에도 외항선원에게서 밀항에 대해 들었었다. 위험하지만 성공하면 누이 좋고 매부 좋다고 선원이 말했다. 발 달린 짐승은 저 좋다는 데 가서 살아야 한다면서. 그게 하늘의 뜻이라면서.

"정민 선생은 아마 선생이 그곳으로 오면 우선 공부를 하게 할 생각인 거 같습니다."

"공부요?"

"네. 그렇습니다."

그가 힘차게 말했다. 순간 정환이 멍한 눈으로 그를 바라보았다. 그리고 이내 머리가 푹 꺾였다. 그의 좁아붙은 가슴 밑바닥 아주 깊은 데서부터 홧홧하게 부풀어 오르는 느낌이었다. 뜨겁고 뭉글거리는 생피 같은 것이 솟구치는 느낌도 있었다. 그는 손바닥으로 입을 막았다. 눈시울은 벌써 붉어졌고 눈가에 물기가 가득 고여 불빛에 어른거렸다. 정환의 복잡하고 감격에 젖은 얼굴을 그가 부드럽게 바라보았다.

"이제 좋은 날들이 올 것입니다. 지금까지 어려웠던 건 그날들을 위한 거름이라고 생각하십시다. 쉽고도 어려운 결심을 한 정환 선생께 축하드립니다."

그가 정환과 자신의 빈 술잔을 채우고 건배를 하자고 하였다. 정환이 잔을 들어올렸다. 잔을 든 그의 손이 자잘하게 흔들렸다. 흔들리는 손을 당겨 술잔을 입에 댔다. 단숨에 들이킬 술을 그는 오래도록 입에서 떼지 못했다.

정환의 눈에서 후드득 눈물이 떨어졌다. 그는 빈 잔을 올린 채 고개를 숙였다. 소리 없이 눈물이 주룩주룩 흘러내렸다. 바깥은 분주했다. 방을 안내하는 소리, 음식을 독촉하는 소리, 화장실을 찾는 소리, 문 여닫는 소리 들이 그치지 않았다.

"정환 선생의 심정을 이해합니다. 감회가 남다를 줄 압니다. 어쩌면 선생의 인생은 이제부터 시작된다고 할 수 있습니다. 제 자리를 찾는 것입니다. 활기차게 살아 보십시오."

그가 울고 있는 정환에게 말했다. 1분이 지나고 3분이 지났다. 이윽고 정환이 휴지로 코를 풀고 얼굴을 문질렀다. 그는 빨갛게 된 눈으로 남자를 바라보았다. 쑥스럽고 민망한 눈이 억지로 웃음을 지었다.

"죄송합니다. 제가 원래 약한 사람입니다."

정환이 말하고 웃었다. 그가 담배 한 개비를 꺼내 정환에게 내밀었다. 두 사람은 불붙인 담배를 피웠다. 정환은 연기를 휴우 뱉어 냈다. 연기 사이로 시간과 사람과 감정이 뒤엉켜 떠오르고 스쳤다. 수영이 그의 가슴을 후벼 팠다. 솔거리와 형과 조카들, 익수와 포주 모개, 깡다구, 세관의 김 주임과 양씨, 그리고 명희 미애 정희…… 들이 마구 떠올랐다. 이렇게 깊이 정들었을 줄 몰랐다. 정환이 늘 지겨워했던 사람들이었다. 언제나 이곳과 이곳 사람들을 떠나는 것이 꿈이었지만 그런 날이 이토록 갑작스럽게 올 줄은 몰랐다. 그래서 그는 경황없고 경황없는 중에 슬펐다.

남자가 정환에게 부탁을 했다. 김정민이 누군가에게 전할 물건이 있다고 하였다. 그 말을 듣는 순간 정환은 흘깃 스치는 불길한 느낌이 들었다. 너무 짧은 순간이어서 헛것을 느낀 게 아닌가 싶었다. 그는 깊은숨을 들이쉬고 내쉬었다.

"자그마한 물건입니다."

남자가 예의 부드러운 목소리로 말했다. 자그마한 물건. 정환은 속으로 말했다.

"물건은 내일 정류장에서 드리겠습니다."

남자가 말했다. 정환은 문득 정신을 차렸다. 남자를 바라보는 눈길이 날카로웠다.

"걱정이 있으십니까?"

남자는 걱정이 되느냐고 묻는 게 아니라 걱정이 있느냐고 물었다.

"아, 아닙니다!"

정환이 완강하게 부정했다. 걱정이 되느냐고 물었다면 아마 고개를 끄덕였을지 몰랐다.

"내일, 선생이 터미널에서 차표를 끊을 때, 저도 옆에서 표를 사겠습니다. 그때 제가 물건을 올려 둘 테니 들고 나가시면 됩니다. 큰물건은 아니고 보통 책 한 권 들어 있는 봉투입니다."

정환은 어느 순간부터 그 남자를 바라보지 않고 있었다. 지금도 그런 채 고개를 끄덕거렸다.

"그곳에 가는 버스는 첫차가 다섯 시에 있습니다. 여섯 시에 두 번째 차가 떠납니다. 우리는 다섯 시 오십 분에 만나지요. 물론 서로 모르는 사이입니다. 괜찮겠습니까?"

그가 차분하고 단호한 목소리로 물었다. 정환은 고개를 들고 그를 봐야 한다고 생각하면서 고개를 들지 못한 채 말했다.

"괜찮습니다."

"떠난다고 별다른 준비는 하지 마십시오. 누구도 눈치 채게 해선 안 됩니다. 의심받을 말이나 행동도 하지 마십시오. 아무리 믿는 사이라도 사람의 마음은 늘 변합니다. 변하는 게 사람의 마음이니까요. 제 생각으론 선생이 평상시처럼⋯⋯ 화장실 가듯이 그렇게 하시면 실수가 없으리라 생각합니다. 그리운 사람도 있겠고 선생이 없어진 걸 알면 놀랄 사람도 있겠지요. 하지만 그런 거 다 접어야 합니다. 좋은 날이 올 때까지, 그때를 위해서 단호하시길 부탁드립니다."

"네."

정환은 먹먹한 목소리로 대답했다.

"선생은 오늘의 선택이 얼마나 영광스러운지 머지않아 확인하게 될 것입니다."

"네."

"승선은 이십육일 자정입니다. 배는 네 시 이후에 출항합니다. 선생은 그날 어두워진 다음 선원의 집으로 가십시오. 거긴 익숙하시지요? 거기가 편안하겠지요. 안전하기도 그만한 데가 없지요. 거기 가셔서 안으로 들어가지 마시고 뜰을 살펴십시오. 가운데 길이 트여 있고 왜 양쪽으로 원탁이 두 개씩 놓여 있지 않습니까? 그 중 오른쪽 첫 번째 탁자에서 맥주를 마시는 선원이 있을 겁니다. 오동나무 바로 앞에 있는 탁자입니다. 선원은 청색 점퍼를 입고 있습니다. 천천히 다가가면서 보십시오. 그가 지압용 호두 두 알을 손에 쥐고 굴리고 있을 겁니다. 다가가서 '산호'를 가져왔습니까, 하고 물어보십시오. 그쪽에서 '아닙니다. 호박이 있습니다'라고 대답하면, 친구처럼 인사하십시오. 오랜만이다, 언제 왔니? 이 정도면 되겠지요. 그리고 그를 따라 가십시오……."

얘기를 듣고 있는 정환의 얼굴은 점점 비장하게 굳어 가고 있었다. 울지도 웃지도 못하는 굳은 얼굴의 그가 손가락을 마디마디 꺾었다. 남자가 그런 정환을 입술 굳게 다물고 잠시 바라봤다.

"내일 다섯 시 오십 분입니다. 저는 검정 바지에 회색 점퍼를 입겠습니다."

"네."

정환이 짧게 대답했다. 남자가 손을 내밀었다. 그들은 굳은 악수를 길게 했다. 그사이 서로의 살갗을 뚫고 무엇이 오고 가기나 한 걸까.

"인생에는 세 번의 기회가 온다고 합니다."

그가 말했다. 정환의 가슴이 철렁 내려앉았다. 무엇을 선택해서 수선하는 게 아니라 송두리째 뒤집는 것이란 생각이 문득 들었다.

정민이 누구인지, 그의 정체는 무엇인지, 여기 앉은 당신은 누구이며 정체가 무엇인지, 정환은 묻고 싶었지만 묻고 싶은 만큼 강렬하게 침묵했다. 정작 그것을 알게 될까봐 두렵고 겁이 났다. 알고 싶어해선 안 된다고, 정환은 자신에게 윽박질렀다.

얼마나 오래도록 정환이 두려움과 의구심을 가지고 살피고 있었을까.

"이제 가십시다. 정해진 시간이라는 게 쓰기 나름이라는 것, 짧다거나 길다고 생각하는 건 다 사변(思辨)이지요. 그럼!"

그가 부드러우나 단호하게 말하고 먼저 자리에서 일어섰다. 정환은 순간 그가 무서운 사람일 거라는 생각을 했다. 정환이 일어섰다. 그가 정환에게 건너와 그를 얼싸안았다.

"선생의 출신과 성분에 자부심을 가지십시오. 청춘의 힘을 확인할 기회는 누구에게나 주어지지 않습니다. 건투를 빕니다. 내일 오전 다섯 시 오십 분 터미널 매표구 앞입니다."

그가 이렇게 말하고 다시 정환을 끌어안은 팔에 힘을 주었다.

"잘될 겁니다."

그가 팔을 풀고 정환을 보며 말했다. 정환의 입술이 달달 떨렸다.

"이걸 가져가십시오. 거기 약도가 자세히 나와 있습니다. 봉투를 그 집에 전해 주시면 되는 일입니다. 쉰 살이 조금 넘은 어머니와 두 아들이 살고 있습니다. 고등학교를 졸업한 큰아들은 시청에 다니고 작은아들은 대학생인데 방학이라 지금 집에 와 있을 겁니다. 가급적

어머니는 피하고 아들들 누구에게나 선이 닿는 쪽에 건네주십시오."

"네. 잘 알겠습니다."

정환이 말했다. 남자는 생각에 잠긴 모습으로 고개를 끄덕였다. 그리고 그는 정환에게 먼저 돌아가라고 말했다. 그는 좀 더 앉아 있겠다고, 그리 오랜 시간이 지나지 않아 다시 만나게 될 것이라고 말했다. 정환은 그가 시키는 대로 먼저 일어났다. 문턱에서 문득 뒤를 돌아보았다. 그가 정환을 바라보다가 아주 잠깐 손을 들었다 놓았다. 정환은 겁이 났다. 겁을 내는 자기가 싫었다. 만약에……. 정환은 만약에, 만약에……. 생각하지 않으려 하였다.

거리엔 밤이 깊어 가고 있었다. 세상은 눅눅한 어둠에 자우룩이 잠겨 있었다. 정환은 천천히 걸었다. 오늘 자신에게 일어난 일들이 과연 현실인지, 정말 내가 경험한 일들인지 믿기지 않았다. 주머니에 손을 넣으면 그 남자가 준 수첩이 잡혔다. 수첩이 손에 닿으면 정환은 화들짝 놀랐다. 현실이 주머니 속에 있었다. 그는 그 현실이 믿기지 않고 또 믿지 않을 수 없었다. 최악의 경우…… 그것은 '죽음'이라고 생각했다.

죽음을 생각하면 반대로 삶이 고개를 내밀었다. 삶은 단순하지 않은 덩어리였다. 정환은 천천히 걸으면서 자신의 삶을, 그 따뜻하게 눈물 어린 그리움의 껍질에 싸인 덩어리…… 삶을 만져 보았다.

그는 문득 고개를 들고 사방을 둘러보았다. 어디서 피 냄새가 났기 때문이었다. 고깃배가 들어와서 펄펄 뛰거나 방금 잡은 바닷고기들이 하역되고 있을 어판장의 싱싱하게 비린 피 냄새……

누가 자신의 손을 어루만지는 것 같았다. 그 부드럽고 따뜻한 손길이 자신의 삶에 닿는 걸 느꼈다. 그는 조심스럽게 그 손을 잡았다. 너무도 익숙한 감촉이었다. 그는 걸음을 멈추고 뒤를 돌아보았다. 수영이 있을 것만 같았다. 수영! 정환은 그 이름을 불러 보았다. 수영이 있어야 했다. 그러나 헤어져야 했다. 헤어져야 하는데 사방에서 수영이 다가왔다. 꽃잎처럼 안개처럼 이슬처럼 바람처럼……

그는 달리기 시작했다. 수영으로 가득 찬 어둠 속으로, 수영을 흩뿌리면서, 헤치면서, 움켜쥐면서…… 살갗에 수영이 마구 달라붙었다. 발밑에 수영이 푹신푹신 밟혔다. 머리 위와 어깨 위에 수영이 수북수북 쌓였다.

아직 길은 멀다

남쪽에서 북쪽으로 뚫린 야트막한 비탈길이 저만큼 앞에서는 그저 캄캄한 어둠으로 변했다. 정환은 그 길을 걸었다. 한 발 내디디면 저만큼 앞에 있는 어둠이 그만큼 물러가서 길을 틔우곤 하였다.

정환은 큰길에서 갈라 낸 길로 꺾어들었다. 낮은 산등성이를 밀어내서 가운데에 길을 내고 양켠으로 집터를 닦고 있었다. 멀리 산등성이 동네에 노오란 보안등이 드문드문 서 있는 게 보였다.

무적 우는 소리가 아득하게 들렸다.

항구가 내려다보였다. 항구의 담장으로 수은등이 켜 있고 그 앞쪽 항구에는 정박중인 배의 정박등이 켜 있었다. 검은 바다 위에 붉고 노랗고 파리한 등빛이 물이랑 무늬로 길게 뻗쳐 있었다.

정환은 걸음을 멈추었다. 그는 길게 숨을 내쉬었다. 잘 있거라 항구야. 그는 항구에게 인사했다. 이상하리만치 마음이 차분하고 편안하게 가라앉았다.

나는 이곳을 떠난다. 절망과 치욕의 거리도 안녕. 정환은 다정한 목소리로 말했다.

그는 시계를 보았다. 4분이 남아 있었다. 여기서 담장까지 3분. 1분은 숨을 가누고…… 그는 다시 걷기 시작했다. 오늘 일을 맡긴 선원은 3급 기관원이었다. 그와는 첫 거래인데 대단찮은 물건으로 지게꾼을 산 것이었다.

정환은 왼쪽의 경비실을 비켜서 오른쪽 담장으로 붙어 걸었다. 시멘트 블록 담장이 한 길은 넘고 그 위에 철망을 굽이굽이 둘렀다. 그러나 오른편으로 가다 보면 경비실과 바다 가운데쯤에 둔덕진 빈터가 있어서 그 위에 올라가면 담장 안이 보였다. 눈깔빼기는 그곳에서 했다. 항구 쪽에도 거기에 알맞도록 빈 석유통과 쓰레기 소각장의 시멘트 구조물이 있어서 그 위에 올라가 물건 보따리를 밖으로 내던졌다.

정환은 시간에 맞춰 담뱃불을 붙였다. 그는 그것을 번쩍 치켜들었다가 내리기를 세 번 되풀이하였다. 곧 안에서 상자가 던져졌다. 정환은 날래게 그것을 잡았다. 다음은 보따리. 그리고 하나의 상자. 이제 끝이었다.

정환은 처음처럼 그렇게 담뱃불로 신호를 보냈다.

그는 조금 전에 그가 내려왔던 언덕길을 돌아보았다. 머지않아 그쪽에서 익수가 택시를 타고 나타날 것이었다. 그는 상자와 보따리를 길가로 옮겼다.

곧 자동차 소리가 들리고 길 위로 전조등의 불빛이 뿌옇게 흔들렸다. 차가 정환 앞에 섰다.

익수가 차 문을 열고 나왔다. 정환이 물건을 실었다.

"돈은 니가 받아 써라."

그가 익수에게 작은 소리로 말했다.

"그래도 되겠수, 형?"

"괜찮아 익수야. 난 이 밑으루 내려갈게. 혼자 가라."

정환은 말하면서 익수의 어깨를 가볍게 잡았다. 체소한 남자의 어깨가 빈약하게 잡혔다.

"어서 타."

"고맙수 형. 낼 봅시다."

정환은 어둠 속에서 고개를 끄덕거렸다. 시간으로는 이미 지금이 내일이었다. 정환과 차는 서로 반대쪽으로 갈라졌다. 익수는 정환이 수고비를 나누지 않고 그냥 주는 거며, 함께 타지 않는 것에 대해 아무런 의문도 갖지 않았다. 돈은 생길수록 좋은 것이었고 정환은 원래 엉뚱한 사람이라고 생각하기 때문이었다.

얼마쯤 걷다가 정환은 돌아섰다. 익수가 탄 차는 이미 금수장여관에 닿았을 것이었다. 정환은 위로 올라갔다. 길 옆의 둔덕은 흙무덤이었다. 머지않아 집들이 들어설 땅이었다. 그는 흙무지 위에 서서 먼 항구 쪽을 바라보았다. 아직은 캄캄한 밤이었다. 그러나 머지않아 어둠을 헤치며 새벽이 올 것이었다.

이 거리……?

정환은 이미 숨을 거둔 시체에서 느껴지는 이질감을 감지하며 항구를 내려다보았다. 안에 들어가 부대낄 때엔 크고 복잡한 곳이었다. 그런데 지금 저 항구는 정환에게 아무 뜻도 없었다.

그는 항구를 등지고 다시 걸었다.

다섯 시 오십 분까지 시간이 있었다. 다섯 시 사십오 분까지 정류장에 나가면 될 것이었다.

가서 눈을 좀 붙여 볼까?

몸은 고단한 것 같은데 잠을 자고 싶지는 않았다.

언제나 수영을 만날 수 있을까?

오늘은 물건을 전해 줘야 하고…… 그러면 온전히 빈 날은 내일과 모레 이틀뿐이었다.

일본에 가면, 낮엔 일을 하고 밤에 학교에 다니자. 자리를 잡으면 수영과 민석에게 연락을 하고…… 그때까지도 수영이 결혼을 하지 않고 혼자 있다면…… 우린 다시 만날 수 있을 것이다. 기다려 달라고 말할까? 내가 다시 이 땅에 돌아올 수 있을까? 오늘 전해 줘야 하는 물건은 무엇일까? 그 사람은 누굴까? 무엇을 하는 사람인가? 정환은 여기까지 생각하다가 자신의 신경이 파란 칼날처럼 곤두서는 걸 느꼈다. 밀항을 해서…… 밀항…… 두려움 속으로 몸이 첨벙 뛰어들었다. 그러나 그는 헤엄치고 싶지 않았다. 두려움에 몸이 잠기도록 그는 자신을 내버려두었다. 이렇게 두려움에 잠겼다가 두려움을 건너가면 이 세계와는 이별인가?

정환은 한 시간을 더 걸어서 101번지까지 갔다. 장꾼들이 드문드문 보였다. 해산물을 사다가 이른 아침에 내륙으로 떠나는 기차를 타고 가서 돈이나 곡물로 바꾸는 장사꾼들이었다.

그는 여인숙으로 들어갔다. 오랜만에 돌아오는 것 같은 기분이었다. 방 안도 새삼스러웠다. 자기 혼자만 오래도록 살아온 방이건만 이제 떠난다고 해서 그런지 벌써 마음이 뜨는 느낌이었다. 아무것도 정리해서는 안 된다던 남자의 말이 떠올랐다. 화장실을 가듯 나오라고 했었다.

그는 통장의 잔액과 현금을 생각했다. 달러로 바꿔야 했다. 통장의 저금을 찾는 거야 무슨 정리랄 게 있으랴 생각하는 것이었다. 그는 통장을 꺼냈다. 만 불 정도는 넘게 바꿀 수가 있었다. 외지에 나가 터를 잡자면 당장 쓸 돈이 있어야 할 것이다. 그는 만 불로 아귀를 맞추고 나머지는 목돈을 해서 민석에게 보내리라 생각했다. 수영에겐…… 정환은 문득 일어나 벽에 걸린 점퍼의 주머니를 뒤졌다. 비닐로 싼 새끼손가락만한 것을 꺼내 들었다. 짐승의 뿌연 기름 같은 작은 옥돌이 박힌 머리핀. 정환은 한동안 그것을 손에 쥐고 감촉을 느끼고 그것을 생각했다. 아득한 것 같기도 하고 어제인 것 같기도 했다. 오천 원짜리 그것을 수영은 받지 않았다. 정환의 애인한테

주거나 여자 친구한테 주거나 클레오파트라의 선배 언니 선경에게
주라고 했었다. 정환은 무언가 긴장됐고 사뭇 진지하고 애써 상냥하
던 수영의 표정과 목소리를 또렷이 기억해 냈다. 그의 입가에 미소
가 어렸다. 그는 비닐을 벗기지 않은 작은 그것을 손바닥에 두고 바
라보았다. 앙증맞고 사랑스러웠다.

　너, 이제 주인의 머리에 꽂히겠다.

　정환은 머리핀을 두고 생각했다. 엊그제 현금을 세려고 방바닥을
들췄다가 그곳에서 발견한 물건이었다. 처음엔 징그러운 벌레를 만
지기라도 한 것처럼 흠칫 놀랐다. 도무지 못 보던 물건이었다. 하지
만 5초도 안 가서 정환은 한꺼번에 그것과 관련된 시간을 떠올렸다.
사소한 물건을 들여다보며 그 물건이 지닌 운명을 느끼는 순간 살갗
에 미세한 전율이 화르르 지나갔다. 이걸 그때 왜 버리지 않고 여기
에 두었는지, 만약 이렇게 발견하지 못하고 그냥 떠났다면…… 그
는 머리핀을 만지고 들여다보면서 마치 살아 있는 것을 보듯 마냥
신기하고 기특하고 어여뻐서 한동안 정신이 없었다.

　정환은 지금도 엊그제 그 기분이었다. 핀을 가슴에 대고 한동안
울컥하고 먹먹한 맘에 잠겨 있었다. 그것을 딱히 어쩌겠다는 생각
없이 점퍼 주머니에 넣고도 기대와 슬픔 같은 엇갈린 감정을 만지작
거려야 했다.

　정환은 펼쳐 보았던 통장들을 제자리에 두었다. 피로가 밀물처럼
몰려들었다. 그는 마침내 안식에 든 영혼같이 툭 군드러졌다. 잠이

그를 덮었다. 어지러운 꿈 한 자리 꾸지 않고 잠을 잤다. 그가 불현듯 눈을 떴을 때 그는 폭신한 이불솜을 느끼는 기분이었다. 다섯 시였다.

그는 세수를 하고 옷을 갈아입고 정류장으로 나갔다. 느낌이 이상했다. 그러나 매표소에 가서 뚫린 유리 구멍 안으로 종이돈을 집어넣고 행선지를 말했다. 누군가 옆에 와 붙어 서는 기미가 느껴졌다. 그가 고개를 돌렸다. 그의 손에 무엇이 닿았다. 그는 손으로 봉투를 잡고 눈으로 그 남자를 보았다. 어젯밤과는 딴판인 모습이었다. 그러나 얼굴은 같았다.

그 남자는 정환이 버스에 오르고 또 버스가 움직이는 걸, 속력을 내기 시작하는 걸 먼데서 천연스럽게 지켜보았다. 정환은 그곳에 가서 약도대로 찾아갈 것이었다.

다음날 정환은 늦잠을 잤다. 밖에서 문을 두드리며 오빠! 오빠! 하고 부르는 소리에 겨우 깨어났다. 그는 엉거주춤 일어나서 안으로 잠긴 문을 벗겼다.

문이 열리며 은영과 미애가 들어왔다.

편지 부탁을 하러 온 것이었다.

"오빠, 오빠도 어서 장가가야겠다. 이게 뭐야. 저 양말 좀 봐. 저게 몇 켤레야? 빤쓴 어따 뒀수? 양말 안 빨고 저렇게 뭉쳐 뒀는데 빤쓴 빨았겠어?"

은영이 킬킬대며 말했다.

"어이구 이년아. 빤쓰, 그거 멀미도 안 나냐?"

미애가 은영에게 핀잔을 주었다. 정환은 손으로 누르고 있던 눈을 떴다. 눈에 뻘겋게 핏발이 서려 있었다.

"눈이 빨갛네?"

"글쎄 여엉 아프네."

"너무 과로해서 그렇지 뭐."

"애인하고 매일 만나지 말아요."

은영이 말했다.

"오빠 정말 장가갈 거야? 시원섭섭하게 말이야."

미애가 말했다.

정환은 대답하지 않고 담배를 찾아 입에 물었다.

"구드브란드한테서 회답 왔니?"

"새끼가 이제 회답을 보냈잖아. 뭐라고 썼나 읽어 봐 주구, 회답해야지, 오빠."

미애가 항공 봉투를 내밀었다. 정환은 대충 자기 실력대로 편지를 읽어 주었다.

"오빠, 편지 쓸 때, 내 얘기도 써 줘 오빠. 나도 양코배기한테 시집가게, 응? 꼭이야 오빠!"

은영이 새끼손가락을 세워 보이며 말했다.

"사진 하나 넣어서 보내려고."

미애가 보태 말했다.

"너희들 딸라 있니?"

정환이 물었다.

"우리가 그걸 만져나 보나? 죄다 뺏기지. 오빠 몰라? 우리 사정!"

"뭐 그저……."

정환은 민망해서 얼버무렸다.

"우리 주포(포주) 언니한테 가 봐. 그리고 명희 언니도 딸라가 좀 있을지 몰라."

"그래. 알았어."

"딸라는 뭐하게?"

"그저 좀…… 내일까지 써 주면 되지? 점심때 가져다줄게."

정환은 말하고 일어섰다. 그는 미애와 은영을 문턱에서 배웅했다. 곧 명희 방 쪽에서 따그르르 웃고 지껄이는 소리가 들렸다. 정환은 화장실에 들렀다가 세수까지 하고 들어왔다. 명희가 복도에서 잡았다.

"딸라 바꾼다고?"

명희가 물었다. 정환은 왠지 찔끔했다. 그는 짐짓 심드렁하게 고개만 끄덕거렸다.

"들어와 봐."

명희가 방으로 끌었다. 정환은 명희 방으로 들어갔다. 100불짜리 네 장, 50불짜리 두 장, 20불짜리 열 장, 10불짜리 한 장, 5불짜리 두 장을 꺼내 놓았다. 정환은 명희에게 달러를 바꾸었다. 은영과 미애가 정환의 환전 소문을 낸 것이 그날 저녁으로 모든 포주들에게 퍼졌다. 이날 오후, 정환은 은행에 가서 10원 단위의 돈만 남기고 모두 찾았다. 그는 항구집 양씨에게 환전을 부탁했다. 만 불을 부탁하는 정환을 놀란 눈으로 빤히 바라보던 양씨의 아내는 무슨 생각에서인지 5천 불만 바꿔 주었다. 정환은 선원의 집에 가서도 환전을 했다. 그곳에서 1천 5백 불을 바꾸었다.

정환이 달러를 바꾸고 다닌다는 소문은 윤 형사의 귀에도 들어갔다. 이 얘기를 듣는 순간 윤 형사는 섬광 같은 빛을 보았다. 가슴에 뿌듯한 것이 꽉 차오르는 걸 느끼었다. 한두 달 동안 찡그리고 다니던 그의 얼굴이 갑자기 환하게 피어났다. 그는 은행에 조회를 해서 마침내 정환의 예금 액수와 그것이 한꺼번에 인출된 사실을 알아냈다. 그는 정환의 먼발치에 그물을 치고 항구 안팎과 시내 안팎에도 여러 겹의 질긴 그물을 쳐 두었다. 그러나 이런 움직임에 대해 정환은 전혀 눈치 채지 못했다. 그는 자기가 주변 정리를 한다고는 생각지 않았다. 그 남자는 그저 잠깐 외출하듯 떠나라고 했으니까.

이날 오전에, 그는 두 통의 편지를 썼다.

민석아.

너를 만나지 못하고 떠난다.

우리는 다시 만날 수 있을 것이다.

어떤 경우에라도 절망해서는 안 된다.

이 돈을 요긴하게 써라.

하고 싶은 말이 많지만 무슨 말을 해야 할지 모르겠구나.

잘 있거라.

수영 씨.

당신의 이름을 쓰는 것만으로도 내 생명이 떨리는 걸 느낍니다.

내가 이 땅에 살아 있는 한, 당신을 잊을 수는 없습니다.

그러나 내가 당신의 삶에 어떤 짐이라도 되어서는 안 되고, 또한 생채기를 내어서도 안 될 것입니다.

정환은 민석에게 보내는 편지를 접어서 주소를 쓴 봉투에 넣었다. 그러나 수영에게 쓴 편지는 끝내지도 못하고 접지도 못한 채 그냥 방바닥에 밀어 두었다.

이날 오후, 그는 오십만 원짜리 소액환을 넣어 민석에게 편지를 부쳤다.

민석아, 삼촌이 멀리 떠난다. 한동안 연락이 되지 않을 것이다. 그러나 너를 잊지 않고 있다. 내가 힘닿는 데까지 너를 지켜 주고 보호해 주겠다. 그러니 어떤 경우에라도 너 자신을 포기하지 말고 자중 자애하거라. 결코 오래지 않아 너에게 연락할 것이나 사람 일을 알지 못하니 무어라 기간을 정하지 못하고 떠난다. 부디 공부 열심히 하여라. 희망을 믿어라……

형님, 형수님, 또다시 홀쩍 떠나게 되었습니다. 살기 위해 떠나니 걱정하지 마십시오. 여태 한 번도 동생 노릇 제대로 못해 드렸습니다. 하지만 열심히 살려고 하니 좋은 세월을 만나게 되리라 믿습니다. 늘 건강하십시오. 다시 뵐 때 행복한 모습 보여 드리도록 애쓰겠습니다…….

이 편지는 곧 윤 형사의 손에 들어갔다. 그는 정환의 편지를 읽으며 실소(失笑)를 금치 못했다. 인생은 때로 우스꽝스러웠다. 그는 마치 콩을 가득 담은 자루를 한 손에 여며 쥔 기분이었다. 범인들을 다루다 보면 그런 걸 느끼게 됐다. 손을 놓으면 자루에 든 콩이 한꺼번에 와그르르 바닥으로 흩어질 것이었다. 수사망에 걸린 인생들에서 때때로 그런 걸 느꼈다.

그는 민석이네 집에 대한 조회도 이미 끝내 뒀다. 최수영의 가족 관계, 특히 귀옥의 신분도 파악해 뒀다. 우스웠다. 정환이 수영을 예전부터 알고 있지 않은 건 분명했다. 귀옥이 사상적으로 아무 하자가 없는 신분인 것도 틀림이 없었다. 그러나 아직 연좌제는 있었다. 하필 그런 사람의 딸과 연애를 하다니…… 도대체 유전자며 피라는 건 뭘까. 수영이 정환에게 끌리다니. 조사하면 걸릴 게 없을 테지만 일단 사건은 만들기 나름이었다.

윤 형사는 겉과 속이 다르고 보통 사람들에겐 알려질 수 없는 사연을 간직한 인생들의 갈피를 갈고리로 잡아 올리는 자기 직업의 재미를 오랜만에 만끽했다. 모처럼 몸과 맘이 두루 가뿐했다. 형사로서의 자신의 천부적 육감을 확인할 때면 거의 사정(射精)에 버금가는 황홀감에 취할 때도 있었다. 이제 한동안 그를 허우적이게 하던 늪과도 안녕이었다. 그는 이미 승진과 포상의 기쁨을 느끼며 전율했다. 행운은 이런 것이다. 그는 생각했다. 절망이라고 생각할 때, 그 절망 속에 행운의 씨앗이 뿌려져 있다는 걸 누가 알랴, 싶었다. 그는 부쩍 성숙한 기분이기도 하였다. 이런 기회를 만들게 도와준 익수는 일단 안중에 없었다.

정환은 남아 있는 스물여덟 시간을 어떻게 보내야 할까 생각하였다. 마음은 한사코 수영에게로 달려갔다. 그러나 그는 천천히 걸어서 동해당구장으로 갔다. 낯익은 사람들과 당구를 쳤지만 손이 떠서 잘되지 않았다. 그는 한 시간도 못되어서 당구장을 나왔다. 남아 있는 시간이 지루하기 그지없었다. 그러나 다시 생각하면 남아 있는 시간이 너무 짧아서 숨이 막혔다.

수영에겐 미흡한 것이 많았다. 오해를 남길 것이 분명했다. 그는 이런 이유로도 수영을 만나야 했다.

선물의 집 바다.

그는 불이 켜진 진열장 위 대롱거리는 간판을 삼킬 듯이 바라보았다.

저 안에 수영이 있다! 그의 내면에서 누군가가 이렇게 소리 질렀다. 수영이 있다! 그는 주저앉을 것만 같았다. 여학생 둘이 조잘거리며 그를 밀치고 지나갔다. 그는 느끼지 못했다. 물론 길 건너편 잡화상에서 모자를 눌러쓰고 그를 지켜보는 남자 하나가 있다는 것도 몰랐다.

그가 천천히 진열장 앞으로 다가갔다. 바람처럼 조용히. 자기 자신도 모르게. 수영. 그리고 속으로 이름을 불렀다. 수영! 무엇인가 엄청난 일이 생길지 모르고, 무엇인가 평화 같은 행복이 올지도 모르고, 원시보다 더 정직하고 단순한 신성(神性)을 가지고 살지도 몰랐다. 하여간 무엇이 되었건 지금까지의 '박정환과는 다르다!'고 정환은 생각했다. 다른 세상, 다른 인생이 펼쳐질 것이다. 수영! 당신도 나와 함께 전혀 새로운, 그런 세상을 살자! 정환은 어서 수영에게 말해 주고 싶었다.

정환은 진열장 유리에 얼굴을 대고 안을 들여다보았다. 자꾸 웃음이 나왔다. 폭소를 터뜨릴 것 같았다. 하늘을 보고 하하하 마구 웃어대고 싶었다. 수영과 손잡고 저 푸른 동해의 가운데로 달려가고 싶었다.

벽에서 달랑거리는 나무로 된 종을 바로잡던 수영이 이쪽으로 고개를 돌렸다. 정환이 그 얼굴을 향해 눈을 크게 뜨고 입도 찢어지게 벌렸다. 수영이 웃으며 눈을 감았다. 그는 그대로 박제된 듯 움직이지 않았다.

"안 죽고 와 줘서 고맙네요."

수영이 정환의 곁에 와서 나직이 말했다.

"해방입니다."

정환이 말했다. 수영이 의아하게 그를 바라보았다.

"좋은 일이 있지요?"

수영이 물었다.

"그렇지요?"

들떠 보이는 정환의 팔을 잡고 수영이 다시 물었다.

"수영 씨 지금 같이 바다로 가요!"

정환은 뜨거운 목소리로 말했다. 수영은 대답하지 않고 작은 의자를 그에게 내밀었다. 정환은 바다에 가고 싶었다. 어서 가자고 보채고 싶어서 속이 근질거렸다. 수영은 주전자에 물을 끓였다. 정환은 가게 안을 샅샅이 도장 박듯 눈에 새겨 넣었다. 언제 다시 볼까. 이 가게로 다시 올 수 있을까?

"저녁은 먹었어요?"

수영은 이렇게 물었다. 고향여인숙을 떠올렸다. 대낮에도 우중충하던 골목이 생각났다. 영화 장면들 같았다.

"그동안 어떻게 지냈어요?"

대답하지 못하는 정환에게 수영이 다시 물었다. 정환은 여전히 입을 열지 않았다.

"난…… 늘 여기서 이렇게 바깥을 내다보며 있었어요."

수영이 묻지 않은 말을 했다. 순간 정환이 수영을 삼킬 듯이 바라보았다.

"수영 씨! 종이 한 장만 줄래요?"

정환이 말했다. 수영은 왜 그러느냐 묻지도 않고 종이와 볼펜을 가져왔다. 정환이 종이를 들고 앞뒤를 들춰 봤다. 그리고 한 면에 자신의 이름을 바르게 쓰고 그 밑에 흘려 썼다.

"이게 내 필체입니다. 잘 봐 두세요."

"왜요?"

"나중에 내 필체를 보게 되면, 그때 나라고 믿어요. 살다 보면 무슨 일이 있을지 모르니까요."

"왜요?"

"내가 수영 씨를 사랑하니까요. 내겐 너무 소중한 사람이니까요. 우린 꼭 만나야 하니까요."

정환이 뜨겁게 말했다. 아, 수영이 신음했다. 가는구나. 드디어 떠나는 날이 왔구나. 수영은 생각했다.

"사랑한다면서, 만난다면서 왜 울어요."

수영이 울먹울먹 따졌다.

"제발 수영 씨, 나를 믿어 줘요."

이때 어떤 여자가 가게 문을 열고 들여다보았다. 그 뒤로 모자를 써서 얼굴을 가린 한 남자가 가게 안을 살펴봤다. 두 사람 다 들어오지 않고 가버렸다.

"나 때문에 손님이 그냥 가는군요. 난 언제나 수영 씨한테 도움을 주지요?"

정환이 진심으로 말했다. 수영은 입을 삐쭉 내밀었다. 그리고 종이를 들여다보았다. 박정환이라는 흘림체 글자. 내 생의 부적일지 몰라. 수영은 이런 생각을 했다. 눈이 짓무르도록 들여다볼지 몰랐다. 수영은 문득 어머니의 말을 떠올렸다. 어떤 고통이 와도 고통을 피하지 말고 고통 속에 들어가면 고통을 잡을 길이 열린다고, 했었다.

"수영 씨, 부탁이 있어요."

정환이 젖은 눈으로 수영을 바라보며 말했다.

"오늘만 문 닫고 바다 보러 갈 수 있어요? 그래 줄 수 있어요?"

다시 정환이 간절하게 말했다.

"물론이에요!"

수영은 화가 난 것처럼 퉁명스레 말했다.

바다는 파도가 높았다. 파도가 달려와 모래를 훑어 달아나곤 하였다. 둘은 손을 잡고 천천히 걸었다. 내 생명의 반절을 당신에게 두고 간다, 정환은 속으로 말했다. 말하고 또 말했다. 따뜻하고 포근한 살을 느꼈다. 생명이었다. 깊이 숨을 들이마셨다. 비릿한 바다 냄새가 몸속으로 스며들었다.

우리가 진정 혼(魂)이 있다면……. 정환은 생각했다.

나는 지금 당신의 혼을 삼켰습니다.

정환은 자신의 손에 싸쥔 수영의 손을 자신의 뺨과 콧등과 이마와 귀와 입술에 대었다.

수영은 숨을 쉴 수가 없었다. 알지도 못하는 운명 같은 것이 느껴졌다. 처연하고 비장한 느낌으로 운명이 실감되었다.

"수영 씨."

"네."

"늘 잘 먹어야 해요. 밥이 하늘이래요. 몸을 허약하게 만들면 죄 받아요."

정환이 말했다. 수영이 훌쩍 콧물을 삼켰다.

"난, 뭐라고 말하죠? 우아하게, 세련되게 하고 싶어요. 뭐라고 말해야 해요? 밥 잘 먹으라고? 잠 잘 자라고? 건강해야 한다고?"

이렇게 말하고 수영이 정환을 마구 때렸다. 그는 맞기로 작정한 사람처럼 가만히 서 있었다.

"제발 떠나지 말아요! 보고 싶다고요! 보고 싶어서 죽을 것만 같다고요!"

수영이 더 이상 때리지도 못하고 소리 질렀다. 이때였다. 정환이 수영 앞에 무릎을 꿇었다. 수영이 한 발 뒤로 물러났다. 1초가 지나고 10초가 지났다. 1분이 지나고 5분이 지났다.

수영이 뒤돌아서 그가 앉은 반대편으로 달려갔다.

"수영 씨이!"

정환이 소리쳐 불렀다. 그리고 달려갔다. 어디쯤에서 숨이 턱에 닿은 수영이 주저앉았다. 정환이 그 앞에 다시 무릎 꿇고 앉았다. 잘 있어요. 수영 씨. 건강하고, 희망을 잃지 말아요. 정환은 속으로 말했다.

"수영 씨, 저 하늘을 봐요. 달 별 바다를 봐요. 이 땅을 봐요. 하늘, 별, 달, 해, 바다, 땅, 산천초목처럼 나도 수영 씨와 함께합니다. 그리고 한 가지, 내가 가게에서 써 준 내 사인. 그거 꼭 간직하세요. 혹시 내가 편지를 보낼지, 대신 누굴 보낼지도 모릅니다. 그때 반드시 내 사인을 확인하세요. 비록 지금 당장 수영 씨에게 행운을 약속할 순 없어도 그것을 잊지 않는다는 건 믿어요. 그래야 합니다. 우리의 이별이 결코 헛되지 않을 겁니다."

정환이 또박또박 말했다. 수영이 고개를 들고 어둠 속에서 그를 바라봤다. '이별'이라고 했나? 수영은 낯설고 의심스러운 낱말, 이별(離別)이 이물(異物) 같아서 잠시 어리둥절했다. 정환이 어딘가로 떠난다는 건 알지만 그게 구태여 이별이라고 말해야 한다는 건 상상도 하지 못했다.

"지금 뭐라고 했죠? 다시 말해 봐요. 뭐라고 했어요?"

수영이 물에 흠뻑 젖은 솜처럼 무겁게 물었다. 말과 침묵이 강과 산을 이뤘다.

침묵을 넘고 넘어서였다. 산처럼 버티고 섰던 정환이 허물어지듯 등을 구부리고 와락 수영을 끌어안았다. 수영도 발뒤꿈치를 들고 서서 두 팔로 그의 목을 얽어맸다. 그들은 서로 아무것도 모른 채 오래도록 끌어안았다. 그리고 언제 두 입술이 포개졌는지 그들은 느끼지 못했다. 마치 죽음처럼 그들의 몸과 혼이 서로에게 스며들고 서로에게 파묻히고 서로를 해체하도록 그들은 아무것도 느끼지 못했다. 바다가 사라지고 하늘이 없어지고 산천이 없어지고 사람이 없어졌다. 그들의 발밑에서 모래가 사라지고 그들의 삶과 죽음도 사라졌다. 수영이 비틀거리며 모래에 누웠다. 정환의 팔을 잡아당겼다. 수영은 정환의 슬픈 생의 비릿한 맛을 삼키고 싶었다. 이미 헤어질 수 없다는 걸 알았다. 헤어져도 헤어지는 게 아니라는 걸 알았다.

마침내 정환과 수영은 하나이면서 모든 것이 되었다.

수영이 이렇게 자신의 몸을 정표로 주었다는 걸, 정환은, 거기까진 짐작도 하지 못했다. 그 모든 건, 그냥, 사랑이었다.

세월 속에 숨다

귀옥은 어떻게 걸어서 집으로 오게 됐는지 몰랐다. 그 여자는 혼령처럼 대문을 열고 들어서서 잠긴 현관문을 열고 방으로 들어가 검불같이 방바닥에 내리붙었다. 사람의 몸에서 숨이 끊기고 생명의 진액이 모두 빠지면 저렇게 얇아질까. 귀옥의 몸은 납작하디납작해져서 헝겊이 한 장 방바닥에 널린 것 같았다. 그 위로 신(神)이 깃들었다. 신이 귀옥에게 망각과 잠을 불어넣어 주고 사라졌다.

아침나절이었다. 좌판을 바꿔 놓다 말고 무심히 고개를 들던 귀옥은 섬뜩했다. 무표정한 중년 신사 둘이 앞에 서 있었다. 두 사람은 무언가 눈빛으로 말을 주고받다가 그 중 한 남자가 귀옥을 보고 어정쩡 미소 지었다. 귀옥은 와들와들 떨려서 좌판을 되는 대로 놓아두고 겨우 일어섰다. 이상했다. 왜 그런지 몰랐다. 저어, 이렇게 떨리는 목소리로 묻는데 검정 양복이 입을 열었다.

"우린 서(署)에서 나왔습니다. 이귀옥 아주머니 맞죠?"

귀옥은 고개를 숙였다. 동서남북 사방을 둘러봐도 잘못한 것이 없는데 무슨 까닭으로 지레 겁부터 났다. 정신을 차리자, 호랑이 굴에 들어가도 정신만 똑바로 차리면 산단다. 귀옥은 침을 삼키고 입을 야무지게 다물었다.

"뭐 좀 여쭤 볼 게 있는데……."

누런 점퍼 차림의 남자가 가게와 주위를 둘러보며 말했다.

"무슨 일이신데요?"

"최수영이라고, 아주머니 딸이 맞지요?"

검정 양복이 턱턱 내던지듯 물었다. 순간 귀옥의 몸에 소름이 끼쳤다. 무언가 다 알고 온 사람들이라는 느낌이 들었다. 귀옥은 그들을 주의 깊게 바라보았다. 사반세기가 다 되어 가는 상처가 순식간에 쑤시고 일어났다. 뼈가 삭아 흙이 되고 물이 되었을 세월이 흘렀건만 기억은 무서웠다.

"수영이한테 무슨 일이 있습니까?"

귀옥이 떨리는 목소리로 물었다. 와들와들 떨기 시작하는 귀옥의 옆에서 누런 점퍼가 중얼거렸다. 생선 가게를 비울 수 있나? 그리고 검정 양복은 혀를 찼다.

"혹시 우리 아이한테 사고가 난 건……."

귀옥은 두 남자를 번갈아 바라보며 애절하게 물었다. 한 남자가 한숨을 내쉬었다.

"아무래도 잠깐은 시간을 내야겠습니다. 어디 요 근처 다방으로 갑시다. 서(署)까지 오시라고 하긴 그렇고."

"제가 가야 할 일이면 어디라도 가야지요."

귀옥은 말하고 생선 비늘 묻은 고무 앞치마를 벗어 좌판 옆에 두었다. 바로 옆의 건어물 가게에 부탁하고 돈지갑만 들고 나섰다. 시장 어귀의 명동다방은 어둡고 썰렁했다. 기다렸다는 듯이 주문한 커피 석 잔이 그들 앞에 놓였다.

"딸이 연애하는 건 아시겠지요?"

검정이 물었다. 귀옥은 울상이 되었다. 수영이 연애를 한다고까진 생각하지 않았다. 남자가 오락가락하는 건 본 적 있지만 설마 경찰서에서 알아야 할 연애까지야…….

"전 장사하러 진종일 나가 살고 그 애도 가게 열어 나가고 그러니 얼굴 보고 조곤조곤 얘기할 틈도 없이 삽니다."

"하여간 딸이 간첩하고 연애를 했네요. 원 참."

검정 양복이 말했다.

"지금 뭐라고…… 뭐라고."

"간첩하고 연애질을 했답니다아!"

누런 점퍼가 아주 쉽게 보탰다. 순간 귀옥은 혼절(昏絶)보다 더 가혹하게 심신이 이완(弛緩)됐다. 눈동자가 흐물흐물 풀어지는 것 같았다. 그런 눈으로 두 남자를 쉴 새 없이 살폈다. 그리고 곧 의자에서 미끄러지듯 쓰러지면서 시멘트 바닥에 무릎을 꿇었다. 귀옥은 무작정 살려 달라, 이렇게 말하려는데 입이 붙어 떨어지지 않았다.

"이러지 마세요. 얼른 자리에 앉으세요."

누런 점퍼가 귀옥에게 말했다. 귀옥이 무릎을 짚고 일어나 의자에 조아리고 앉았다.

"처음엔 아주머니 딸을 구속할 생각이었습니다. 재판하면 무혐의로 나오겠지만 일단 구속하고 볼 수 있었지요. 아버지 문제도 있고 그러니…… 살다 보면 운명이라는 게 참 공교로울 때가 있습니다."

귀옥은 그들의 배려에 고맙다고 천 번 만 번 말했다. 무엇이든 협조하겠으니 철없는 딸만은 평범하게 살 수 있도록 도와 달라고, 아직 아버지 말은 비밀로 해 달라고, 그 애는 아버지가 죽은 줄로만 안다고, 제발 도와 달라고, 더 이상 비굴할 수 없고 더 이상 치사할 수 없게, 빌고 빌었다. 그들은 귀옥의 고통을 생각해서 아무도 몰래 수영을 조사하겠다, 가능하면 아버지에 대해선 입을 다물겠다는 약속을 해 줬다.

이들과 헤어져 귀옥은 짐짓 씽씽하게 가게로 돌아왔다. 그러나 멀쩡히 걸어온 그 여자는 이내 비명을 질렀다. 오금 뼈가 시큰한가 싶더니 붙어서 옴짝달싹하지 않았다. 귀옥의 비명에 놀라 달려온 건어물 고성집 내외가 손발을 주물러 주고 냉수를 먹여 줬다. 한동안 그러고 나서 겨우 오금을 펴는데 시큰거려 그럴 때마다 얼굴을 찡그렸다. 갑자기 이런 까닭이 뭔가 고성집이 물어도 귀옥은 기계도 늙고 고단할 때가 있지 않겠느냐고 말했다. 고성집 내외가 찾아왔던 남자들에 대해 묻지 않는 것만 고마웠다. 그래도 귀옥은 결국 한 시간도 버티지 못하고 장사를 접었다. 일을 놓으면 죽는 줄 아는 사람이 스스로 가게 문을 닫는 건 상상 못할 일이었다. 의아해 하는 장터 이웃들에게 머리가 아프니 돈도 보이지 않는다고 억지웃음 웃고 택시를 탔다. 차창 바깥으로 보이는 사물이 자꾸만 파도치듯 일렁이고 속이 뒤집혀 결국 집 앞을 한참 앞두고 내렸다. 골목을 걸어 들어오면서 귀옥은 길바닥이 솟구쳐 올라와서 몇 번이나 길가에 서서 중심을 잡곤 하였다. 얼굴은 빛에 바랜 광목처럼 하얗고 다리는 뼈라도 무른 듯이 마냥 허청거렸다. 무슨 수로 대문을 찾아들어 캄캄한 굴속처럼 보이는 방 안에 쓰러질 수 있었는지…… 이미 귀옥은 혼(魂)과 백(魄)이 나뉘어 산 사람 같지 않았는데.

귀옥은 번쩍 눈을 떴다. 사방이 캄캄했다. 여기가 어딘가, 귀옥은 아득하고 낯설어서 두리번거렸다. 보이는 건 없고 몸이 무슨 세월로 채워진 늪에 잠긴 것 같았다. 눈을 뜨고도 눈을 뜨려고 안간힘을 썼다. 팔을 들어 휘휘 저었다. 팔에 세월이 휘휘 감겨드는 느낌이었다. 야릇했다. 사방에 세월이 가득 찬 것 같았다. 그 여자가 살아 냈거나 살아 본 적 없는 시간들이 파도처럼 넘실거리는 것이었다. 그 세월에 귀옥 자신은 티끌로도 보이지 않았다.

괜찮다.

귀옥은 이런 말소리를 들었다.

아무것도 아니다.

다시 이런 말을 들었다.

그런데 이상했다. 죽은 풀이 다시 돋듯이 귀옥의 몸에 생기가 물기처럼 스미기 시작했다. 그리고 그 여자도 모르게 눈에서 눈물이 주르르 흘러내렸다. 부질없을 것도 없지요. 그 여자가 말했다. 무얼 씻어 내려고 울음이 나오느냐고 귀옥은 자신을 두고 생각했다.

한참을 울었을 것이다.

귀옥은 평안을 느꼈다. 평안이 찾아온 걸 감득했다. 몸이 가뿐했다. 일어나서 불을 켰다. 집 안이 밝아졌다.

아무렴, 아무렴 그렇지요. 귀옥은 눈에 보이고 느껴지는 게 고맙고 반가워서 젖은 눈으로 인사하듯 바라보며 속으로 말했다. 벽시계는 아홉시가 조금 넘었고 그제서야 참 많이도 잤다는 걸 알았다.

귀옥은 무애한 표정으로 우두커니 앉아서, 사람이란 살게 마련이라 생각했다. 까무러치듯 잠들게도 되고 잊게도 되는 게 사람 살아가는 조화거니 여겼다. 자신에게 일어났던 일, 죽을 것 같던 그 일이 어찌 마취가 풀린 수술 환자처럼, 출산과 동시에 진통이 사라진 산모의 몸처럼 개운하고 평안할 수 있을까. 깨달을 것도 없이 결국은 깨닫게 된 걸까. 고통과 공포가 극진해지면 목숨이 저절로 도(道)에 이를 수도 있다는 걸.

아마 그래서였을 것이다. 마치 누가 이렇게 짜 놓은 연극처럼 바로 이때, 철 대문이 철커덕 여닫히고, 아담한 마당 가운데에 깔린 자갈이 발에 밟히는 소리가 자박자박 나고, 현관문이 여닫히고, 집 안으로 들어서며 수영이 엄마! 엄마! 두 번 외쳐 부르고, 그 목소리가 갈라지고 지치고 눅눅한 걸 감지하면서도 귀옥은 거짓말처럼 평안했던 것이다.

"엄마!"

방문을 열고 들어온 수영이 자신을 무애한 표정으로 바라보는 귀옥을 부르며 그 앞에 웅크렸다. 엄마, 수영이 흡사 부적(符籍)처럼, 주문(呪文)처럼, '엄마'를 불렀다. 귀옥의 아물린 입술이 길게 밀렸다. 그 여자는 등허리를 구부려 낮추고 집게같이 벌린 두 팔을 앞으로 벌려서 길게 뻗어 웅크린 딸의 엉덩이를 끌어들였다. 엉덩이를 끌어당겨 놓고 다리와 팔과 등과 어깨와 머리를 촘촘히 어루만졌다. 수영의 몸은 어디 한 군데 차디차게 얼지 않은 구석이 없었다. 수영은 그렇게 언 손으로 귀옥의 옷자락을 붙잡고 배를 밀었다. 귀옥의 허벅지 위에 머리를 얹고 맥을 놓았다.

귀옥은 제 가슴으로 딸의 등을 덮었다. 촘촘히 쓰다듬고 어루만졌다. 그 여자의 목숨에서 따스한 열기가 스며 나와 수영의 언 몸을 녹였다. 오래도록 그렇게 했다. 어머니와 딸에게 시간의 자수(刺繡)가 놓이기 시작했다.

……중년의 두 남자가 가게로 들어왔다. 오후 네 시는 되어서였

다. 검정 양복을 입은 남자와 누런 점퍼를 입은 그들은 웃고 있었다. 하지만 수영은 뭔가 모르게 그들에게서 서늘하고 수상스런 느낌을 감지했다.

"아가씨가 최수영 맞지?"

검정 양복을 입은 남자가 반말로 물었다.

"네에."

수영은 그저 다소곳하고 친절했다. 그들은 마냥 한가롭게 좁은 가게를 둘러보았다.

"찾으시는 게 있으세요?"

수영이 검정 양복의 곁에 가서 물었다. 그는 듣지도 못한 것처럼 응답하지 않았다.

"아기자기하게 꾸며 놨군."

누런 점퍼가 중얼거렸다.

"큰돈은 못 벌겠구만."

그가 다시 중얼거렸다. 이때 검정 양복이 벽에 붙여 놓은 의자에 앉았다.

"우리가 누군지…… 왜 왔는지 짐작이 가나?"

검정 양복이 수영과 마주친 눈길을 바닥으로 떨어뜨리며 중얼거리듯 물었다. 수영은 그가 무서웠다. 수영의 야무지게 다물린 입술이 떨렸다. 검지손가락을 아랫입술에 대었다. 가슴이 시려 들기 시작했다. 몇 초 사이에 불길한 느낌과 두려움이 회오리처럼 몰려들었다. 아무래도 저 아저씨들은 '그 사람'과 관련이 있을 거라고 생각했다. 불길하고 불안했다.

"어머니가 왔다 가셨나?"

누런 점퍼가 팔짱을 끼고 물었다.

"아니요!"

"아가씨! 우린 나쁜 사람이 아니야. 아가씨를 어떡하든지 도우려고 온 사람들인데 겁먹고 경계하고 그러면 쓰나."

질린 표정에 떨리는 목소리로 말하는 수영의 등을 두어 번 두드려 주며 누런 점퍼가 말했다. 그리고 그는 수영에게 가게 문을 좀 닫을 수 있는지, 어디 다방에 가서 이야기를 하는 게 좋겠는지 물었다. 사실은 경찰서로 부를 수도 있겠지만 좁은 바닥에서 사람들 눈에 띄고 그러는 게 좋을 것 없어 찾아왔다는 말도 덧붙였다.

수영은 오른손을 가슴에 댔다. 입술을 말아 앙다물었다. 앙다문 입술이 스르르 열렸다.

"저어 정환 씨요⋯⋯."

수영이 떨리는 목소리로 물었다. 얼굴에 핏기가 빠져 하얗게 바랜 건 벌써였다.

"윤 형사님, 여기서 이야기할까요?"

누런 점퍼가 검정 양복에게 물었다.

"그게 좋겠네."

윤 형사가 낮게 말했다. 그는 무슨 이유로 한숨을 깊이 쉬었다.

가게 문은 누런 점퍼가 닫았다. 그는 손이 떨려 문고리 하나 제대로 잡지 못하는 수영을 뒤에 두고 문을 걸고 '닫힘'이란 팻말을 내걸고 커튼을 쳤다. 누런 점퍼는 계산대에 팔을 올린 채 비스듬히 섰고 수영은 둥근 의자를 끌어 윤 형사 앞에 앉았다. 그들은 수영에게 자신들의 신분을 이야기하고, 자신들은 순진하고 성실하게 사는 '아가씨와 어머니'를 보호하려는 입장이라고 말했다. 그리고 수영으로부터 박정환이라는 '나쁜 놈'을 만나게 된 경위를 조용히 들었다.

"사람이 너무 순진한 것도 죄라니깐."

누런 점퍼가 흐느끼는 수영의 등을 바라보며 혼자말을 했다. 이제 수영은 윤 형사가 말하는 '박정환'이라는 죄인에 대해 들었다.

박정환은 '간첩'이다. 간첩이기 이전엔 마약 사범으로 복역했다. 우리나라는 다른 나라와 달라 간첩이 큰 죄인이다. 아무나 간첩을 때려죽여도 죄가 안 되는 게 우리나라다. 박정환은 일본의 고정간첩과 접선하러 일본으로 가려고 밀항을 계획했다. 마약 전과자는 어느 나라에서도 받아 주지 않기 때문에 밀항밖에 길이 없다. 젊은 놈이 노동판에라도 나가 건전하게 일할 생각은 하지 않고 제 집 뒷산에다 양귀비를 심었다. 아주 생각이 나쁜 놈이다. 그놈은 신분을 위장하기 위해 이곳에 와서 뚜쟁이질에 밀수품 운반을 하며 지냈다. 아가씨를 사귄 것도 그런 위장 전략의 하나였다. 우리가 아가씨에 대해 물어도 그놈은 눈 하나 깜빡하지 않더라. 아가씨의 순수한 사랑을 그놈이 이용했는데 더 말려들지 않은 건 천만다행이다. 조상이 도운

걸로 알아라…….

윤 형사는 그저 '조상'이라고만 말했다. 그는 귀옥이, 그럴 수만 있다면, 법에 어긋나지만 않는다면, 수영에게 아버지 말은 하지 말아 달라고 간절하고 절박하게 애걸한 생각이 나서 입을 다물어 줬다.

수영은 현실이 사라지는 걸 느꼈다. 그건 아주 얇은 막 같았다. 헐겁고 허술하게, 수증기처럼 현실이 사라졌다. 눈앞에 보이는 것이 무엇인지 감각되지 않았다. 누런 점퍼가 내 준 종이에 '진술'을 기록하면서 수영은 하염없이 울었다. 박정환이 나쁘다는데 어디가 무엇이 나쁜지 느껴지지도 않았다. 진술이라는 게 무언지, 진술서를 쓰면서도 진술이 무얼 의미하는지 이해하지 못했다.

"하여간 아가씨가 운이 좋은 줄 알아. 큰일 날 뻔했는데."

"큰일 날 뻔했지! 배라도 같이 탔어 봐. 목적을 달성하려면 사람 죽이는 것도 파리 죽이기보다 쉽게 생각하는 독한 놈들인데…… 아찔하구만."

두 남자가 번갈아 말했다. 그들은 수영이 한 시간도 넘게 쓴 진술서를 돌아가며 읽어 보았다. 읽고 나서 수영의 서명과 도장을 받았다.

"아가씨는 좋은 총각 만나서 결혼도 해야 하는데 우리 사회가 아직은 빨갱이라면 귀신도 도망가는 나라야. 알고 보면 우리도 아가씨 같은 여동생도 있어. 아무쪼록 아가씨에게 불이익이 가지 않도록 우리가 최대한 신경은 써 줄 거야. 하지만 우리하고 검사는 또 달라. 검찰로 사건이 송치되면 거기서 판단할 거겠지만 큰 어려움은 없을 거라고 봐."

"그래서 사랑엔 국경도 없다는 거 아냐."

"협조 잘해 줘서 고맙고 앞으론 이런 어처구니없는 일 당하지 말고 좋은 남자 만나 행복하게 살아. 그래야 우리도 고맙지."

"사실 알고 보면 사람은 다 불쌍한 거야. 박정환도 찢어지게 가난하니까 어째 볼 도리가 없어서 그랬겠지. 이해는 가."

"일본 가서 공부하겠다는 거잖아. 공부에 포원(抱冤)졌다는 거 아니유. 참 세상이 공평하진 않아. 지가 그런 꿈을 가졌으면 서울 부잣집에 태어나지…… 공부 말만 나오면 울더구만. 사내새끼가 눈물은 많아서."

"불쌍하지. 그 어린 나이에 신문 배달하고 우유 배달하고 늘 일등을 안 놓쳤으니. 돈만 좀 있어도 그렇게 인생이 거꾸론 안 풀렸을걸."

"소원이 판사가 되는 거라고."

그들은 주거니 받거니 하였다. 수영을 두고 하는 말도, 그저 시나브로 지껄이는 말도 있었다. 형사라는 직업만 아니면 이해 못할 인생이 없고 인생 아닌 것도 없었다. 때때로 범인을 잡고 혼찌검을 내다가도 돌아서면 그 인생이 눈앞에 어른거릴 때가 많았다. 죄는 미워하되 사람은 미워하지 말라는 말이 백번 옳았다.

그들은 여덟 시가 다 되어서야 돌아가겠다고 했다.

"혹시 우리 어머니도 아시나요?"

수영이 아픈 목소리로 물었다.

"아가씨보다 먼저 만났네."

"잘 위로해 드려! 어머니 충격이 이만저만이 아닐 거야, 모르긴 몰라도."

"네에."

수영은 문을 나서는 그들에게 차분한 목소리로 대답했다. 그저 네에, 한 마디지만 그 차분함이 지나쳐서 흡사 연기 같았다. 고개를 깊이 숙여 인사하고 두 남자가 거뭇거뭇 사라지도록 지켜 섰다가 다시 안으로 들어온 수영은, 그러나 차분하지도 연기를 하지도 못한 채그만 넋을 놓았다. 훌쩍 사라진 현실감은 좀체 다시 돌아오지 않았다. 여기가 어딘지, 정환은 누군지, 모든 것이 거짓 같았다. 어제가 언제였는지, 어제라는 시간은 있었는지, 믿기지 않았다. 여기가 어딘지, 나는 누군지, 수영은 알고 싶었다. 앞을 보면 수평선이 보이지 않는 강이 가로놓였고 눈을 들면 높고 높아 봉우리가 바라보이지 않는 산이 버텼다. 그 산과 바다가 빙글빙글 돌았다. 수영은 토할 것만 같았다. 어지러워 맨바닥에 엎어졌다. 아지랑이 같은 것이 머리 위에서 아롱아롱 수영을 희롱하기 시작했다. 아지랑이가 정신을 빨아마시는 것 같았다. 수영은 어릿어릿 넋을 잃기 시작했다…….

이윽고 귀옥은 수영의 등허리와 팔과 손가락과 다리에서 냉기가 사라지는 걸 느꼈다.

"수영아."

귀옥이 아늑한 목소리로 딸을 불렀다. 수영은 대답하지 못했다. 수영의 눈물이 귀옥의 바지를 적셔 허벅지에 누기(漏氣)가 눅진했다.

"수영아. 괜찮다. 아무 일 없다. 니가 여기 있고 내가 여기 있잖니? 괜찮다."

귀옥이 부드럽고 따스해서 자장가처럼 들리는 목소리로 말했다. 그 여자는 등을 쓰다듬어 아직도 군데군데 남아 있는 굳은살을 풀고 차가운 냉기 덩어리를 녹이면서 노래 부르듯, 얽힌 실을 풀듯 거푸거푸 말했다.

"괜찮다, 수영아. 괜찮아. 니가 여기 있고 아직 내가 여기 있잖니……"

정환이 허공으로 날아간 듯이 사라진 다음, 이레쯤 지나서부터 101번지에 어수선한 소문이 돌기 시작했다. 소문은 먼지처럼 날아다녔다.

히로뽕을 밀수하다가 들켜서 잠수 탔다.

그놈은 간첩이었다.

그러면 그렇지. 눈빛이 다르더라.

낚시꾼 행세를 하고 2톤짜리 배를 빌려 나가다가 어부는 바다에 빠뜨려 죽였다.

먼 바다에 간첩선이 와서 기다렸는데 접선 직전에 잡혔다…….

소문은 이상하게 익수나 윤 형사나 수영처럼 진실을 아는 사람들만 피해서 한동안 철 만난 듯이 날아다녔다.

이즈음, 운동권 대학생과 반정부 재야 인사와 동해안 지역 고정 간첩이 합세한 '간첩단'이 검거됐다는 안기부의 발표로 신문과 텔레비전은 일주일이나 뒤숭숭했다.

누군가 해장국집에서 '혹시' 하며, 이 사건과 박정환을 붙여서 이야기했는데 그것이 두어 달 지나서는, 그가 이 사건에 연루된 것으로 소문이 돌기 시작했다. 그러나 진실은 아무도 몰랐다.

수영은 결국 아버지가 납북 어부라는 것, 그가 끝내 돌아오지 않았다는 것, 어머니가 연좌제의 그늘에서 수영을 피신시키려 고향을 떠나왔다는 것도 알게 됐다.

수영은 그 일 이후 밥을 먹지 못하고 물만 마셔도 토하고 기력이 급격히 쇠잔해졌는데 그것이 임신과 관련이 있으리라곤 아무도 상상하지 못했다. 하혈이 멈추지 않는 것도 정신적 충격의 후유증이려니 여겼다. 그러나 하혈은 산부인과에서 소파수술을 받고서야 멎었다.

귀옥은 박정환의 이름을 연상할 수 있는 말은 입에 올리지 않았다. 가게 문을 닫고 딸이 새 힘을 얻게 되길 조용하고 주의 깊고 침착하게 기다리면서 새 터전으로 서울을 맘에 두고 부지런히 오르내렸다. 변두리 대학촌에 집을 사고 하숙을 칠 생각이었다. 새로 시작하고 또 기다리는 건 귀옥에게 이력이 난 일이었다.

수영은 동해항을 떠나기 전까지, 자주 중앙시장 건너편으로 갔다.

101번지 골목길, 그 어귀의 낡은 블록 담에 기대서서, 혹은 쪼그리고 앉아서 한 남자의 인생을 반추했고 이해하려고 해 봤다. 그가 선택하지 않았던 가난과 살려고 버둥거렸을 여인숙과 그가 죽을힘을 다해 붙잡았을 꿈과 희망이 언뜻언뜻 사무치게 느껴지면 바다로 나가 하염없이 앉아 있었다. 정환이 끝내 이루지 못한 희망과 꿈들, 결코 버려지지 않았을 생의 누추함을 느껴 보았다.

수영은 정환의 공판을 지켜보지 않았다. 그가 확정된 형을 살게 된 형무소를 알려 하지 않았다. 그를 다시 만날 기대도 하지 않았다. 그러나 이미 그 남자는 청춘의 최수영, 그 시절의 바로 자기 자신이었다는 걸, 부정할 수 없었다.

사랑은 그런 것일지 몰랐다. 또 다른 자기를 찾고 붙잡는 것. 혹은 그렇다고 착각하는 것.

막다른 곳에 길이 있다

수영은 책의 마지막 페이지를 읽고 뒤표지를 덮으며 크게 숨을 내쉬었다. 고개를 들었다. 방 안이 환했다. 불빛 때문만은 아니었다.

날이 밝았네. 수영은 아무렇지 않게 중얼거렸다. 그리고 다시 뒤표지를 내려다보았다. 거기 글자들이 있었다. 박정환이 티베트 여행 중에 쓴 편지글에서 인용한 것이었다.

> 우리 모두 마음의 사악한 욕망을 버리고,
> 인류의 행복과 평화를 위해 나아가야 합니다.
> 평화보다 인류에게 행복을 주는 것은 없습니다.
> 과학, 정치, 종교도 목적을 거기에 두지 않으면 안 됩니다.

수영의 눈이 한동안 '평화'와 '행복'에서 움직이지 않았다. 수영은 정환이 지구 반대편에서 수영을 위해 빌겠다는 평화와 행복을 생각했다. 글자 위로 고향여인숙의 박정환이 비껴 지나갔다. 수영은 아랫입술을 물었다. 눈시울이 뜨거워지고 있었다. 그가 여태 돌고 돌았을 삶의 궤적을 쫓는 건, 야비하고 부끄러운 짓이란 생각이 들었다. 지구 곳곳을 돌아다니며 그가 버렸을 자기 생의 모든 것, 여기까지 살아온 자신의 운명이 신기할 때가 있다는 그 남자는 이제 동해항의 최수영으로부터 '자유'라고, 수영은 생각했다.

그래.

수영은 고개를 끄덕였다.

눈물이 주르륵 흐르고 흘렀다.

길은 언제나 막다른 곳에 있을지 모른다.

잘 가라, 내 청춘

어린 날 글을 쓸 땐 내가 '문학'을 한다는 게 좋았다. 물론 문학이 무엇인지 몰랐다. 그저 뭔가 떠오르는 게 있었고 그것을 그대로 썼다. 시도 되고 소설도 됐다.

그 시절 문학은 일탈이라고 생각했다. 그 생각이 나를 비현실적이고 사회성 결여로 길들였다.

그 뒤엔 소설을 써서 불합리한 세상을 변화시켜야 한다고 생각했다. 그게 가능할 것 같았다. 소설가의 사회적 책무라고 주장하길 주저하지 않았다.

그러나 좀 더 나이를 먹은 뒤, 내가 줄기차게 소설을 쓰는 건 나 자신이 불행하기 때문이라는 걸 깨달았다. 불행을 잊으려고 소설 속으로 깊이 도망가는 내가 보였다.

지금은 외롭지 않으려고 소설을 쓴다. 소설 속의 인물들과 허물없이 소통하고 사랑한다.

　이 소설은 내 청춘기의 한때, 내게 일어난 사건을 소재로 삼았다.
그 사건을 녹여서 물로 만들거나 말려서 증발시켜야 나의 내면이 조
화를 이루고 평화를 찾을 것 같았다.

　주인공 정환과 수영은 수십 년 동안 내게 갇혀서, 나는 그들에게
갇혀서 오래도록 자유롭지 못했다. 내 나이 서른다섯이었을 때 이들
을 소설로 한번 다뤄 봤다. 하지만 내가 도무지 정직할 수 없어서,
그 사건을 통찰하지 못했다.

　마침내 그들과 이별한다.
　허전하고 개운하다…….

이 소설이 꼴을 갖추기까지 많은 분들이 도움을 줬다.
그분들께 뜨거운 사랑을 보낸다.

정해년 정월에

이성진